KB079572

세라피나와 일곱 개의 별

SERAFINA and the SEVEN STARS

세라피나와 일곱 개의 별

SERAFINA and the SEVEN STARS

로버트 비티 지음 / 김지연 옮김

세라피나 빌트모어 대저택의 지하실에 숨어 살았으나, 검은 망토와 강력한 흑마법사 유라이아가 나타나면서 빌트모어를 지키기 위한 혈투를 벌인다. 적들을 무찌르며 진정한 빌트모어의 수호자로 거듭난다. 흑표범으로 변신이 가능하다. 인간과 퓨마로 변신할 수 있는 엄마와 퓨마 동생들이 있다.

브레이든 밴더빌트 밴더빌트 가문의 도련님이자 세라피나의 가장 가까운 친구. 어릴 때 부모님을 잃고 삼촌인 조지 밴더빌트의 집에서 함께 산다. 사람보다는 말, 강아지 같은 동물들과 함께 있는 시간을 좋아한다. 동물과 소통하고 동물을 치유하는 능력이 있다.

세라피나 아빠 빌트모어의 수리공. 빌트모어 대저택 공사에 참여했으며, 저택에 있는 모든 기계 장치를 수리하는 일을 맡았다. 숲속에 버려진 세라피나를 데려와 정성껏 길렀다. 무뚝뚝하고 투박한 성격이라 잘 표현하지 못하지만, 사실 그 누구보다 세라피나를 사랑하고 있다.

스모크 & 엠버 세라피나의 고양이. 버려진 건물에 있던 새끼 고양이들을 세라피나가 발견하여 키우기 시작했다. 잿빛 털의 스모크는 덩치가 크고 조심성이 많으며, 주황색 털의 엠버는 작고 민첩하다.

조지 밴더빌트 브레이든 밴더빌트의 삼촌. 미국 최고의 부호이자 빌트모어 대저택의 주인. 물려받은 유산으로 노스캐롤라이나주 서쪽 깊은 숲속에 대저택을 지었다. 미국에서 가장 크고 웅장한 저택을 말이다. 각계각층의 사람들을 초대하여 저택은 항상 손님들로 붐빈다.

이디스 밴더빌트 조지 밴더빌트의 아내. 밝은 성격과 따뜻한 마음씨를 지녔다. 브레이든을 친아들처럼 살뜰히 보살피고, 이웃의 어려움도 모른 척하지 않는다.

코넬리아 밴더빌트 빌트모어의 새로운 구성원. 조지 밴더빌트와 이디스 밴더빌트의 딸로, 밴더빌트 부부는 물론 세라피나와 브레이든에게도 보물 같은 존재이다.

에시 빌트모어에서 가장 어린 하녀. 상냥한 얼굴에 검은 머리카락을 한 사랑스러운 여자아이이다. 세라피나와 친밀한 사이이다.

제스 사냥철을 맞아 빌트모어에 초대된 손님 가운데 하나. 영롱한 사파이어빛 눈동자에 예리한 관찰력을 가진 소녀이다.

빌트모어 대저택

노스캐롤라이나주 애쉬빌

1900년

세라피나는 숲속을 질주했다. 날카로운 흑표범의 발톱이 낙엽 쌓인 가을의 숲 바닥을 내리찍을 때마다 반지르르 윤기가 흐르는 새카만 털로 덮인 늘씬한 몸뚱이가 덤불 사이를 바람처럼 스쳐 지나갔다. 이끼 낀 바위 절벽을 기어올라, 그늘진 고사리 덤불을 빠져나와 세라피나는 집으로 가는 발걸음을 재촉했다.

그런데 그 뒤를 바짝 쫓는 발소리가 있었다.

세라피나는 더욱더 속도를 냈다. 쓰러진 나무 밑동을 뛰어넘자 탁 트인 벌판이 나타났다.

그 순간 눈 깜짝할 사이에 세라피나를 따라잡은 퓨마 두 마리가 날카로운 이빨을 드러내며 양쪽에서 동시에 덤벼들었다.

첫 번째 퓨마가 날카로운 포효와 함께 세라피나의 등덜미를 움켜잡더니 옆으로 쓰러뜨렸다. 동시에 두 번째 퓨마가 세라피나의 머리 쪽으로 몸을 부딪쳤다.

재빨리 몸을 일으킨 세라피나가 새하얀 이빨을 드러내며 다리로 상대방을 밀치고 발톱은 감춘 채 앞발을 마구 휘둘렀다. 퓨마 두 마리가 움찔하며 물러났다. 그 틈을 타 세라피나는 달아났다.

'이 멍청한 고양이들아, 너네 여기 있으면 큰일 나.' 디아나 언덕의 뒤쪽 경계인 조그만 개울을 건너뛰며 세라피나는 속으로 중얼거렸다. *'빌트모어랑 너무 가깝단 말이야. 돌아가야 해.'*

세라피나는 이부동생인 퓨마 남매를 깊은 숲속으로 다시 유인하려는 속셈으로 앞으로 치고 나갔다. 하지만 자신들을 앞지르려는 세라피나의 의도를 눈치챈 동생들은 오히려 더 신이 나서 날뛰기 시작했다. 여동생이 세라피나를 제치고 달려 나갔다. 어깨 너머로 세라피나를 힐끔 쳐다보며 여동생이 쫓아올 테면 쫓아와 보라는 듯 의기양양한 울음소리를 냈다.

'속도를 줄여.' 디아나 언덕 꼭대기를 향해 달려 나가며 세라피나가 소리 없이 외쳤다. *'여기서는 조심해야 한다고.'*

바로 그 순간 날카로운 금속성 파열음과 함께 고통에 찬 울부짖음이 허공을 갈랐다. 속도를 내는 데만 정신이 팔려 미처 눈앞에 있는 철조망을 보지 못한 여동생이 정면으로 철조망을 들이받고 말았다. 온몸을 휘감는 정체 모를 적의 공격에 혼비백산한 여동생이 앞발과 뒷발을 동시에 휘두르며 필사적으로 맞섰다.

남동생이 어찌할 바를 모르고 철조망에 걸려 고통스럽게 몸부림치는 여동생 주위를 초조하게 맴돌았다.

세라피나도 당황스러움에 요동치는 심장을 억누르며 재빨리 인간으로 변신했다.

발버둥을 치면 칠수록 철조망은 아직 어린 퓨마의 몸을 더 욱더 옴짝달싹 못 하도록 옥죄었다.

세라피나가 맨손으로 철조망을 부여잡고 옆으로 벌려서 빠져나올 공간을 만들어 주려고 했다. 하지만 여동생이 한시도 가만있지 않고 으르렁대며 철조망을 할퀴고 물어뜯는 바람에 쉽지가 않았다.

"가만히 좀 있어. 그래야 도와주지!" 세라피나가 짜증을 냈다. 그러다 문득 자신을 물끄러미 올려다보는 어린 퓨마의 황금빛 눈동자를 마주하고 나서야 여동생이 인간의 말을 알아듣지 못한다는 사실을 깨달았다.

"아까 내가 말했지, 오늘 놀이는 여기서 끝이라고. 그런데 여기까지 따라오면 어떡해. 저택에 너무 가까이 와 버렸잖아." 여동생을 풀어 주느라 안간힘을 쓰면서도 세라피나는 끝까지 잔소리를 했다.

철조망과 씨름하면서 세라피나는 정확한 위치를 파악하려고 주위를 둘러보았다. 멀지 않은 곳에 담쟁이넝쿨로 뒤덮인 조그만 정자가 보였다. 정자 아래에는 등에 화살통을 메고 한 손에 활을 든 디아나 조각상과 새끼 사슴 조각상이 나란히 서 있었다. 디아나는 로마 신화에 나오는 사냥의 여신이었다.

"*너무 가까워.*" 여동생의 다리를 휘감고 있는 기다란 철조망을 떼어 내느라 낑낑거리며 세라피나는 혼잣말로 중얼거렸다. 동생들이 빌트모어의 잔디밭을 가로지르는 모습이 누군가의 눈에 띄기라도 하면 그야말로 큰일이었다.

여기 디아나 언덕 꼭대기에서는 빌트모어 대저택이 한눈에 내려다보였다. 지는 해가 흩뿌린 노을빛 속에 석회암 벽과 스테인드글라스 유리창이 아름답게 반짝였다. 파란색 슬레이트 지붕을 머리에 이고 뾰족하게 솟은 첨탑들 뒤로 저 멀리 안개 낀 블루리지산맥이 병풍처럼 빌트모어 대저택을 에워쌌다.

아름답고 고즈넉한 풍경이었다. 그러나 세라피나는 눈에 보이는 아름다움을 믿지 않았다. 요 몇 달째 이어지고 있는 이 평화가 세라피나는 못내 불안했다. 그러던 차에 여동생에게 일어난 이 작은 사고가 불길한 일의 징조처럼 느껴졌다. 빌트모어에 곧 나쁜 일이 닥칠 것만 같은 예감이 온몸을 휘감았다.

겨우겨우 여동생의 몸을 옭아맨 철사를 거의 다 떼어 냈지만 앞다리에 감긴 제일 까다로운 철사 하나가 남아 있었다. 한시라도 빨리 자유의 몸이 되고 싶어 안달 난 여동생이 하필이면 최악의 타이밍에 앞발을 뒤로 확 잡아 뺐다.

"가만있어. 거의 다 됐어." 세라피나가 여동생의 머리를 부드럽게 쓰다듬으며 달랬다.

어깨와 다리가 상처투성이였지만 딱히 도와줄 방법이 없었다. 소독약도 없고 반창고도 없었다. 만약 있다고 해도 반창고가 제자리에 가만히 붙어 있을 리 만무했다.

'브레이든이 있었으면 좋았을 텐데. 브레이든이라면 여동생을 손쉽게 진정시키고 상처도 금방 치료해 주었을 텐데.' 마음이 갑자기 우울해졌다.

하지만 브레이든은 떠났다. 그 여파로 세라피나의 심장은 아직도 욱신거렸다. 브레이든과 함께하고자, 함께 살아남고자 치열하게 맞섰던 그 모든 전투가 먼 도시에서 날아온 종이 한 장에 적힌 몇 마디 말로 말짱 도루묵이 되어 버렸다. 세라피나는 브레이든이 삼촌의 명령에 반항하길, 끝까지 저항하길 바랐다.

하지만 브레이든은 그러지 않았다. 그러면 안 된다는 걸 브레이든은 알고 있었다.

세라피나는 또다시 혼자가 되었다.

다리에 감긴 마지막 철사를 떼어 내자 여동생이 네발로 일어나 세라피나의 뺨에 수염 난 얼굴을 비비는 것으로 감사 인사를 대신했다. 어느새 남동생도 다가와 어깨를 비볐다.

천방지축으로 굴었던 것이 못내 미안한 모양이었다. 세라피나도 미안했다. 조금 더 일찍 달리기를 멈추고 동생들에게 인간이 만든 위험한 지형지물에 대해 미리 경고를 해 주었어야 했다. 철조망은 빌트모어의 관리인들이 디아나 언덕 꼭대기에 심은 단풍나무 묘목들을 보호하기 위해 세운 것이었다. 퓨마 남매는 이제 다 자라서 덩치는 커다랬지만 아직 어리고 미숙했다.

동생들을 꼭 안아 주는데 어디선가 불어온 바람 한 줄기가 목덜미를 스치고 지나갔다. 등골이 오싹했다.

바짝 긴장한 세라피나가 몸을 돌려 어떤 형태로 도사리고 있을지 모를 수상한 그림자나 침입자의 흔적을 찾아 저 멀리 빌트모어 대저택을 둘러싼 숲을 샅샅이 훑었다.

평소와 다른 움직임을 찾아 저택 발코니와 첨탑, 정문, 진입로, 정원으로 이어진 산책로까지 모조리 살폈다.

지난 몇 달 동안 세라피나는 밤낮없이 저택 안팎을 순찰하며 돌아다녔다. 세라피나는 꼭 필요할 때가 아니면 잠들지 않았다. 전투의 기억은 결코 잠들지 않았기 때문이었다.

'정신 차려.' 빌트모어 대저택과 그 너머로 아스라이 뻗은 블루리지산맥을 바라보며 세라피나는 눈에 보이는 아름다움에 절대 속아 넘어가지 않겠노라 속으로 다짐했다.

불길한 예감이 들었다.

빌트모어에서는 *언제나* 불길한 예감이 현실이 되곤 했다.

검은 망토, 뒤틀린 지팡이, 칠흑 같은 어둠 속을 배회하던 흑마법사. 이번에는 또 불길한 예감이 어떤 모습으로 닥쳐올지 예상조차 되지 않았다. 하지만 세라피나는 빌트모어 대저택의 수호자였다. 긴장의 끈을 놓지 말아야 했다. 그렇지 않으면 사람들이 죽고 다칠 것이다.

북쪽에서 불어온 바람이 싣고 온 소리에 오스스 소름이 돋았다.

세라피나는 고개를 눕히고 귀를 쫑긋 세웠다.

나뭇가지 사이로 바람의 속삭임이 들려왔다.

세라피나는 바람을 믿지 않았다. 나무도 믿지 않았다.

마지막 전투가 끝난 뒤로 세라피나는 나뭇가지 부러지는 소리, 나뭇잎 바스락거리는 소리에도 소스라치게 놀라곤 했다. 지금 디아나 언덕 꼭대기로 불어오는 이 바람의 속삭임이 진실인지 거짓인지는 알 수 없었지만 또다시 불길한 예감이 스멀스멀 피어올랐다.

코로 깊게 숨을 들이마시자 바람결에 희미한 유황 냄새와 석탄 냄새가 코끝을 스쳤다. 아주 오랜만에 맡는 죽음을 떠올리게 하는 냄새였다.

타닥타닥 말발굽 소리가 들려왔다. 마차 한 대가 진입로를 따라 빌트모어로 들어서고 있었다.

머리로는 모든 마차가 악마와 살인자를 싣고 다니진 않는다는 사실을 알고 있었다. 하지만 허파로는 이미 저도 모르게 공기를 있는 힘껏 빨아들이고 있었다. 위기가 닥치면 언제라도 뛰쳐나갈 수 있도록.

'아무 일도 없을 거야. 그냥 빌트모어에 놀러 온 상냥하고 예의 바른 신사 숙녀들을 태운 마차일 거야.' 세라피나는 스스로를 안심시켰다.

하지만 심장은 이미 요동치고 있었다.

아름다움. 나무. 바람.

세라피나가 동생들 쪽으로 홱 몸을 돌렸다. "지금부터 내 말 잘 들어. 당장 여길 벗어나야 해. 자, 뛰어!"

세라피나의 말이 떨어지기 무섭게 커다란 퓨마 두 마리가 눈 깜짝할 새에 숲속으로 사라졌다.

멀어지는 동생들의 발소리를 확인하고서 세라피나도 빌트모어로 질주했다. 아까 보았던 마차도 빠른 속도로 빌트모어의 정문을 지나 안뜰로 들어섰다. 그 안에 누가 타고 있는지 미처 확인하기도 전에 두 번째 마차가 미끄러져 들어왔다. 바로 이어서 세 번째 마차가 나타났다. 꼬리에 꼬리를 물고 이어진 마차 행렬은 열세 번째 마차의 등장과 함께 비로소 끝이 났다. 열세 대의 마차가 일제히 빌트모어 대저택을 향해 질주했다.

간발의 차이로 마차 행렬을 앞지른 세라피나가 현관 테라스의 돌난간 뒤에 몸을 숨겼다.

디아나 언덕 꼭대기에서 빌트모어 대저택까지 전력 질주를 한 탓에 숨을 헐떡이며 세라피나는 돌난간 뒤에 숨어 바깥 동태를 살폈다.

마차 열세 대가 대문 앞에 차례로 멈추더니 앞다투어 승객을 토해 냈다.

도회적인 분위기가 물씬 풍기는 기다란 코트를 입은 숙녀들도 간혹 보였지만 대부분은 남녀를 불문하고 등산과 사냥을 즐기러 온 듯 갈색 트위드 재킷 차림에 장갑을 끼고 가죽 부츠를 신고 있었다.

집사 열두 명이 허둥지둥 남자 하인들을 거느리고 나왔다.

제각기 흩어져 손님들을 도와 마차에서 가죽 짐 가방과 승마 장비와 엽총이 든 기다란 떡갈나무 상자를 내렸다.

활짝 열린 아치형 대문 앞에는 밴더빌트 부부가 미소 띤 얼굴로 들어오는 손님들과 일일이 악수를 하거나 포옹을 나누고 있었다. 손님들 중에는 가족도 있고 친구도 있고 지인도 있었다.

눈으로 손님들을 한 명 한 명 훑으며 세라피나는 생각했다. *'침입자가 이번에는 어떤 모습으로 위장했을까?'*

세라피나는 행복한 미소와 편안한 웃음에 속지 않았다. 저 사람들 가운데 적이 있었다. 살인자가 있고 납치범이 있고 방화범이 있었다. 세라피나는 확신했다. 어쩌면 도플갱어나 유령이나 밤마다 영혼을 흡수하는 악령이 있을지도 몰랐다. 정체 모를 적이 세라피나의 마음을 움켜잡고 생각을 옥죄었다.

세련된 옷차림에 기품이 넘치는 은발 신사 한 명이 마치 원시림 한가운데 떨어진 사람처럼 숲으로 둘러싸인 주변 풍광을 둘러보았다.

가슴과 어깨가 떡 벌어진 건장한 체격에 카키색 재킷을 걸치고 무거운 부츠를 신은 한 남자는 마차에 쌓인 상자를 내리는 집사에게 고함을 질렀다. "그 엽총들 조심히 다루게!" 그 냉혹한 눈초리는 조그만 움직임이라도 포착하는 즉시 발포해 버릴 기세였다.

열세 번째 마차에서 내리는 마지막 손님을 세라피나는 두

근거리는 마음으로 눈여겨보았다. 이번에야말로 적이 틀림없다고 확신했다. 하지만 정작 마차에서 내린 사람은 열네 살쯤 되어 보이는 소녀였다. 단정한 회색 원피스 차림의 소녀는 어깨에 여행용 짐 가방을 메고 머리에 황동 망원경을 쓰고 있었다.

희귀한 새라도 찾으러 온 사람처럼 주변 숲을 두리번거리던 소녀가 떡갈나무로 만든 높다란 정문 양옆을 지키고 서 있는 사자상을 한참 동안이나 바라보았다. 이탈리아 로즈 대리석으로 만든 사자상이었다. 마침내 사자상에서 눈을 뗀 소녀가 고개를 들어 어마어마한 위용을 자랑하는 저택을 올려다보았다.

엄청난 규모뿐만 아니라 섬세한 외관에 놀란 듯 소녀의 얼굴에 경탄의 빛이 어리었다. 저택의 벽과 홈통과 첨탑을 장식한 수많은 상상의 동물을 소녀는 넋을 놓고 바라보았다. 그런 소녀를 세라피나는 가만히 지켜보았다. 이윽고 소녀의 시선이 한 곳에서 멈추더니 얼굴에 미소가 번졌다. 그 시선의 끝을 좇아가 보니 온몸에 갑옷을 두르고 깃발을 높이 치켜든 아름다운 여전사 잔 다르크의 조각상이 있었다. 잔 다르크 조각상 바로 옆에는 십자가와 장검을 들고 쇠사슬을 엮어 만든 갑옷을 걸친 성 루이 조각상이 있었다.

한껏 들뜬 소녀의 표정을 바라보고 있노라니 조금 전까지만 해도 불타오르던 전의가 서서히 사그라졌다. 그 누구도 음흉한 살인마처럼 보이지 않았다. 그 누구도 살인을 서슴지 않는 악마처럼 보이지 않았다. 그저 세라피나의 해묵은 두려움이 빚어낸 착각인 듯했다.

'덩치만 커다란 순 겁쟁이 고양이 같으니라고. 저건 그냥 평범한 사람들을 잔뜩 실은 열세 대의 달구지일 뿐이야.'

세라피나는 스스로를 꾸짖으며 돌난간 뒤 바닥에 털썩 주저앉아 무릎을 당겨 안았다. 보이지도 않고 만질 수도 없는 마음속에만 존재하는 적 때문에 평생 이렇게 온몸의 신경을 곤두세우고 살아야 하는 걸까 하는 생각에 우울했다.

지난 몇 달 동안 세라피나는 도통 대화에 집중하지 못하는 제 자신을 발견하곤 했다. 정신을 차리고 보면 저도 모르게 구석에 있는 그림자를 경계심 어린 눈초리로 좇고 있었다. 쨍그랑 컵 받침에 찻잔 내려놓는 소리에도 소스라치게 놀랐다. 타닥타닥 벽난로에서 모닥불 타는 소리에도 화들짝 놀랐다. 누군가 팔이나 어깨에 손을 올려놓기라도 하면 기겁을 했다.

세라피나는 빌트모어의 수호자였다. 지금껏 브레이든과 힘을 합쳐 빌트모어를 위협하는 모든 적을 물리쳤다. 하지만 더 이상 새로운 적이 나타나지 않았다. 마침내 찾아온 따사로운 평화의 나날을 즐기고 싶었다. 하지만 평화의 나날은 결코 따사롭지 않았다. 델 듯이 뜨거웠다.

전투가 끝나 버린 마당에 전사가 다 무슨 소용이 있을까?

친구가 기차를 타고 북쪽에 있는 다른 세상으로 떠나 버린 마당에 우정이 다 무슨 소용이 있을까?

'마차에 탄 사람들이 가을 사냥철을 맞아 놀러 온 밴더빌트 부부의 친구와 가족들이란 걸 왜 미처 생각 못 했지?' 저택으로 속속들이 들어서는 손님들을 바라보며 세라피나는 스스로를 자책했다.

가을이면 함께 모여 사냥을 하는 것은 부유층의 오랜 전통이었다. 이맘때가 되면 각계각층의 신사 숙녀들이 여기 빌트모어에 모여 함께 사냥을 즐겼다. 그뿐만 아니라 대연회장에서 열리는 격조 높은 저녁 만찬과 이탈리아 정원에서 열리는 아름다운 등불 파티에도 참석했다. 늦은 밤에는 당구장에서 한바탕 내기 당구가 벌어지기도 했다. 사회적 지위를 확인하고 새로운 세기의 도래를 축하하기에 명문가 중에서도 명문가인 밴더빌트 가문을 벗 삼는 것보다 더 나은 방법이 과연 있을까?

거기다가 이번 방문에는 특별히 또 다른 목적 하나가 추가됐다. 어젯밤 세라피나는 하루 먼저 도착한 어느 부부의 침실을 지나가다가 우연히 두 사람이 나누는 대화를 엿들었다. 두 사람은 빌트모어에서 가장 작고 사랑스러운 밴더빌트 가문의 새로운 구성원을 만나 본 소감을 이야기하고 있었다.

코넬리아 밴더빌트가 태어나던 날 세라피나는 브레이든과 밴더빌트 씨와 함께 아기방 바로 앞에 서서 새 생명의 탄생을 초조하게 기다렸다. 사랑스러운 엄마 품에 안겨 꼼지락거리던 조그만 담요 뭉치를 보았다. 아기 넬이 세상에 태어나 처음으로 터뜨린 울음소리를 들었다. 그날 이후로 아기 넬과 놀아 주는 일은 세라피나의 일과가 됐다. 넬이 고이 잠든 밤이면 세라피나는 아기방 발코니에 몸을 누인 채 빌트모어의 수호자로서 책임을 다하고 있다는 뿌듯함을 만끽했다. 기다란 검정색 꼬리를 여유롭게 흔들며 눈앞에 아득히 펼쳐진 빌트모어의 영지를 내려다보곤 했다. 코넬리아는 밴더빌트 가문의 구성원 중에는 최초로 여기 노스캐롤라이나주 산골 마을에서 태어났다. 그 사실만으로 세라피나와 코넬리아가 일종의 자매 같은 사이라고 할 수 있을까? 코넬리아는 어떤 모습으로 자라날까? 어떤 언어를 쓰게 될까? 어떤 눈으로 세상을 바라보게 될까? 밴더빌트 가문 사람들도 나중에는 여기 남쪽 산간 지대 토박이가 되는 걸까?

여름과 가을 내내 빌트모어에는 고요함 속에서도 새로운 시작에 대한 기대감이 감돌았다. 다른 모든 빌트모어 사람들처럼 세라피나도 행복해야 마땅했다. 작업실에서 아빠와 함께하는 삶도 좋았고 빌트모어와 숲속을 오가는 삶도 좋았다. 그러나 밤이면 세라피나는 쉽사리 잠을 이루지 못했다. 숲을 거닐 때면 어디선가 다람쥐 한 마리만 나타나도 온몸이 빳빳해지곤 했다. 저택 주변을 순찰할 때마다 시냇물 소리나 바람 소리를 적의 공격으로 착각하고 흑표범으로 변신한 적이 한두 번이 아니었다.

그리고 이제 브레이든마저 떠났다.

"앉으렴." 다시 떠올리는 것만으로도 괴로운 그날 밴더빌트 씨가 세라피나와 브레이든을 서재로 불렀다. "브레이든,

너도 알다시피 형과 형수가 세상을 떠난 이후로 나는 너를 내 아들이라 생각했다. 그만큼 너를 사랑한다."

브레이든은 앞으로 벌어질 일을 미리 알고 체념한 사람처럼 아무런 미동도 없이 앉아 있었다.

"네 아버지는 유언장에 자식들이 밴더빌트 가문 사람들이 대대로 다녔던 학교에 다녔으면 좋겠다는 뜻을 분명히 남기셨다. 사사로운 감정은 제쳐 두고 네 아버지의 마지막 소원을 들어드리는 것이 우리 도리가 아니겠니. 마음 같아선 나도 너를 보내고 싶지 않다만 이제 네가 빌트모어를 떠나 뉴욕으로 돌아갈 때가 된 것 같구나."

브레이든이 미간을 찌푸리며 떨리는 손가락으로 눈가를 문질렀다. 어느 때보다도 침울한 표정이었다. 하지만 이내 천천히 고개를 끄덕였다. "알겠어요, 삼촌."

그리고 지금 세라피나는 브레이든 없이 홀로 여기 돌난간 뒤에 몸을 숨긴 채 웅송그리고 앉아 있었다.

'*학교*라니? 세상에 좋은 곳이 얼마나 많은데 어째서 꼭 *학교*를 다녀야 하는 거지? 어떻게 삼촌이랑 숙모가 *어린* 조카를 학교에 보내 버릴 수가 있지? 도대체 학교를 다니면 브레이든한테 뭐가 좋은데?' 브레이든은 이미 세라피나가 아는 사람 중에 가장 똑똑했다! 게다가 백번 양보해서 학교는 꼭 가야 하는 곳이라고 쳐도 왜 하필 그렇게 멀리 있는 학교에 가야 할까?

세라피나는 짜증이 났다. 이 모든 상황이 짜증스러웠다.

브레이든이 뉴욕으로 떠나던 날 세라피나는 밴더빌트 씨와 함께 기차역까지 배웅을 나갔다. 플랫폼에서 브레이든을 마주 보고 서 있는데 무슨 말을 해야 할지 알 수 없었다. 브레이든도 마찬가지였다.

지난 일 년 동안 둘이 거의 한시도 떨어지지 않고 붙어 다녔는데 그 결말이 이렇게 씁쓸한 헤어짐일 줄은 상상도 못했다.

'작별 인사는 어떻게 하는 거지?'

각양각색의 사람들이 두 사람 옆을 지나쳐 증기를 뿜어내는 크고 시커먼 쇳덩어리에 허둥지둥 올라탔다. 허공에서 시선이 얽혔다. 둘이 힘을 합쳐 가장 강력한 흑마법사도 물리쳤건만 지금 이 순간 헤어짐만큼은 어찌할 수가 없었다.

"보고 싶을 거야." 브레이든이 들릴락 말락 한 목소리로 속삭였다.

"나도 보고 싶을 거야." 세라피나가 떨리는 목소리로 대답했다.

머릿속에 떠오르는 수많은 기억의 조각이 차마 입 밖으로 나오지 못하고 목구멍에 걸렸다.

기차가 경적을 울렸다. 브레이든이 무언가 말을 하려는 듯 머뭇거렸지만 적당한 말을 찾지 못한 듯 세라피나를 바라만 보았다. 그때 마지막 탑승 기회를 알리는 승무원의 외침이 들렸다. "열차가 곧 출발합니다! 아직 탑승하지 않은 분들은 서둘러 탑승하시기 바랍니다!" 브레이든이 나지막이 중얼거렸다. "가야겠다." 브레이든은 계단을 올랐고 기차 안으로 모습을 감췄다.

세라피나는 밴더빌트 씨 옆에 우두커니 서서 기차가 떠나가는 모습을 지켜보았다. 부르릉 낮게 울리는 엔진 소리와 철커덩 철길 위를 구르는 바퀴 소리에 속이 울렁거렸다.

세라피나는 움직이지 않았다.

세라피나는 울지 않았다.

하지만 기다란 철길을 따라 사라지던 기차의 뒷모습을 떠올리면 지금도 속이 울렁거렸다.

'난 이제 쓸모없는 존재야. 어떻게 해야 할지 모르겠어.'

새로 도착한 손님들이 한 사람도 빠짐없이 저택 안으로 들어오자 집사 두 명이 마지막으로 문을 닫았다. 세라피나도 일어나 저택 끝으로 터덜터덜 발걸음을 옮겼다.

'작별 인사는 어떻게 하는 거지? 작별 인사를 하고 나면 그다음에는 어떻게 살아가야 하는 거지?'

세라피나는 남쪽 테라스를 따라 터덜터덜 걸었다. 테라스 쪽으로 난 창문 안으로 도서관이 들여다보였다. 정면으로는 온통 산이고 숲이었다. 머리 위로는 등나무가 그늘을 드리웠다.

해가 지고 땅거미가 내렸다. 세라피나는 문득 어둠 속에서 양털 담요로 부상한 몸을 감싼 채 여기 테라스 벤치에 홀로 앉아 멍하니 별을 바라보던 브레이든이 떠올랐다. 그때 세라피나는 유령처럼 그 뒤로 다가가 달빛만큼이나 투명한 손을 브레이든의 어깨에 올렸다.

그 모든 것이 아주아주 오래된 일처럼 느껴졌다.

"이제는 네가 유령이 되어 버렸네."

세라피나가 혼잣말을 하며 어느새 어둑어둑해진 하늘을 배경으로 아스라이 펼쳐진 숲과 계곡을 바라보았다. 아직 별은 보이지 않았지만 서쪽 지평선 위로 우뚝 솟은 피스가산 꼭대기에 눈부시게 빛나는 금성이 걸려 있었다. 그 옆에는 환한 빛을 머금은 목성과 점 하나를 콕 찍어 놓은 듯한 토성과 불그스름한 색채를 띤 화성이 동쪽 지평선까지 나란히 어슴푸레한 하늘을 수놓고 있었다. 마치 보이지 않는 거대한 원반의 가장자리를 따라가듯 줄지어 늘어선 네 개의 행성을 한꺼번에 볼 수 있는 오늘 같은 날은 아주아주 드물었다.

브레이든이 떠난 뒤로 세라피나는 예전처럼 행성을 벗 삼아 외로움을 달랬다. 이윽고 달빛 하나 없이 새카만 하늘 위로 헤아릴 수 없이 많은 별들이 하나둘 고개를 내밀기 시작했다.

금성이 피스가산 봉우리 뒤로 모습을 감추었다. 금성이 사라진 하늘에서 가장 오래도록 밝게 빛나는 별의 영예는 목성이 차지했다. 세라피나는 목성이 저를 두고 떠나 버린 친구처럼 느껴졌다. 브레이든이 뉴욕에서 어떤 삶을 살고 있을지 상상해 보았다. 뉴욕에는 전깃불이 너무 밝아서 별이 잘 보이지 않는다는 이야기를 들은 적이 있다. 하지만 뉴욕 하늘

에서도 목성은 보일 것만 같았다. *'아무리 그래도 목성은 보이겠지.'*

"네가 어디에 있든 용기를 잃지 마, 브레이든!" 밤하늘을 올려다보며 세라피나가 혼잣말로 외쳤다.

브레이든이 없는 빌트모어에서의 삶은 상상조차 할 수 없었다. 세라피나에게 브레이든은 가장 친한 친구이자 세라피나의 정체를 아는 유일한 사람이었다.

아빠는 갓 태어난 세라피나를 숲속에서 우연히 발견해 데려와 지금까지 사랑으로 키웠다. 하지만 그런 아빠조차도 세라피나가 흑표범으로 변신한 모습은 한 번도 본 적이 없었다. 세라피나는 아빠에게 정체를 밝히는 것이 두려웠다. 아빠가 어떤 반응을 보일지 알 수 없었기 때문이다.

아빠는 빌트모어에서 기계 장치를 만들고 고치는 일을 담당했다. 아빠는 눈에 보이고 손에 잡히는, 인간이 만든 도구와 기계를 믿는 사람이었다. 세라피나처럼 동물로 변신할 수 있는 이상하고 초자연적인 존재를 믿는 사람이 아니었다.

동생들과는 함께 숲속을 뛰어다닐 수는 있지만 머리를 맞대고 전략을 짜거나 저택에 몰래 숨어들거나 비밀 작전을 짜거나 기발한 함정을 설치하거나 악마를 물리치는 일을 함께 할 수는 없었다. 아쉽게도 동생들에게는 인간으로 변신하는 능력이 없었다. 그저 평범한 고양잇과 동물일 뿐이었다.

몇 달 전 브레이든과 함께 싸워 이긴 마지막 전투 이후로 시간은 더디게만 흘러갔다. 뚜렷한 형체 없이 하늘을 뒤덮은 회색빛 깃털 구름처럼 하루하루가 길게만 느껴졌다. 더구나 브레이든마저 떠나고 없는 지금은 시간이 흐르는지조차 문득문득 의심스러웠다.

평화로운 나날이 길어질수록 세라피나는 이렇게 별일 아닌 일에 깜짝깜짝 놀라다가 정작 진짜 위협이 닥쳤을 때는 알아차리지 못하는 건 아닐까 불안했다. 든든한 아군이었던 친구들이 모두 떠나 버린 지금 불가사의한 일이 닥쳤을 때 혼자서 단서를 모으고 조합할 수 있을까? 내 편이 아무도 없는데 혼자서 적과 맞서 싸울 수 있을까?

무엇보다 세라피나는 엄마가 그리워서 수많은 밤을 뒤척였다. 세라피나는 엄마에게서 숲속의 세계를 살아가는 방법을 배웠다. 엄마도 세라피나와 마찬가지로 인간의 모습으로 변신할 수 있었다. 그러나 오랜 세월 퓨마의 몸에만 갇혀 지낸 탓에 세라피나의 도움으로 마침내 빼앗겼던 인간의 영혼을 되찾았을 때에도 엄마는 인간 세상에 완전히 적응하지 못했다. 결국 인간의 세계보다 동물의 세계에 머무르는 길을 선택한 엄마는 최근에 새로운 영토를 찾아 블랙산맥으로 떠나 버렸다.

세라피나는 창문으로 도서관 안을 들여다보았다. 기다란 태피스트리 갤러리를 따라 늘어선 촛불이 실내를 따뜻하게 밝히고 있었다. 깔끔한 턱시도와 화려한 드레스를 차려입은 신사 숙녀들이 얼굴 가득 환한 미소를 머금은 채 샴페인을 홀짝이며 저녁 파티를 즐기고 있었다.

'다들 행복해 보이기만 한 이곳이 정말 내가 속한 세상일까?'

하지만 바깥세상은 빌트모어만큼 안전하고 안락하지 않다는 사실을 세라피나는 알고 있었다. 올여름 옛 친구 웨이사를 만나러 그레이트스모키산맥에 갔을 때 세라피나는 그곳에서 산림 파괴로 고통받는 체로키 부족 사람들과 수많은 동식물을 목격했다. 무시무시한 전기톱과 전동 윈치를 앞세운 인간들이 떼로 몰려와 나이를 가늠조차 할 수 없을 만큼 오래된 고목들을 마구잡이로 베어 냈다. 세라피나와 웨이사도 가까스로 탈출했다. 세상에 도움의 손길이 필요한 곳이 수없이 많다는 사실을 뻔히 알면서 이렇게 나머지 세상과 고립된 조용하고 평화로운 빌트모어에만 머물러 있는 것이 과연 옳은 일일까?

영혼이 분리되어 하마터면 수증기나 먼지가 되어 사라질 뻔한 무시무시한 일이 일어난 지가 불과 몇 달 전이었다. 하지만 지금 세라피나는 열세 살이 되었고 두 발로 온전히 땅을 딛고 서 있었다. 모든 게 다 지난 일이 되어 버렸다.

하지만 가끔씩 이슥한 밤 흑표범의 모습으로 어둠 속을 배회할 때면 이대로 엄마처럼 멀리멀리 떠나고 싶은 충동이 불쑥불쑥 고개를 들었다.

게다가 가끔씩 인간의 모습인데도 감각과 이성 심지어 신체까지도 어둡고 원시적으로 변해 가는 듯한 느낌이 들었다. 날마다 인간보다는 흑표범에 더 가까워지고 있는 것 같았다.

이런 충동은 호기심 많고 무리 지어 다니기보다는 혼자 다니길 좋아하는 고양잇과 동물의 본능이었다. 하지만 어떻게 고향을 두고 떠날 수 있을까? 어떻게 아빠를 두고 떠날 수 있을까? 만약 세라피나가 떠나 버리면 여기 남은 동생들과 밴더빌트 부부와 아기 넬은 누가 지켜 줄까? 세라피나는 결코 그런 무책임한 짓을 할 수가 없었다. 마음을 독하게 먹으면 어쩌면 밴더빌트 가문 사람들에게는 작별 인사를 할 수 있을지도 몰랐다. 하지만 도저히 아빠를 두고는 떠날 수 없을 것 같았다. 세라피나가 있어야 할 곳이 여기가 아니라 할지라도 다른 선택권은 없었다.

테라스에 우두커니 서서 한참 생각에 잠겨 있는데 등 뒤에서 발소리가 들렸다. 깜짝 놀란 세라피나가 홱 몸을 돌리며 몸 앞에서 주먹을 쥐었다. 심장이 쿵쾅거렸다.

누군가 세라피나 앞으로 다가와 걸음을 멈추었다.

하지만 상대는 세라피나를 공격하지 않았다.

그저 가만히 바라만 보았다.

세라피나는 목덜미에 난 솜털이 쭈뼛 일어서는 것을 느꼈다.

눈앞에 서 있는 사람은 세라피나가 너무나도 잘 아는 사람이었다.

처음에는 현실이 아니라고 생각했다.

별빛 아래서 유난히 더 창백한 피부, 평소답지 않게 헝클어진 갈색 머리칼, 기억 속에서보다 훨씬 더 밝은 갈색 눈동

자. 하지만 다정다감한 표정만큼은 세라피나가 기억하는 모습 그대로였다. 다시 찬찬히 살펴보았다. 가죽 재킷의 어깨 부분에 흠집이 나 있었다. 바지 무릎 부분은 심하게 찢어져 있었다. 얼굴에는 피가 말라붙어 있었다.

그 순간 끔찍한 생각이 머릿속을 스치고 지나갔다. 심장이 요동치기 시작했다.

'기차 사고라도 났나?'

그래서 브레이든의 영혼이 이 세상을 떠나기 전에 마지막으로 작별 인사를 하러 날 찾아온 건가?

아니면 아무것도 아닌 일에 깜짝깜짝 놀라다가 마침내 내가 미쳐 버린 건가?

마음속에 번져 가는 두려움을 억누르며 세라피나가 겨우 입을 뗐다. "진…… 진짜 너야?"

변함없이 다정한 눈빛으로 세라피나를 바라보며 눈앞의 유령이 되물었다. "세라피나, 너 괜찮아?"

마침내 제대로 된 질문을 입 밖으로 뱉었지만 목소리는 여전히 속삭임에 가까웠다. "기차 타고 가다가 사고라도 난 거야?" 세라피나가 물었다. "너 진짜 여기 있는 거 맞아?"

"보다시피." 브레이든이 고개를 끄덕였다.

"하지만 어떻게? 내가 분명히 기차 타고 떠나는 너를 봤는데."

"테네시까지만 갔다가 돌아왔어." 브레이든이 민망하다는 듯이 어깨를 으쓱했다.

"그게…… 그게 도대체 무슨 말이야?"

"기차에서 곰곰이 생각했어. 테네시까지는 어찌어찌 갔는데 더 이상은 못 참겠는 거야."

"그래서?"

"뛰어내렸지."

"뭐라고? 그럼 여기까진 어떻게 왔어?"

"삼촌이 학비 내라고 주신 돈이 있었거든. 그걸로 말을 한 필 샀어."

"테네시에서 여기까지 그 먼 길을 말을 타고 왔다고?"

"그래 봤자 80킬로미터야."

너무나도 충격적인 이야기에 세라피나는 브레이든을 멍하니 쳐다봤다. 브레이든의 얼굴에는 여태껏 본 적 없는 반항기가 서려 있었다. 밴더빌트 부부와 뉴욕에서 브레이든을 기다리고 있을 친척들이 불안과 걱정에 떨다가 막상 사실을 알게 되면 다들 불같이 화를 낼 것이 뻔했다. 브레이든이 반항을 하다니! 브레이든이 제멋대로 기차에서 내려 말을 타고 돌아오다니! 그렇게 먼 거리를 이렇게 짧은 시간에! 브레이든도 말도 지금쯤 쓰러지기 일보 직전일 게 분명했다.

하지만 이렇게 브레이든을 마주하고 있노라니 다른 감각은 모조리 사라지고 오로지 심장 박동만 느껴졌다. 온몸에 새로운 피가 도는 듯했다.

땅만 쳐다보던 브레이든이 한 걸음 다가서며 서서히 고개를 들었다. 브레이든과 세라피나의 눈이 마주쳤다.

브레이든이 양팔을 들어 세라피나를 껴안았다. 따뜻한 담요를 두른 듯 포근했다. 맞닿은 피부로 전해지는 체온에 조금 전까지 느꼈던 불안하고 혼란스러운 마음이 눈 녹듯 사라졌다.

"호숫가로 가자. 보여 줄 게 있어." 마침내 브레이든이 팔을 풀며 말했다.

"네가 이렇게 다시 돌아온 걸 알면 난리 나는 거 아냐?" 돌계단을 내려가 정원으로 들어서며 세라피나가 물었다.

"당연히 난리가 나겠지." 브레이든이 이상하리만치 명랑한 목소리로 대답했다.

"집에서 알면 어쩌려고 이러는 거야?"

"모르겠어. 어쩌면 모르실 수도 있지."

브레이든에게 딱히 이렇다 할 계획이 없다는 사실을 알아차린 세라피나가 놀란 토끼 눈을 하고 브레이든을 곁눈질했다.

"그냥 마지막으로 널 딱 한 번만 더 보고 싶었어."

빌트모어의 명물인 모감주나무가 있는 오솔길을 따라 걸으며 브레이든이 말을 이었다. "뉴욕은 내가 태어난 곳이기도 하고 친척들도 있는 곳이지만…… 모르겠어……." 브레이든이 세라피나 쪽을 힐끔 보았다가 멋쩍은지 다시 시선을 내리깔았다. "내가 원하는 삶은 여기에 있어. *너도* 여기에 있고."

브레이든의 마지막 말에 세라피나의 마음속에서 기쁨이 용솟음쳤다. 날아갈 것만 같았다.

"네가 있어야 할 곳도 여기야." 목소리가 살짝 떨렸다. 세라피나는 왜 브레이든이 그토록 힘겹게 마지막 말을 꺼냈는지 알 것만 같았다. 마음속 깊은 곳에 있는 진심일수록 말로 표현하기가 힘든 건 도대체 왜일까?

"네가 돌아와서 기뻐, 브레이든." 세라피나가 어렵사리 진심을 꺼냈다. 정원으로 들어서자 울긋불긋한 가을 국화를 가득 심은 화단이 두 사람을 반겼다. "네가 떠나고 나서 뭘 해야 할지도 모르겠더라. 흔들의자로 가득한 방에 풀어놓은 꼬리 긴 겁쟁이 고양이처럼 매일매일이 가시방석이었어."

"무슨 말인지 알아." 브레이든이 입속말로 대답했다.

"저택 안에 있을 때면 나도 사람들과 어울리려고 노력해 봤어. 정말이야. 하지만 나 혼자만 멀리서 다른 사람들을 지켜보고 있는 것 같았어. 나만 단절된 느낌이야."

"나랑도 단절된 느낌이 들어?" 브레이든이 물었다.

"너랑은 아니야. 하지만 가끔씩 너희 삼촌이랑 숙모랑도 단절된 느낌이 들어. 새로운 손님들 특히 사냥하러 온 사람들은 말할 것도 없고."

"사냥꾼들이 거들먹거리면서 누가 얼마나 많이 잡는지 내기하는 꼴을 보고 있노라면 속이 메슥거려." 브레이든이 인상을 썼다. "하지만 우린 안 그러잖아. 삼촌이랑 숙모도 마찬가지고."

"그런데 왜 너희 삼촌이랑 숙모는 그런 사냥꾼들을 집으로 초대하시는 거야?" 정말로 궁금한 마음에 던진 질문이었지만 세라피나는 곧바로 후회했다. "미안. 우리 아빠가 나보고 갈수록 주제넘는다던데 그 말이 맞나 봐. 너희 삼촌이랑 숙모가 집에 누구를 초대하시든 내가 참견할 일이 아닌데. 나도 이 집에 살게 해 주신 분들인데 말이야. 나야말로 완전 수상하잖아."

브레이든이 싱긋 웃었다. "왜 이래, 엄살떨지 마. 네가 *완전* 수상하진 않아. 너는 그냥 아주 평범하게 수상한 정도지. 그냥 변신 좀 하고 쥐 좀 잡고 지하실 살면서 가끔 악마도 물리치는 흔하디흔한 산골 소녀 아니겠어. 그게 뭐 나쁜가. 그런 사람 한두 명쯤은 이 동네에 필요하다고."

브레이든의 익살스런 대꾸에 세라피나는 웃음을 터뜨렸다. 브레이든이 덧붙였다. "사냥철마다 초대장을 보내는 건 우리 가문의 오랜 전통이야. 오랜만에 온 가족이 함께 모일 수 있는 기회지. 하지만 우리 삼촌이랑 숙모는 직접 사냥을 하진 않으셔. 승마 말고 나머지는 그다지 즐기지 않으시거든."

"살생은 즐기지 않으신단 말이지." 세라피나가 나지막이 되뇌었다.

장미 정원을 빠져나오자 벽돌 길이 나왔다. 벽돌 길은 천장이 유리로 된 식물원을 빙 둘러서 이어져 있었다. 솔잎으로 뒤덮인 폭신폭신한 벽돌 길을 따라 걸어가다 보니 연못이 나왔다. 빌트모어의 조경사 옴스테드 씨는 이 연못을 농어 연못이라고 불렀다.

"여기서 내가 뭘 해야 할지 모르겠어." 세라피나가 말했다.

"꼭 뭘 해야 할 필요는 없어."

"그게 문제라니까. 나 스스로가 아무짝에도 쓸모없는 것처럼 느껴져."

"넌 쓸모없지 않아." 브레이든이 힘주어 말한 다음 미소를 지으며 덧붙였다. "적어도 나보다는 쓸모 있어. 난 지금 탈주범 신세잖아."

세라피나도 브레이든을 따라 미소를 지었다. 함께 내딛는 걸음 수가 늘어날수록 기분도 점점 나아졌다.

"가자, 보여 줄 게 있어." 호수가 가까워지자 브레이든의 발걸음이 조급해졌다.

"뭔데 그래?" 브레이든과 보조를 맞추느라 덩달아 속도를 높이며 세라피나가 물었다.

오솔길을 따라 숲을 벗어나자 호숫가에 돌멩이로 만들어 놓은 동그란 원이 시야에 들어왔다. 그 중앙에는 조그만 장작더미가 있었고 얼기설기 쌓은 나뭇가지 안쪽에는 바싹 마른 나뭇잎이 수북이 쌓여 있었다.

브레이든이 그 옆에 무릎을 꿇고 앉더니 성냥개비를 그어 나뭇잎 더미에 불을 붙였다. 새빨간 불씨를 입으로 몇 번 후후 부니까 금세 하늘로 연기가 피어올랐다.

"드디어 오셨군요. 기다리고 있었습니다. 이쪽으로 와서 앉으시지요, 부인." 마치 최상류층 귀부인을 응접실로 모시듯 브레이든이 한껏 과장된 몸짓으로 손을 내밀었다.

"이게 다 뭐야?" 세라피나가 물었다.

"캠프파이어야."

"그건 아는데 캠프파이어가 어떻게 여기에 있어?"

"내가 만들었어."

"언제?"

어안이 벙벙한 세라피나의 반응이 만족스러운 듯 브레이든은 장난기 가득한 미소를 머금은 채 손깍지를 끼고 바닥에 드러누워 별을 올려다보았다.

세라피나는 이 모든 상황이 도무지 이해가 되지 않았다. 브레이든 말대로 뉴욕행 기차에서 중간에 뛰어내려 미친 사람처럼 말을 달려 야생의 숲길을 뚫고 여기까지 왔다고 치자. 그렇다면 여간 큰일이 아니었다. 그런데 브레이든은 지금 마치 원하던 일을 다 이룬 사람처럼 태평해 보였다.

"캠프파이어는 왜 만들었어?" 브레이든 옆에 자리를 잡고 앉으며 세라피나가 물었다.

"왠지 네가 오늘 밤에 열리는 파티를 별로 좋아하지 않을 것 같아서."

"그러니까 너는 내가 밖에 나와 있을 줄 예상했다는 거네? 심지어 남쪽 테라스에 있을 거란 것도?"

"그냥 그럴 것 같았어." 브레이든이 고개를 끄덕였다.

"그리고 나를 위해 이 캠프파이어를 만들었단 말이지?"

"음, 꼭 그런 건 아니고. 너는 어둠 속에서도 잘 볼 수 있잖아. 그러니까 엄밀히 말하면 이건 널 위해서라기보다는 날 위해서 만든 거지. 하지만 네가 좋아할 것 같긴 했어."

"완전 좋아." 세라피나가 말했다.

"저기 별들 좀 봐. 우리에게 보여 주려고 저렇게 아름답게 빛나는 것 같아."

세라피나는 브레이든의 시선을 따라 하늘을 올려다보았다. 하지만 별이야 하루 이틀 보는 것도 아니었다. 지금 세라피나의 최대 관심사는 브레이든이었다. 밤하늘의 별을 바라보는 브레이든의 표정은 한없이 편안했다. 브레이든이 돌아왔다는 사실이 실감이 나질 않았다. 현실이라기에는 너무 좋아서 믿기지가 않았다.

"너도 편하게 누워." 브레이든이 말했다.

그 말에 세라피나도 브레이든 옆에 누웠다. 맞닿은 어깨에서 전해지는 따스한 온기가 차가운 밤공기와 대비를 이루어 마음이 더욱 포근해졌다.

"저기 사냥꾼 오리온자리 좀 봐. 허리띠에 해당하는 별 세 개가 모여 있는 방향을 따라 위로 쭉 올라가면 밝게 빛나는 주황색 별 하나가 보이지?"

"응, 보여." 브레이든의 손가락 끝에 걸린 환하게 빛나는 별 하나를 바라보며 세라피나가 대답했다.

"저 별이 바로 알파성(별자리 가운데 가장 밝은 별_옮긴이) 알데바란이야. 이제 같은 방향으로 시선을 조금만 더 옮겨 봐. 한군데 올망졸망 모여 있는 푸르스름한 별들 보여?"

"응, 보여." 세라피나가 대답했다.

"우리 삼촌이 알려 주셨는데, 저 일곱 개의 별은 그리스 신화에 나오는 플레이아데스 일곱 자매래. 나바호 인디언들은 *딜리예헤*라고 불렀고, 페르시아 사람들은 *파르빈*이라고 불렀대."

세라피나는 눈을 들어 브레이든이 가리킨 한 무더기의 조그만 별들을 바라보았다. 고양잇과 맹수의 눈에는 반짝이는 별 하나하나가 또렷이 보였다. 과연 그중에 올망졸망 모여 있는 유난히 빛나는 별 예닐곱 개가 있었다. 그보다 희미하긴 하지만 그 사이사이에는 수백 개가 넘는 푸르스름한 잔별들이 살아 숨 쉬는 영혼처럼 어지러이 춤을 추고 있었다.

길게 숨을 들이마시자 이전과는 다른 완전히 새로운 공기가 폐를 가득 채우는 듯한 기분이 들었다.

"며칠 전에 왜 꼭 뉴욕에 가야 하느냐고 삼촌에게 따져 물었어. 내가 하도 가기 싫어하니까 삼촌이 성경에 나오는 이야기 하나를 들려주셨어. 옛날에 욥이라는 사람이 살았는데 인생에서 이유를 알 수 없는 일들이 자꾸 일어나서 하나님께 화를 냈대. 그러자 하나님이 세상은 세상일 뿐 욥이 이해할 수도 없고 통제할 수도 없다면서 이렇게 말씀하셨대. '욥아, 네가 북두칠성을 묶을 수 있느냐? 네가 오리온자리를 묶은 띠를 풀 수 있느냐? 네가 때에 따라 별자리를 낼 수 있느냐? 곰자리와 그 별들을 인도할 수 있느냐?'"

세라피나는 브레이든이 하려는 말이 옳은지는 둘째 치고 자신이 제대로 이해했는지조차 알 수 없었다. 하지만 브레이든이 성경 구절을 암송할 때 목소리의 울림이 참 듣기 좋았다.

"내 생각에 여기서 곰자리란 아르크투루스를 뜻하는 것 같아." 브레이든이 팔을 들어 또 다른 별자리를 가리킬 때 두 사람의 어깨가 또다시 스쳤다. “저기 엄청 커다랗고 불그스름한 별 보여?”

“응, 보여.” 세라피나가 대답했다.

“그런데 진짜 놀라운 건 이거야. 우리 삼촌이 그러시는데 욥기는 무려 2천5백 년 전에 쓰였대. 그 말은 그렇게 오래전에도 사람들이 지금 우리가 보고 있는 저 일곱 개의 별을 똑같이 보고 있었다는 뜻이잖아. 우리처럼 별자리마다 이름도 붙이고 기원이나 힘에 관한 이야기도 짓고 말이야. 페르시아 사람들도 그랬고 바이킹 부족도 그랬고 서쪽에 사는 나바호 부족도 그랬고 이곳에 사는 체로키 부족도 그랬고 세계 곳곳에 사는 모든 사람들이 수천 년 동안 그랬다는 거잖아.”

“듣고 보니 진짜 놀랍다!” 호기심 가득한 두 눈을 빛내며 말하는 브레이든에게 세라피나는 마음을 빼앗겼다. 브레이든에게서 뿜어져 나오는 저 에너지는 어디서 오는 걸까? 아무리 생각해도 브레이든은 지금쯤 녹초가 되어 있거나 불안에 떨고 있어야 했다. 그런데 눈앞의 브레이든은 생기가 넘쳐흘렀다.

쌀쌀한 가을밤 호숫가에서 세라피나와 브레이든은 서로의 체온을 나누며 앉아 있었다. 거울처럼 매끈한 수면 위로 플레이아데스성단과 이루 헤아릴 수 없이 많은 별들이 반사되어 비쳤다. 호수가 마치 다이아몬드를 흩뿌린 듯 눈부시게 반짝였다.

세라피나는 영문은 알 수 없었지만 요 며칠 마음속 깊은 곳에서 샘솟던 불안감이 사그라짐을 느꼈다. 더는 두렵지 않았다. 더는 초조하지 않았다. 지금 이 순간 어느 때보다도 편안하고 행복했다.

의식의 흐름에 몸을 맡기자 머릿속에서 온갖 상상이 떠올랐다. 상상 속에서 세라피나는 브레이든과 함께 달리는 기차에 몸을 실었다가 전속력으로 말을 달렸다가 행성을 타고 하늘로 솟구쳤다가 유성을 타고 땅으로 내려왔다. 타닥타닥 타오르는 모닥불 속을 헤엄쳐 거울처럼 매끄러운 호수 위를 미끄러지듯 날아서 눈부신 별빛에 몸을 적셨다.

바로 그때 머리 위에서 유성우가 쏟아지기 시작했다. 눈앞에서 벌어지는 믿을 수 없는 장관에 세라피나는 저도 모르게 헉하고 숨을 들이마셨다.

"저것 좀 봐!" 브레이든이 흥분해서 세라피나의 팔을 움켜잡으며 소리쳤다. 번쩍이는 불빛들이 가느다란 꼬리를 길게 늘어뜨리며 새카만 밤하늘을 가로질렀다. "유성우야!"

한밤중에 홀로 바깥을 배회하는 날이 많은 세라피나는 외로운 밤하늘을 소리 없이 가로지르는 유성우를 심심찮게 보았다. 하지만 이런 장관은 처음이었다. 이런 기분도 처음이었다. 머리 위로는 유성우가 그야말로 꼬리에 꼬리를 물고 비처럼 쏟아져 내렸다. 그리고 세라피나의 옆에는 브레이든이 있었다.

"굉장하지 않아?" 브레이든이 숨죽이며 물었다.

대답하려는 찰나 근처에 있는 언덕 꼭대기에서 낯선 남자들의 목소리가 들려왔다.

소리가 점점 더 가까워졌다. 세라피나는 재빨리 사방을 둘러보았다.

그리고 보았다. 숲속에서 뛰쳐나오는 눈처럼 새하얀 사슴 한 마리를.

두 눈으로 똑똑히 보고 있는데도 믿기 힘든 새하얀 사슴의 등장에 너무 놀란 나머지 세라피나는 말을 잃고 애꿎은 브레이든의 팔만 움켜잡았다.

별빛 아래 새하얀 털에서 은은한 빛이 뿜어져 나오는 것만 같은 착각이 들었다. 새하얀 사슴은 쓰러진 나뭇가지와 좁은 도랑을 별로 힘들이지 않고 사뿐사뿐 뛰어넘으며 캄캄한 숲속을 미끄러지듯 내달렸다.

지금 보고 있는 이 장면이 평생 다시 못 볼 진귀하고 아름다운 기억으로 남으리라는 사실을 세라피나는 직감적으로 알아차렸다.

바로 그때 밤하늘에 총성이 울려 퍼졌다.

새하얀 사슴이 움직임을 멈추었다.

새하얀 옆구리로 붉은 점 하나가 번져 나갔다.

고개가 떨어졌다.

다리가 비틀거렸다.

두 눈이 감겼다. 흰 사슴이 바닥으로 풀썩 쓰러졌다.

“안 돼!” 브레이든이 비명을 지르며 달려갔다.

숨이 끊어지진 않았다. 흰 사슴은 바들바들 떨리는 다리로 일어서려고 안간힘을 썼다. 겨우 세 발짝 내디뎠을 뿐인데 고개가 좌우로 흔들렸다. 공포에 질린 흰 사슴이 다시 달아나기 시작했다.

또 다른 총성이 밤공기를 갈랐다.

피가 거꾸로 솟는 듯한 분노에 흑표범으로 변신한 세라피나가 날카로운 발톱을 세우고 새하얀 송곳니를 드러낸 채 총성이 들려온 방향으로 돌진했다.

흰 사슴이 호수로 첨벙 뛰어들었다. 매끄러운 수면 위로 반짝이던 별들이 산산조각 났다. 수면 위로 눈만 빼꼼 내민 채 흰 사슴이 필사적으로 네 다리를 허우적거렸다. 눈동자에는 공포의 빛이 가득했고 입 밖으로 빼문 혀 사이로는 울음이 새어 나왔다.

브레이든이 물살을 헤치며 흰 사슴의 뒤를 쫓아갔다. 또 다른 총알이 수면 위로 날아들었다.

세라피나는 사냥꾼들의 이목을 끌려고 최대한 큰 소리를 내며 언덕배기를 달음질쳐 올라갔다. 엽총을 든 사냥꾼만 최소 셋이었지만 아무래도 상관없었다. 마음속 깊은 곳에서부터 끓어오르는 분노로 허파와 근육이 터질 듯이 팽팽하게 부풀어 올랐다. 이 분노를 남김없이 끌어모아 저 사냥꾼들을 찢어발기고 싶은 마음뿐이었다.

그때 사냥꾼 한 명이 칠흑 같은 어둠을 헤치고 달려오는 세라피나의 새카만 몸뚱이와 샛노란 눈동자를 발견했다. 그가 공포에 질려 말을 더듬었다. "저…… 저게 뭐지?"

"도망가!" 또 다른 사냥꾼이 고함을 질렀다.

그 와중에 누군가가 또 총을 발포했다. 하지만 겁에 질려 손이 덜덜 떨린 탓인지 총알은 세라피나를 빗나가 뒤쪽에 있는 나무둥치에 꽂혔다.

세라피나는 총을 쏜 사람을 향해 곧장 달려들었다. 세라피나가 날카로운 발톱을 휘두르자 총이 저만치 날아가고 사냥꾼의 목에 상처가 났다.

공포에 질린 사냥꾼이 비명을 지르며 달아나다가 나무뿌리에 발이 걸려 자빠졌다. 그는 비틀거리며 다시 일어나 다른 사냥꾼들과 함께 저택이 있는 방향으로 꽁무니가 빠져라 달아났다.

세라피나는 끝까지 쫓아가고 싶었다. 끝까지 쫓아가 숨통을 끊어 놓고 싶었다. 마음만 먹으면 금방이라도 따라잡을 수 있었다. 날카로운 송곳니와 발톱으로 차례로 하나도 남김없이 쓰러뜨릴 수도 있었다. 하지만 갑자기 온몸을 엄습하는 이유를 알 수 없는 두려움에 세라피나는 따라잡기를 그만두었다.

언덕 꼭대기에서 세라피나는 재빨리 눈으로 브레이든의 행방을 쫓았다.

총성이 몇 번이나 울렸지?

그 많은 총알은 다 어디에 박혔을까?

세라피나는 호숫가를 향해 전력 질주했다.

눈 깜짝할 새에 호숫가에 다다른 세라피나가 브레이든을 찾아 정신없이 사방을 두리번거렸다. 하지만 어디에도 브레이든의 모습은 보이지 않았다. 총상을 입은 채 바닥에 쓰러져 있을지도 모른다는 불길한 생각에 호숫가와 물풀 사이사이를 샅샅이 훑었다. 이윽고 세라피나는 수면 위로 시선을 옮겼다.

첨벙거리며 물속을 걸어 나오는 브레이든의 모습이 시야에 들어왔다. 브레이든이 온몸에서 물을 뚝뚝 흘리며 세라피나 앞에 멈추어 섰다. 새하얀 사슴이 브레이든의 품에 안겨 있었다.

"내가 물에서 건지긴 했는데……" 브레이든의 목소리가 떨렸다. "아무래도 죽은 것 같아……." 브레이든이 흰 사슴을 조심스레 바닥에 내려놓은 뒤 그 옆에 무릎을 꿇고 앉았다.

인간의 모습으로 변신한 세라피나도 브레이든 옆에 무릎을 꿇고 앉아 미동도 없는 작디작은 몸뚱이를 내려다보았다.

그제야 세라피나는 흰 사슴이 얼마나 어린지를 깨달았다. 새끼 사슴이었다. 온몸이 새하얀 털로 뒤덮여 있었다. 하지만 눈과 코가 새카만 걸 보면 알비노(선천적인 멜라닌 색소 결핍으로 온몸의 피부는 흰색, 머리카락은 은색, 눈동자는 붉은색을 띠는 사람이나 동물을 가리키는 말_옮긴이)는 아니었다. 난생처음 보는 생명체였다. 정체가 무엇인지 어디서 왔는지 알 수 없었지만 희귀하고 소중한 생명체인 것만은 분명했다. 그런데 옆구리에서 출혈이 너무 심했다. 새끼 사슴은 고개를 축 늘어뜨린 채 밭은 숨을 몰아쉬었다. 길고 가느다란 네 다리가 부러진 나뭇가지처럼 뒤엉켜 있었다.

"가엾지만 어쩔 수 없었잖아……." 죄 없는 동물이 고통받는 모습을 두 손 놓고 지켜보는 것보다 브레이든에게 더 큰 고통은 없다는 사실을 세라피나는 누구보다 잘 알았다.

브레이든이 새끼 사슴의 옆구리와 목에 손바닥을 얹었다.

뼈가 거의 산산조각 날 만큼 심각한 부상을 입은 도베르만도 브레이든의 손길이 닿으면 나았다. 날개가 부러진 송골매도 브레이든의 손길이 닿으면 나았다. 이 숲속에는 브레이든의 손길로 되살아난 동물들이 이루 헤아릴 수 없이 많았다. 브레이든에게는 동물과 소통하고 동물을 치유하는 능력이 있었다. 하지만 그 능력에는 나름의 고충이 뒤따랐다. 삶과 죽음에 너무나도 밀접하게 닿아 있는 탓이었다.

"이대로 죽게 내버려 둘 순 없어."

브레이든이 두 눈을 감고 새끼 사슴의 상처와 맞닿은 두 손으로 치유의 능력을 흘려 보냈다. 세라피나는 그 모습을 가만히 지켜보았다. 예전에도 여러 번 보았지만 볼 때마다 신기하고 놀라웠다.

행여나 사냥꾼들이 되돌아올까 봐 세라피나는 걱정스러운 눈으로 그들이 도망간 쪽을 바라보았다. 한밤중에 빌트모어 영지에서 몰래 사냥을 하던 지역 밀렵꾼들일지도 모른다는 의심도 잠깐 했다. 하지만 세라피나를 보자마자 일말의 망설임도 없이 빌트모어 쪽으로 달아난 걸 보면 그건 아니었다.

아빠에게 듣기로 사슴 사냥꾼들 사이에는 일종의 암묵적인 규칙이 있다고 했다. 밤에는 사냥하지 않기, 전깃불로 사슴을 꾀어내지 않기, 덫에 걸린 사슴이나 너무 가까이 있는 사슴이나 어떤 형태로든 특별해 보이는 사슴은 쏘지 않기 등이었다. 그런 규칙을 따르는 사람이라면 온몸이 눈처럼 *새하얀* 사슴을 쏠 리는 없었다. 결코 모르고 지나칠 수 없는 특별함이었기 때문이다. 그런데 아까 그 사냥꾼들은 아직 다 자라지도 않은 흰 사슴을 향해 무자비하게 총을 쏘았다. 마치 온몸이 새하얀 희귀한 사슴은 그냥 지나치기에는 너무나도 아까운 전리품이라는 듯이.

브레이든이 상처를 치유하는 동안 세라피나가 도울 일은 별로 없었다. 그래도 세라피나는 브레이든의 곁을 지키며 혹시 모를 위험을 대비해 주위를 경계했다.

세라피나와 브레이든은 함께한 시간만큼 서로가 무엇을 잘하는지 너무나도 잘 알았다. 오늘 밤 전투는 세라피나의 몫이었고 치유는 브레이든의 몫이었다.

고개를 들자 기다랗게 이어진 얇디얇은 구름이 밤하늘의 별과 행성을 거의 다 가리고 있었다. 잔잔한 수면 위로 눈부시게 반짝이던 별빛도 어느덧 다 사라져 버리고 호수는 이제 잿빛으로 물들어 있었다.

드디어 치료를 끝낸 브레이든이 고개를 들어 세라피나를 올려다보았다. 백지장처럼 새하얗게 질린 브레이든의 얼굴에는 수심이 가득했다. 두 손은 추위로 덜덜 떨리고 있었다.

"몸을 따뜻하게 데워 줘야 해." 브레이든이 새끼 사슴을 품에 안은 채 일어나려고 비틀거렸다.

"네 몸부터 따뜻하게 데워야 할 것 같아." 세라피나가 브레이든을 부축하며 말했다.

상처 입은 사슴을 안고 브레이든이 저택 쪽으로 발걸음을 옮겼다. 세라피나는 그 옆에 바짝 붙어 서서 사방을 경계했다. 두 사람은 쪽문으로 숨어들었다. 어두컴컴한 계단을 살금살금 지나 2층에 있는 브레이든의 방으로 들어갔다.

방에 들어가자마자 브레이든이 재빨리 벽난로에 불을 지폈다. 그러고 나서 벽난로 앞에 있는 의자에 앉아 소중히 안고 있던 새끼 사슴을 양털 담요로 꽁꽁 싸맸다.

"오늘 밤만 잘 넘기면 살 수 있을지도 몰라." 가늘지만 약간의 희망이 깃든 목소리였다.

"그 사냥꾼들은 누굴까?" 세라피나가 말했다.

"난 못 봤어." 브레이든이 말했다.

새끼 사슴을 품에 안고 벽난로 앞에 앉아 있는 브레이든을 보고 있노라니 마음속에서 또 다른 걱정이 피어올랐다. "아침이 되면 다들 네가 여기 있는 걸 알게 될 텐데 삼촌이랑 숙모한테는 뭐라고 할 거야?"

브레이든이 설레설레 고개를 저었다. 몸도 너무 지쳐 있는 데다가 마음도 새끼 사슴에 대한 걱정으로 가득 차 다른 건 생각할 여력이 없는 듯했다.

"눈 좀 붙여. 말을 타고 그 먼 길을 달려와서는 새끼 사슴 치료해 주느라 쉬지도 못했잖아. 너 진짜 피곤해 보여."

"알았어." 오늘 밤이 끝나 가는 게 아쉬운지 브레이든은 슬퍼 보이기까지 했다.

"여기서 이렇게 자도 괜찮겠어?" 브레이든의 어깨에 이불을 덮어 주며 세라피나가 물었다.

"응, 잠깐 눈만 좀 붙이면 돼." 브레이든이 말했다.

"내일 어떤 일이 일어나도 함께 헤쳐 나가는 거다, 알겠지?" 문간에 서서 머뭇거리던 세라피나가 용기 내어 속엣말을 꺼냈다.

브레이든이 세라피나를 바라보며 고개를 끄덕이곤 다정하게 말했다. "용기를 잃지 마."

"아침에 봐. 용기를 잃지 마." 세라피나는 살그머니 브레이든의 방을 빠져나왔다.

대층계를 따라 1층으로 내려온 다음 다시 지하실로 통하는 계단을 내려갔다. 거대한 미로 같은 복도와 주방과 지하 창고를 능숙하게 지나 작업실로 갔다.

지난 몇 달 새 저택 곳곳에 새로운 기계 장치가 들어오면서 아빠는 정신없는 나날을 보냈다. 작업실에는 작업대가 두 개나 더 놓였고 선반도 세 칸이나 더 높아졌다. 선반 위에는 망치, 드라이버, 펜치, 톱, 금속 절단기 등등 밴더빌트 씨가 아예 새로 장만해 준 도구들이 영롱한 자태를 뽐내고 있었다. 아빠에겐 여기가 천국이나 다름없었다.

또 하나, 세라피나가 아빠와 함께 작업실에 살고 있다는 사실을 알게 된 이후로 밴더빌트 씨는 특별히 두 사람분의 식사를 더 준비하도록 주방에 일러두었다. 덕분에 예전처럼 금속 배럴 통 안에 장작불을 피우고 그 위에서 요리를 해 먹지 않아도 되었다. 빌트모어에는 주방이 여러 개 있었다. 프랑스 출신 주방장을 필두로 그 밑에 수많은 요리사와 주방 보조가 있었다. 세라피나의 친구인 코베르 씨도 그중 한 명이었다. 코베르 씨는 복도 끝에 있는 로티세리 주방에서 고기를 도축하고 요리하는 일을 담당했다. 하나같이 전문적인 요리 교육을 받은 훌륭한 요리사들이었다. 그런데도 아빠는 아랑곳하지 않고 캐롤라이나주의 대표적인 서민 음식인 돼지고기 바비큐 샌드위치 만드는 비법을 전수했다.

아빠는 건장한 체격에 강인한 정신을 가진 사람이었다. 아빠는 평소와 다름없이 작업실에 있는 간이침대에서 코를 골며 곤한 잠에 빠져 있었다. 아빠의 코골이는 피붙이가 아니고서야 견뎌 낼 사람이 거의 없을 정도로 시끄러웠지만 세라피나는 너무도 익숙해진 나머지 이제는 아빠의 코 고는 소리가 없으면 쉬이 잠을 이루지 못할 지경에 이르렀다.

잠든 아빠 얼굴은 평화로웠다. 꿈속에 절대 고장 나지 않는 기계와 연장이라도 나오는 걸까 생각했다. 그러다 문득 그게 꼭 아빠에게 좋은 일만은 아니라는 사실을 깨달았다. 만약 발전기, 음식 운반용 승강기, 가죽끈으로 돌아가는 최초의 자동 세탁기 등등 빌트모어에 있는 모든 최신식 기계 장치가 항상 제대로 작동한다면 아빠는 할 일이 없어지고 무기력해질 것이다. 스스로가 쓸모없는 존재라는 생각이 들 것이다. 오늘 저녁까지만 해도 세라피나가 그랬던 것처럼.

피곤함에다가 브레이든에 대한 걱정까지 겹쳐서 몸은 천근만근이었지만 기분만은 상쾌했다.

세라피나는 생각에 잠겼다. 만약 마구간에 있는 모든 말이 혼자서 뭐든지 척척 알아서 한다면 훈련사가 필요 없지 않을까? 교회를 다니는 모든 사람이 이미 천사라면 목사가 할 일이 없지 않을까? 아기가 엄마 도움 없이도 스스로를 돌볼 수 있다면 모성애도 줄어들지 않을까? 우리는 세상만사가 언제나 쉽고 편하길 바라지만 사실 마음속 깊은 곳을 들여다보면 정말로 그렇게 되는 건 원치 않는지도 몰랐다. 세상에는 어디든지 망가진 부분이 있기에 누구에게나 해야 할 일이 있고 주어진 역할이 있는 게 아닐까 하는 생각이 들었다.

세라피나는 보일러 뒤편에 있는 조그만 간이침대로 기어들어가 밴더빌트 부인이 선물해 준 보드랍고 폭신폭신한 이불 속에 몸을 말고 누웠다.

그러자 어디 있다 나타난 건지 스모크와 엠버가 작업실을 가로질러 자박자박 걸어와 나비처럼 가볍게 침대 위로 뛰어올랐다. 여느 때와 다름없이 스모크와 엠버는 세라피나 옆에 몸을 웅크리고 누워 갸릉갸릉 소리를 냈다. 세상에서 가장 좋아하는 감촉과 소리에 세라피나는 저도 모르게 갸릉갸릉 소리로 화답했다.

스모크는 덩치가 크고 초록색 눈동자에 잿빛 털을 지닌 조심성 많고 과묵한 고양이였다. 조그만 주황색 털 뭉치 같은 엠버는 수다쟁이에 고집쟁이 고양이였다. 빠르고 민첩한 엠버는 요리조리 뛰어다니길 좋아했다. 조그만 몸집에서 나오는 그 혈기 왕성함을 세라피나는 사랑했다.

스모크와 엠버가 갓 태어난 새끼 고양이였을 무렵 세라피나는 우연히 어느 버려진 건물에 들어갔다가 굴뚝 속 잿더미에서 꼼지락거리는 둘을 발견했다. 스모크와 엠버는 눈도 못 뜬 채 엄마 고양이를 찾아 울고 있었다. 그러나 엄마 고양이는 이미 숨을 거둔 뒤였다. 그날 밤 세라피나는 새끼 고양이 두 마리를 데리고 빌트모어로 돌아왔다. 그리고 아빠에게 허락을 맡고 둘을 키우기 시작했다. 어둡고 그늘진 지하실 복도와 환기구를 누비며 스모크와 엠버는 발톱을 꺼내고 숨기는 법을 터득했다. 둘은 자연스레 빌트모어 최고 쥐잡이 책임자의 수습생이 되었다.

밤이 거의 끝나 가고 있었다. 그래도 세라피나는 아빠가 눈을 뜨기 전까지 몇 시간만이라도 눈을 붙일 수 있어서 감사했다. 그리고 무엇보다 브레이든을 다시 볼 수 있어서 감사했다. 브레이든의 목소리를 듣고 브레이든의 미소를 보고 브레이든의 눈높이를 맞추어 세상을 바라보면 비로소 빌트모어가 집처럼 느껴졌다.

잠자리는 마치 밤새 그 자리에 누워 있었던 것처럼 세라피나의 몸에 꼭 맞았다. 어찌나 편안한지 베개에 머리를 누이자마자 세라피나는 달콤한 잠 속으로 빠져들었다.

"세라야, 일어나야지."

몇 초가 지났을까.

"세라야." 같은 목소리가 또다시 세라피나를 불렀다.

새카맣고 끈적끈적한 당밀(사탕무나 사탕수수에서 사탕을 뽑아내고 남은 검은빛의 즙액) 속을 느릿느릿 헤엄치듯 깊은 잠의 심연에 빠져 있던 세라피나는 눈을 감은 채 여기가 어딜까 생각했다.

서서히 의식이 돌아왔다. 꿈의 세계와는 너무나도 다른 현실 세계가 세라피나를 맞이했다.

"일어나, 세라야. 일어나야 해." 아빠가 세라피나의 어깨를 흔들었다.

아직 잠이 덕지덕지 붙은 눈을 비비며 가까스로 눈꺼풀을 밀어 올리자 도끼눈을 한 아빠가 시야에 들어왔다.

"무슨 일이에요, 아빠? 지금 몇 신데요? 무슨 일 있어요?" 세라피나가 벌떡 일어나 작업실을 휘휘 둘러보았다.

"주인님이 내려오신다는구나."

"밴더빌트 씨가 여기로요? 지금요?"

"어젯밤에 무슨 말썽을 부린 게냐?" 아빠가 물었다.

세라피나는 가슴이 철렁했다. 하지만 숨을 곳은 없었다. 아빠는 화를 내거나 추궁하는 목소리는 아니었다. 다만 앞으로 무슨 일이 벌어질지 알 수 없어서 노심초사하는 모습이 눈에 빤히 보였다.

"세라피나." 그 순간 밴더빌트 씨가 작업실 문을 열고 성큼성큼 걸어 들어왔다.

깜짝 놀란 세라피나가 용수철처럼 침대 밖으로 튀어나와 주름진 원피스를 매만졌다.

"그럴 필요 없다. 여기까지 내려와서 미안하구나. 하지만 꼭 할 이야기가 있다." 밴더빌트 씨가 말했다.

'브레이든이 잡혔구나. 큰일 났다. 브레이든이 간밤에 빌트모어로 몰래 숨어 들어올 수 있게 내가 도와준 것도 들켰나 봐.'

"무슨 일이신데요?" 떨리는 목소리를 애써 가다듬으며 세라피나가 물었다.

밴더빌트 씨가 굳게 다문 입술 위에 손바닥을 얹은 채 고개를 가로저었다. 무슨 일이 일어나고 있는지, 어디서부터 어떻게 설명해야 할지 도무지 모르겠다는 얼굴이었다. 밴더빌트 씨가 이토록 불안해하는 모습은 본 적이 없었다.

아빠가 그런 밴더빌트 씨를 끌어다가 작업대 옆 의자에 앉히고 아빠도 그 옆에 앉았다. 빌트모어 대저택의 주인 밴더빌트 씨가 여기 지하 작업실에 아빠와 나란히 앉아 있다니 감히 상상도 못 할 일이었다. 그런데 그 상상도 못 할 일이 세라피나의 눈앞에서 벌어지고 있었다.

평소 밴더빌트 씨는 반듯하고 여유로운 모습으로 책을 읽거나 빌트모어를 찾은 손님들과 어울리곤 했다. 그런데 오늘 밴더빌트 씨는 퀭하고 흐트러진 모습에다가 불안한 눈초리로 가쁜 숨을 몰아쉬고 있었다.

"세라피나 네가……" 밴더빌트 씨가 입을 열려는 찰나 세라피나가 재빨리 선수를 쳤다.

"제가 설명할게요."

하지만 밴더빌트 씨는 아랑곳없이 말을 이었다. "세라피나 네가 지금까지 여러모로 빌트모어에 도움을 준 거 잘 안다. 작년에 아이들이 실종됐을 때도 그렇고 다른 때도 그렇고……."

"네……." 밴더빌트 씨의 의중을 파악하려고 머리를 굴리며 세라피나가 말꼬리를 흐렸다.

"나는 너를 우리의 친구이자 빌트모어의 수호자라고 생각한다. 특히나 이런 일에 관해서는 네가 누구보다 잘 알지 않을까 싶구나. 이런 일이란 게 뭐냐면……" 적당한 말을 찾는 듯 밴더빌트 씨가 잠시 뜸을 들이다가 입을 열었다. "알 수 없는 힘 같은 것 말이다."

뜻밖의 이야기에 세라피나의 눈이 휘둥그레졌다.

"네 도움이 필요하구나." 밴더빌트 씨가 말했다.

"무슨 일이 있었나요? 뭐라도 보신 거예요?" 세라피나가 물었다.

"내가 무얼 본 건지도 모르겠구나." 밴더빌트 씨가 손바닥으로 입을 문지르며 세라피나의 아빠를 흘끗 쳐다본 후 다시 세라피나 쪽으로 고개를 돌렸다.

관자놀이가 쿵쿵거리기 시작했다. 브레이든에 관한 일인 줄 알았는데 아니었다. 밴더빌트 씨는 화가 나 있지 않았다. *겁에* 질려 있었다.

"네 아버지만 허락하신다면 세라피나 네가 2층에서 지냈으면 하는데. 당장 오늘 밤부터 말이다."

"2층이라고요?" 아빠가 놀라서 되물었다. 2층은 오직 밴더빌트 가문 사람들만 머무는 공간이었다.

"루이 16세 방에서 지내면 된다." 밴더빌트 씨가 말했다.

"대층계 바로 옆에 있는 방 말씀이시군요." 밴더빌트 씨의 의중을 읽은 세라피나가 천천히 대답했다.

"그래." 밴더빌트 씨가 대답했다.

"오가는 손님들을 모두 관찰할 수 있는 위치죠."

"그래, 맞아."

"밴더빌트 부인과 아기 넬을 지켜볼 수 있는 위치기도 하고요."

"바로 그거야." 밴더빌트 씨가 검은 눈동자를 들어 세라피나를 바라보며 말했다. "세라피나 네가 코넬리아랑 좀 더 가까운 곳에 있어 주면 좋을 것 같구나."

세라피나가 고개를 끄덕였다. 어떤 위험을 감지한 상황이라면 밴더빌트 씨의 부탁이 완벽히 이해가 됐다.

밴더빌트 씨가 고개를 돌려 세라피나의 아빠를 바라보았다. "하지만 어디까지나 너희 아버지께서 허락해 주실 때 얘기다."

갑작스런 언급에 아빠가 화들짝 놀랐다. 아빠는 세라피나가 다른 사람들과 다르다는 건 확실히 알았다. 하지만 딸이 어떤 능력을 지녔는지까지는 정확히 알지 못했다. 그런데 지금 빌트모어의 주인 밴더빌트 씨가 이 누추한 지하실까지 내려와서 너무 비현실적이라 입 밖으로 꺼내기조차 어려운 문제로 세라피나에게 도움을 청하고 있었다. 하지만 아빠는 한 가지만큼은 확실히 알았다. 사랑하는 사람들에게 충실해야 한다는 것. 아빠는 그렇게 믿었고 세라피나에게도 그렇게 가르쳤다. 밴더빌트 씨가 세라피나의 도움이 필요하다고 한다면 도와야 마땅했다.

아빠가 진지한 눈으로 세라피나를 바라보며 말했다. "네가 해야 할 일이 생긴 것 같구나."

아빠와 눈빛을 주고받으며 고개를 끄덕인 후 세라피나가 밴더빌트 씨에게 말했다. "말씀만 하세요."

"그럼 당장 오늘 밤 대연회장에서 열리는 저녁 만찬에 참석해 주었으면 한다."

"빌트모어에 온 모든 손님이 참석하는 만찬 말씀이세요?" 세라피나가 깜짝 놀라 되물었다.

"한자리에서 모든 손님을 파악할 수 있는 좋은 기회일 것 같아서 말이다."

세라피나는 한낱 시골 고양이에 불과한 자신이 세련되고 교양 있는 도시 사람들 틈바구니에서 격식에 맞게 행동할 수 있을지 걱정이 앞섰다. 하지만 내색하지 않고 대답했다. "알겠습니다."

"격식을 차린 식사 자리라 영 불편하겠지만 드레스든 구두든 필요한 건 모두 장만해 주마. 킹 부인에게 몸치장을 도와줄 하녀도 하나 붙여 주라고 일러두마."

"그렇다면 실례를 무릅쓰고 부탁 하나만 드려도 될까요? 이왕이면 제 친구인 에시 워커가 제 몸치장을 도와주었으면 합니다. 지난번에도 에시한테 도움을 받았거든요."

"킹 부인에게 그렇게 말해 두마." 밴더빌트 씨가 자리에서 일어났다. "나는 새로 온 보안 책임자 도드먼 씨와 시내에 볼 일이 있어서 잠시 다녀올 예정이다. 이따가 저녁에 보자꾸나."

세라피나는 도대체 무슨 일이 생겼길래 밴더빌트 씨가 이토록 긴급하게 부탁을 하는 것인지 궁금한 점이 한두 가지가 아니었다. 하지만 밴더빌트 씨는 고맙다는 인사를 한 뒤에 서둘러 자리를 떴다.

밴더빌트 씨가 떠난 자리에는 어색한 공기가 감돌았다.

"월요일 아침 댓바람부터 참 별일이구나." 먼저 침묵을 깬 건 아빠였다.

"그러게요. 여간 불안해 보이지 않으시던데요." 세라피나가 맞장구를 쳤다.

"무언가에 단단히 놀라신 것 같구나."

"진짜 괜찮겠어요, 아빠? 그래 봤자 바로 위층이긴 하지만 아빠가 가지 말라면 안 갈게요."

"도움이 필요한 곳에 보탬이 되어야 하지 않겠니. 밴더빌트 씨를 위해서도 세라 너를 위해서도 말이다."

"아빠?"

"세라야, 네가 요새 이런저런 걱정에 안절부절못하고 조그만 소리에도 소스라치게 놀라는 거 안다. 너 혼자 위층으로 보내 놓고 걱정이 안 된다면 거짓말이겠지만 네가 올라가서 밴더빌트 씨를 돕고 싶어 한다는 걸 내가 누구보다 잘 안다. 나도 그랬으면 좋겠고."

"아침마다 내려올 테니까 평소처럼 아침은 같이 먹어요, 아빠."

아빠가 고개를 끄덕였다. 하지만 세라피나의 말투가 마음에 걸린다는 듯 아빠의 눈초리가 가늘어졌다.

"세라야, 너는 착한 아이이다. 위층 사람들도 대부분 좋은 사람들일 게고. 하지만 정신 똑바로 차려야 해. 네 드레스 주름이나 날카로운 눈초리같이 사소한 걸로도 트집 잡는 사람도 있을 수 있다는 걸 잊지 마라. 자기네랑은 다른 산골 마을 출신 여자애라고 말이다. 게다가 밴더빌트 씨가 뭘 보고 저토록 불안해하시는진 모르겠다만 항상 몸조심하고. 내 말 무슨 뜻인지 알지?"

"네, 아빠. 조심 또 조심할게요."

아침 식사를 마친 뒤 아빠는 연장 꾸러미를 어깨에 둘러메고 작업실을 나갔다. 지금 당장 브레이든에게 이 소식을 알려야 한다는 생각에 세라피나는 지하실 복도를 달려 1층으로 이어진 계단을 한달음에 뛰어 올라갔다. 로비에는 가죽 부츠를 신고 사냥 복장을 한 신사 숙녀들이 막 현관문을 나서던 참이었다. 세라피나는 발걸음을 재촉해 나선형으로 천장까지 빙글빙글 이어진 널따란 대층계를 뛰어 올라갔다. 대층계 바로 옆에 비스듬히 난 커다란 창문으로 아침 햇살이 쏟아져 들어왔다. 2층에 올라서자마자 세라피나는 밴더빌트 씨가 당분간 머물러 달라고 부탁한 루이 16세 방을 힐끗 쳐다보았다. 하지만 방문은 굳게 닫혀 있었고 여기서 머뭇거릴 시간은 없었다.

2층 복도 반대편에서 걸어오던 하녀 두 명이 세라피나의 옆을 스쳐 지나갔다. 다른 사람들 눈에 띄지 않게 숨어 다니던 시절이 지나고 저택 안을 당당하게 활보한 지도 어느덧 여러 달이 지났지만 세라피나는 여전히 다른 사람들 눈에 띄는 게 익숙지 않았다. 칠흑 같은 머리와 범상치 않은 황금색 눈동자 때문에 다들 세라피나를 단박에 알아보았다. 그러나 세라피나의 진짜 정체를 아는 사람은 없었다. 다들 세라피나가 밴더빌트 가문을 위해 일한다는 사실만 알았지 무슨 일을 하는지까지는 알지 못했다. 세라피나가 하는 일에 딴지를 놓지 않을 정도로만 알 뿐이었다.

복도 끝에서 길은 두 갈래로 나뉘었다. 왼쪽으로 가면 아기방이 나왔다. 방문 너머로 밴더빌트 부인이 넬에게 불러주는 노랫소리가 흘러나왔다. 오른쪽으로 방향을 틀어 방 서너 개를 더 지나자 마침내 브레이든의 방이 나타났다.

세라피나는 방문을 똑똑 두드린 후 손잡이를 열고 들어갔다. "브레이든, 방금 무슨 일이 있었는지 알아?"

다음 순간 세라피나는 제자리에 얼어붙었다.

방이 텅 비어 있었다.

오른쪽 복도 끝에 위치한 브레이든의 방은 고풍스러웠다. 적갈색 벽지를 두른 널찍한 방에는 고급스러운 떡갈나무 가구와 섬세한 대리석 조각이 들어간 벽난로가 자리하고 있었다. 창밖으로 서쪽에는 산이 보였고 반대쪽에는 남쪽 테라스가 보였다. 창문으로 쏟아져 들어온 아침 햇살 때문인지 방 분위기가 어제와는 사뭇 달랐다.

세라피나는 미간을 찌푸렸다.

침대는 깔끔하게 정돈되어 있었다. 옷가지나 신발도 보이지 않았다. 브레이든이 다녀간 흔적이라고는 전혀 찾을 수 없었다.

화장실과 옷장도 살펴보았지만 역시나 아무것도 없었다.

침대맡에 놓인 협탁과 서랍장도 살펴보았다. 창문을 열고 아래층 테라스도 살펴보았다.

어젯밤 브레이든이 새끼 사슴에게 덮어 주었던 담요는 반듯하게 개인 채 탁자 위에 얌전히 놓여 있었다. 마치 누구도 손을 댄 적이 없는 것처럼.

혼란에 빠진 세라피나가 바닥에 무릎을 꿇고 앉아 페르시아 양탄자를 손으로 쓸어 보았다. 간밤에 브레이든은 새끼 사슴을 구하러 호수 안으로 뛰어들었다. 그러니 방 안에도 물기가 남아 있어야 마땅했다. 하지만 양탄자는 보송보송했다. 고작 하룻밤 사이에 물기가 다 마를 수 있나?

세라피나는 마음을 가라앉히려고 애를 썼다. 하지만 어느새 저도 모르게 입술을 꽉 깨물고 있었다. 반쯤 넋이 나간 얼굴로 세라피나는 텅 빈 방 안을 둘러보았다.

침대 밑도 보았고 환기구 안도 살폈다.

예전에 브레이든과 함께 숨었던 곳은 하나도 빠뜨리지 않고 샅샅이 확인했다.

하지만 브레이든은 코빼기도 보이지 않았다.

흔적조차 찾을 수 없었다.

감쪽같이 사라져 버렸다.

마치 처음부터 다녀간 적이 없는 사람처럼.

세라피나는 혼란스러운 마음에 저택 쪽문으로 뛰쳐나가 무작정 달렸다. *'삼촌이랑 숙모를 피해서 숨었나? 아니면 벌써 뉴욕으로 돌아간 건가?'*

아름답게 차려입고 화단 사이를 우아하게 거니는 한 무리의 신사 숙녀를 지나 세라피나는 호숫가로 뛰어갔다. 구름 낀 하늘 아래 잔물결이 일렁이는 잿빛 수면은 지난밤 보석 같은 별빛을 잔뜩 머금은 채 눈부시게 반짝이던 모습과는 영 딴판이었다. 세라피나는 숨을 헐떡이며 어젯밤 모닥불을 피웠던 곳으로 달려갔다.

아니나 다를까 모닥불도 없었다.

세라피나는 제자리에 우뚝 서서 주변을 둘러보았다.

'말도 안 돼…….'

흙바닥을 살펴보았지만 간밤의 흔적은 전혀 찾을 수 없었다. 모닥불을 피우고 남은 잿불도 없었고 두 사람이 몸을 뉘었던 자리에 패인 자국도 없었다.

'흔적도 없어.'

호숫가도 샅샅이 살폈다. 하지만 브레이든이 흰 사슴을 구하느라 물에 들어가고 나올 때 남긴 발자국도 남아 있지 않았다. 세라피나는 호수 건너편과 사냥꾼들이 있었던 언덕 위를 멍하니 바라보았다.

'모든 게 다 내 상상이었나? 꿈이라도 꾼 건가?'

답답한 마음에 꽉 다문 잇새로 신음 소리가 새어 나왔다. 꿈이라기엔 너무도 생생했다! 브레이든이 돌아왔으면 하는 마음이 너무 간절한 나머지 헛것을 본 걸까?

하지만 설사 간밤의 일이 실제가 아니고 빌트모어에도 아무런 문제가 없다면 밴더빌트 씨는 무엇 때문에 그토록 공포에 질렸을까?

그 순간 뇌리를 스치는 생각에 세라피나의 심장이 철렁 내려앉았다.

설마 오늘 아침에 밴더빌트 씨가 지하실로 내려왔던 일도 실제가 아니라면?

세라피나는 어젯밤 테라스에 귀신처럼 기척도 없이 나타났던 브레이든과 오늘 아침 지하실까지 내려와 세라피나에게 위층으로 거처를 옮겨 달라고 부탁하던 밴더빌트 씨를 떠올렸다.

세라피나가 시선을 떨구었다.

모든 게 다 비현실적으로 느껴지기 시작했다.

마지막으로 잠에서 깼을 때가 언제지? 어디까지가 꿈이고 어디까지가 현실이지?

불현듯 가슴속 깊이 사무치는 외로움에 세라피나는 땅이 꺼져라 깊은 한숨을 쉬었다.

세라피나는 북쪽 산등성이를 바라보았다. 브레이든은 기차를 타고 뉴욕으로 돌아가 버린 걸까? 아니면 삼촌이랑 숙모를 마주할 자신이 없어서 저택 어딘가에 숨어 있는 걸까?

그 순간 마음속에서 또 다른 불길한 생각이 고개를 치켜들었다.

만약 어젯밤 브레이든이 저택에 온 것까지는 사실이고 세라피나와 헤어진 뒤에 무슨 일이 생긴 거라면? 정체 모를 새로운 적이 나타나 브레이든의 방에 침투한 거라면? 만약 그런 거라면 지금 당장 밴더빌트 씨에게 간밤에 일어났던 일을 솔직하게 털어놓고 한시라도 빨리 수색 작업에 나서야 하지 않을까?

하지만 브레이든이 실종된 거라고 어떻게 확신하지? 밴더빌트 부부에게서나 하인들에게서나 뉴욕에서 걱정할 만한 소식을 전달받은 듯한 낌새는 전혀 보이지 않았다. 아무에게도 알리지 않고 세라피나가 직접 연락을 취할 방도가 있는 것도 아니었다.

머릿속에 오만 가지 생각이 떠올랐다.

정원을 지나 호수까지는 내리막길이라 한달음에 달려왔지만 다시 언덕을 올라 저택으로 돌아가는 발걸음은 무겁기만 했다.

세라피나는 아빠에게 도움을 청하기로 결심했다. 오늘 아침 밴더빌트 씨가 진짜로 작업실에 내려왔는지는 아빠에게 물어보면 바로 확인할 수 있었다. 만약 세라피나가 정말로 헛것을 본 것이라면 아빠는 이렇게 말할 게 뻔했다. *"또 소설을 쓰는구나. 딸아, 현실을 직시하거라."*

세라피나는 돌계단을 올라 등나무 정자 아래로 이어진 산책로를 따라 걸어갔다. 들보를 격자무늬로 놓아 만든 등나무 정자 지붕을 한쪽은 기둥이, 다른 한쪽은 돌벽이 받치고 서 있었다. 격자무늬 들보를 빼곡하게 휘감은 등나무는 기둥을 타고 내려와 정원의 꽃과 나무를 굽어보고 있었다. 반대편에는 돌벽을 따라 화려한 조각들과 이국적인 식물들이 줄지어 서 있었다. 물고기와 신화 속 동물들을 본떠 만든 조그만 분수대에서는 물줄기가 뿜어져 나왔다. 그 옆에서는 아이들이 물속에 있는 커다란 개구리처럼 보이는 무언가를 만질락 말락 하면서 까르르 웃음을 터뜨렸다. 세라피나는 고개를 갸우뚱했다. 저기서 개구리를 본 적도 없을뿐더러 지금이 개구리를 볼 수 있는 철도 아니었다.

등나무 정자 아래서 시원한 그늘을 즐기며 거니는 사람들을 지나쳐 걸어가던 세라피나의 눈길이 반대편에서 잰걸음으로 걸어오는 누군가에게 머물렀다. 어제 열세 번째 마차에서 내렸던 소녀였다. 소녀는 무언가에 쫓기는 사람처럼 진갈색 긴 머리카락을 휘날리며 자꾸만 뒤를 흘끔거렸다. 너무나도 불안해 보이는 그 모습에 세라피나는 소녀가 아마도 자신을 알아보지 못하고 그냥 지나쳐 가리라 예상했다. 하지만 어깨와 어깨가 스치는 순간 소녀가 고개를 번쩍 들었다. 지금껏 본 중에 가장 영롱한 사파이어빛 눈동자였다.

세라피나는 반사적으로 예의 바른 숙녀들의 고갯짓을 흉내 내어 고개만 까딱하고 그냥 지나치려 했다. 그런데 소녀가 불쑥 세라피나에게 손을 내밀었다.

"너 여기 살지?"

세라피나는 다른 손님들과 달리 자신이 빌트모어에 살고 있다는 사실을 누구보다 빨리 알아챈 소녀에게 깜짝 놀랐다.

"나는 빌트모어에서 일해. 내 이름은 세라피나야."

"나는 제스야." 통성명과 동시에 제스의 시선이 세라피나를 순식간에 훑고 지나갔다. 눈동자 색깔부터 머리 모양과 옷차림까지 세라피나의 모든 것을 머릿속에 각인시키는 듯한 시선이었다. 어젯밤 마차에서 내리자마자 빌트모어 대저택의 외관을 꼼꼼하게 관찰하던 제스의 모습이 떠올랐다.

장인의 손길이 느껴지는 푸른색 드레스를 단정하게 차려입은 제스는 한눈에도 교육을 잘 받고 자란 소녀 같았다. 세라피나가 알기로 이번에 빌트모어를 방문한 손님들은 대부분 미국 북동부 출신이었다. 생김새로 보나 옷차림으로 보나 제스는 미국 사람이 틀림없었지만 말투에는 이국적인 억양이 살짝 묻어났다.

어디서 왔냐고 물어보려던 찰나 제스는 등장했을 때와 같이 바람처럼 사라져 버렸다. 뒤늦게 정신을 차린 세라피나가 황급히 제스의 뒷모습을 눈으로 좇았다.

"조심해, 세라피나. 다른 친구들한테도 경고해 주는 거 잊지 마!" 제스는 의미심장한 말만 남긴 채 모퉁이를 돌아 사라져 버렸다.

"다른 친구들한테도 경고해 주라고?" 저택으로 이어지는 돌계단을 뛰어 올라가며 세라피나는 혼잣말로 중얼거렸다. 그게 도대체 무슨 뜻이지? 다른 친구들이라니 *누구?* 경고라니 *무얼?*

어제 막 빌트모어에 도착한 제스가 고작 하룻밤 사이에 세라피나에게 무슨 경고를 해 줄 수 있단 말인가?

저택 정면으로 난 테라스를 따라 걸음을 옮기며 세라피나는 생각에 잠겼다. 테라스를 떠받친 돌기둥에는 저마다 다른 무늬가 조각되어 있었다. 기둥 꼭대기마다 *그리핀*이나 *가고일* 같은 환상 속의 괴물 조각상이 올라타 있었다. 항상 드나드는 쪽문을 열고 저택 안으로 들어가자 부드러운 나선을 그리며 천장까지 이어져 있는 대층계가 바로 보였다. 세라피나는 하인들 전용인 좁은 계단으로 지하실에 내려갔다. 빌트모어의 모든 방은 저마다 다른 매력으로 감탄을 자아냈다. 게다가 거대한 극장의 무대 뒤편으로 감추어진 통로처럼 방마다 숨겨진 비밀 통로가 존재했다. 세라피나는 이 모든 비밀 통로를 속속들이 꿰고 있었다.

작업실 문을 열었지만 아빠는 보이지 않았다. 세라피나는 복도를 따라 일하는 하인들로 분주한 주방을 지나 지하 2층으로 이어진 벽돌 계단을 내려갔다.

지하 2층에는 석탄으로 불을 때는 거대한 증기 보일러가 있었다. 그중에 한 보일러 밑에서 무릎을 꿇고 앉아 일을 하는 아빠가 보였다. 아빠 주변에는 쇠와 나무로 만든 각종 연장이 널브러져 있었다.

"이게 또 속을 썩이네." 아빠가 밸브 하나와 씨름하며 투덜거렸다.

밴더빌트 씨는 빌트모어가 미국에서 최초로 중앙난방 방식을 도입한 사택 가운데 하나라는 사실을 자랑하곤 했다. 보일러 하나로 저택의 모든 방을 따뜻하게 데울 수 있었다. 증기를 내뿜는 구불구불한 관들을 보고 있노라면 아빠가 어떻게 저렇게 복잡한 기계를 다루는지 신기하기만 했다. 하지만 아빠는 기계를 만지고 고치는 일을 좋아했다. 그런 아빠가 있어서 빌트모어의 모든 기계는 정상적으로 돌아갔다.

"아빠, 방해해서 죄송한데 여쭤볼 게 있어요. 오늘 아침 일 말이에요."

아빠가 들고 있던 스패너를 내려놓고 세라피나를 쳐다보았다. "왜, 뭐가 마음에 걸리냐?"

세라피나는 눈을 가늘게 뜨며 아빠의 반응을 살폈다.

"밴더빌트 씨가 진짜로……." 부끄러움 때문인지 두려움 때문인지는 알 수 없었지만 목소리가 떨렸다.

"나도 실감이 안 나는구나. 세라 네가 위층으로 이사를 가서 밴더빌트 가문 사람들과 지낸다는 게. 진짜 상상도 못 한 일이지 뭐냐. 그것 때문에 그러냐?"

아빠의 말을 듣는 순간 안도감이 밀려왔다.

"밴더빌트 씨가 저더러 2층으로 와서 지내라고 한 거 맞죠?" 그래도 혹시나 하는 마음에 세라피나는 한 번 더 확인했다.

"그래, 귀신처럼 새하얗게 질려서는 너한테 한시라도 빨리 올라와 달라고 부탁하셨잖니."

그제야 마음이 놓인 세라피나가 고개를 끄덕였다. 적어도 오늘 아침에 일어난 일만큼은 세라피나의 상상이 아니었다.

"하지만 우린 괜찮을 거다, 세라야." 아빠가 사뭇 진지하게 말했다. "겨우 몇 계단 떨어져 있는 게 뭐 대수라고……." 하지만 평소답지 않게 목소리가 갈라졌다.

"아이참, 아빠도." 세라피나가 두 팔로 아빠의 곰처럼 우람한 몸을 끌어안았다.

"겨우 몇 계단 떨어져 있는 것뿐이야." 아빠가 스스로를 안심시키듯 혼잣말로 되뇌었다. "세라야, 아빠가 널 얼마나 자랑스러워하는지, 얼마나 사랑하는지 알지?"

"나도 사랑해요, 아빠." 세라피나가 아빠를 끌어안았다.

세라피나는 아빠와 마지못해 작별 인사를 하고 보일러실을 나왔다. 눈물이 뺨을 적셨지만 아빠에게 우는 걸 들키고 싶지 않아서 새어 나오는 울음소리를 목구멍으로 삼켰다.

작업실에서 소지품을 챙겨 위층으로 올라가는데 팔다리가 한없이 무거웠다. 작업실은 세라피나가 평생을 보낸 곳이었다. 여기서 놀고 자고 밥을 먹었다. 밤이면 사냥을 나갔고 아침이면 돌아왔다. 세라피나에게는 여기가 집이었다.

그 사실을 확인이라도 시켜 주듯이 천장 대들보에 앉아 있던 스모크가 세라피나를 빤히 내려다보았다. 경쾌한 발걸음으로 돌 선반 가장자리를 걸어가던 엠버도 동그란 눈을 치켜뜨며 세라피나를 바라보았다.

"너네 왜 날 그렇게 쳐다보는 거야? 겨우 몇 계단 올라가는 거라고!"

세라피나의 항변에도 스모크와 엠버의 표정은 심드렁했다.

"미안하지만 가야 해. 밴더빌트 씨가 내 도움이 필요하다고 하셔."

겉으로는 큰소리를 치면서도 세라피나는 순진한 어린아이가 된 듯한 기분을 지울 수가 없었다. 천하의 밴더빌트 씨에게 세라피나의 도움이 필요하다니 이 얼마나 말도 안 되는 일인가. 밴더빌트 씨는 세라피나가 지금껏 만나 본 사람 중에 가장 큰 부와 권력을 가진 사람이었다. 그런 사람에게 과연 세라피나의 도움이 필요할까? 나뭇잎 바스락거리는 소리에도 깜짝깜짝 놀라고 이제는 헛것까지 보는 마당에 과연 세라피나가 손님들 가운데서 위험한 인물을 가려내는 중대한 임무를 맡을 수 있을까? 밴더빌트 씨는 정말로 세라피나가 가족들을 지켜 줄 수 있으리라 믿고 도움을 요청한 걸까? 아니면 다른 꿍꿍이속이 있는 걸까?

세라피나는 침대맡으로 다가가 빨간색 천 조각을 집어 들었다. 일 년 전 브레이든에게 선물받았던 빨간 드레스 조각이었다. 천사 조각상이 있는 빈터에서 검은 망토와 싸우느라 갈기갈기 찢어져 버리고 남은 건 이 한 조각뿐이었지만 그래도 여전히 세라피나가 제일 아끼는 드레스였다.

빨간 드레스 조각을 보자 또다시 브레이든 생각이 났다. '너도 여기에 있고.' 호숫가에서 브레이든은 나지막이 속삭였었다. 마치 그 짧은 문장에 전부가 담겨 있다는 듯이. 포옹할 때 귓가를 간질이던 브레이든의 숨결을 떠올리자 등골이 찌르르했다.

그러다 문득 스모크와 엠버의 시선을 느낀 세라피나가 부끄러운 마음에 괜히 소리를 질렀다. "너네 지금 쥐 잡을 시간 아니야? 당장 나가서 할 일들 해!"

세라피나의 잔소리가 언짢은 듯 스모크와 엠버는 각각 대들보와 돌 선반에서 사뿐 뛰어내리더니 야옹야옹하며 작업실을 나갔다.

'이제 천하태평으로 창가에서 낮잠이나 늘어지게 자겠지.' 그 뒷모습을 바라보며 세라피나는 생각했다.

작업실에 들른 이유를 다시 떠올리며 세라피나는 밴더빌트 부인이 선물해 준 이불과 베개를 챙겼다. 짐이라고 해 봐야 별것 없었다. 원래는 뒤도 돌아보지 않고 나갈 작정이었는데 쉬이 발길이 떨어지지 않았다. 작업실 한가운데 우두커니 서서 세라피나는 실내를 한 바퀴 둘러보았다. 어디를 보나 아빠와 함께했던 행복한 추억이 몽글몽글 피어올랐다.

마침내 시선을 거둔 세라피나가 심호흡을 한 번 하고서 작업실 문을 나섰다.

짐 보따리를 품에 안고 하인 전용 계단을 올라가는데 곁눈으로 어떤 움직임이 포착됐다. 깜짝 놀란 세라피나가 재빨리 고개를 돌렸다. 하지만 상대는 이미 사라지고 없었다.

'쥐였나?' 움직임으로 미루어 짐작건대 쥐보다는 작은 고양이나 야생 동물 같았다. 스모크나 엠버일 리는 없었다. 아마도 작은 밍크 같은 것이 저택 안으로 들어온 것 같았다.

양팔 가득 빨랫감을 안은 하녀 한 명이 옆으로 스쳐 지나가며 세라피나에게 인사를 건넸다. 그 소리에 정신을 차린 세라피나가 다시 계단을 올랐다.

중앙 현관으로 올라가니 세드릭과 기디언이 바닥에 드러누워 있었다. 세드릭은 밴더빌트 씨가 키우는 세인트버나드였고 기디언은 브레이든이 키우는 도베르만이었다.

"위층에 화려한 신사 숙녀들 말고도 좋은 친구들이 있었네." 세라피나가 세드릭과 기디언에게 알은체를 했다. 보통 세라피나 같은 고양잇과 동물은 개랑은 상극이었다. 하지만 세드릭과 기디언은 예외였다. 치열한 전투에서 함께 싸우며 전우애를 다진 오랜 친구들이었다.

짐 보따리를 품에 안고 잔뜩 긴장한 채 수많은 하인과 하녀, 손님들을 지나쳐 중앙 현관을 가로질렀다.

누구에게도 잰 체한다는 소리를 듣지 않으려고 턱도 낮추고 눈도 내리깔았다. 하지만 막상 2층으로 가려고 대층계를 오르고 있노라니 저택의 주인이라도 된 것처럼 우쭐한 기분이 드는 건 어쩔 수 없었다.

상아색 대리석으로 만든 대층계 계단이 아침 햇살을 받아 눈부시게 번쩍였다. 한쪽에는 섬세한 세공이 돋보이는 철제 난간이 대층계를 따라 이어져 있었고 다른 한쪽에는 곡선면을 따라 둥그런 창문이 층층이 나 있었다. 나선형 구조로 저택의 모든 층을 관통하는 대층계 중심에는 천장에서부터 1층까지 드리워진 어마어마한 위용을 자랑하는 철제 샹들리에가 있었다.

2층으로 올라가자 바로 응접실이 나왔다. 응접실에는 폭신폭신한 페르시아 양탄자가 깔려 있고 벽난로 옆에 책을 읽거나 대화를 나눌 수 있는 아늑한 공간이 마련되어 있었다. 고급스러운 영국제 탁자 위에는 밴더빌트 씨가 유럽 여행을 다니며 수집한 조그만 청동 조각상들이 장식되어 있었다. 벽감(장식을 위하여 벽면을 오목하게 파서 만든 공간)을 따라가면 밴더빌트 씨의 침실이 나왔다. 거기서 짧은 복도를 따라 내려가면 밴더빌트 부인의 침실이 나왔다. 응접실에서 왼쪽 복도로 가면 코넬리아의 방과 브레이든의 방과 다른 몇몇 방이 나왔다.

이제 밴더빌트 가문 사람들과 한 층에서 살아갈 생각을 하니 벌써부터 속이 울렁거렸다. 인생은 정말이지 알 수 없는 노릇이었지만 어쨌든 세라피나도 이제 어엿한 2층 거주자였다.

세라피나는 뒤돌아서서 굳게 닫힌 루이 16세 방의 하얀색 방문을 마주 보고 섰다.

용기를 끌어모아 심호흡을 했다. 방문을 열고 새로운 보금자리로 첫발을 내디뎠다.

동시에 가르랑거리는 소리가 귓가로 날아들었다.

방문을 열자마자 고양이 두 마리가 기다렸다는 듯이 세라피나를 반겼다. 다름 아닌 스모크와 엠버였다! 부드러운 잿빛 털을 가진 스모크는 창틀에서 망을 보다가 세라피나를 발견하고선 마치 이 낯선 방을 아직 새 보금자리로 받아들일 준비가 되지 않았다는 듯 야옹거렸다. 지난 며칠 동안 스모크는 유난히 주변을 더 경계했다. 낯선 환경에 적응하는 일이 스모크에게는 결코 쉽지 않다는 사실을 세라피나는 잘 알고 있었다.

스모크만큼 예민하지 않은 엠버는 커다란 퀸 사이즈 침대에서 기지개를 켜며 호화스럽게 꾸며진 새 방이 아주 만족스럽다는 듯 야옹거렸다. 그 소리가 마치 *'이 침대가 예전 침대보다 훨씬 좋은걸!'*이라고 말하는 것 같았다.

"너희 여긴 어떻게 들어온 거야?" 세라피나가 놀라서 소리를 질렀다. 틈날 때마다 스모크와 엠버를 보러 지하실에 내려갈 작정이었는데 둘은 이미 한발 앞서서 새 방에 들어와 있었다. "2층으로 이사 왔다고 해서 원래 지하실에서 하던 일을 내팽개칠 생각일랑 말아. 올라오는 길에 지하실에 커다란 늙은 쥐 같은 게 보이던데 너희 둘 다 두 눈 크게 뜨고 있어야 한다. 보면 잡는 게 너희 임무야." 세라피나가 엄포를 놓았다.

스모크는 자신 없는 눈으로 세라피나를 쳐다보았다. 하지만 스모크는 빌트모어에서 가장 커다란 쥐도 능히 잡을 수 있었다.

반면 엠버는 두 눈을 감고 발톱을 넣었다 뺐다 하면서 언제라도 조그만 쥐에게 달려들 준비가 되었다는 듯 신나게 실크 침대보에 구멍을 냈다.

"엠버 양, 침대보가 무슨 죄니! 그 발톱 지금 당장 감추지 않으면 밴더빌트 부인이 우릴 여기서 쫓아내실걸!"

세라피나의 꾸지람에 엠버가 투덜거리듯 야옹거렸다. "조용히 해. 말대꾸는 사절이야."

비록 겉으로는 어린 엠버를 단호하게 꾸짖었지만 속으로는 스모크와 엠버가 여기까지 따라와 주었다는 사실에 남몰래 안도했다. 덕분에 세라피나는 외롭지 않았다.

고양이 친구들을 혼낼 만큼 혼낸 세라피나가 마침내 새로운 방을 훑어보았다.

예전에도 몇 번 와 보았지만 열린 창문으로 쏟아져 들어오는 아침 햇살을 담뿍 머금은 루이 16세 방은 새삼 감탄을 자아낼 만큼 고풍스러웠다. 상아색 돔 모양의 천장과 우아한 곡선미를 자랑하는 타원형 침실은 호화롭기 그지없었다. 벽지뿐만 아니라 침실 휘장과 베갯잇 심지어 금박을 입힌 프랑스풍 가구 위에 덧씌워진 덮개까지도 전부 붉은 모란꽃 무늬가 수놓인 실크였다.

응접실처럼 마련된 공간에는 편히 누워 쉴 수 있는 기다란 소파와 아침 식사와 오후 티타임을 즐길 수 있는 낮은 테이블이 놓여 있었다. *'브레이든이 있었다면 저기 앉아서 같이 아침을 먹었을 텐데.'* 불현듯 불길한 생각이 머릿속을 파고들었다. 브레이든이 뉴욕으로 돌아갔는지 아니면 곤경에 처해 세라피나의 도움을 기다리고 있는지 알 길이 없었다. 어쩌면 애초에 빌트모어로 돌아오지 않았는지도 몰랐다.

할 수 있는 일이 아무것도 없었다. 적을 찾아내 싸우고 싶었다. 상대가 누구든 날카로운 발톱을 꺼내 찢어발기고 싶었다. 사방으로 찾아다녔지만 브레이든은 흔적조차 남기지 않고 사라져 버렸다. 그때 환기구에서 들려오는 딸깍 소리에 저도 모르게 움찔한 세라피나가 홱 몸을 돌려 주변을 경계했다.

'정신 똑바로 차리자. 뭐가 진실이든지 간에 알아내고 말 테다.'

마음을 차분히 가라앉히려고 노력하면서 세라피나는 반대

쪽으로 고개를 돌렸다.

반대쪽에는 휘장을 드리운 침대가 자리하고 있었다. 침대 위에는 역시나 붉은색 실크 침대보가 깔려 있었다. 그 옆에 금박을 입힌 거울이 놓인 화장대는 유려한 각선미를 자랑했다. 방 안에 장미꽃 향기가 진동했다. 대리석 벽난로 선반 위에 놓인 꽃병에 장미꽃이 소담스레 꽂혀 있었다. 하지만 세라피나의 코는 공기 중에 미세하게 스민 갓 세탁한 실크와 이불 냄새도 놓치지 않았다.

아무렇게나 쌓아 만든 돌벽에, 연장에서 풍기는 기름 냄새가 진동하던 음침한 지하 작업실과 비교하면 완전히 딴 세상이었다. 여기 2층에 있는 새로운 방은 너무 호화스러운 나머지 옷장 구석이나 사물함 안으로 들어가야 겨우 집처럼 느껴질 것 같았다. 하지만 지하실의 거주자이자 밤의 생명체인 세라피나가 여기 실크와 금과 빛의 세계를 버젓이 돌아다니고 있었다.

밴더빌트 씨가 자신을 2층으로 불러들인 것이 과연 근거가 있는 판단일까 의심하며 세라피나는 앞뜰이 내려다보이는 창가로 다가섰다. 산책로를 따라 마구간으로 걸어가는 케터링 씨가 눈에 띄었다. 케터링 씨는 사냥철을 맞아 빌트모어에 방문한 손님 가운데 한 명이었다. 밤색 사냥용 가죽 재킷을 입고 어깨에 엽총을 걸친 케터링 씨는 피곤하지만 만족스러워 보였다. 함께 걷는 또 다른 사냥꾼 옆으로 하인들이 뿔 달린 수사슴 두 마리의 사체를 지고 있었다. 새벽 사냥이 꽤나 성공적이었던 모양이었다.

밴더빌트 씨가 세라피나에게 내어 준 방은 대층계에서 2층으로 올라오는 모든 사람을 감시하기에 최적이었다. 그뿐만 아니라 앞뜰을 오가는 사람들과 저택 대문을 드나드는 사람들을 관찰하기에도 최적의 장소였다. 세라피나를 2층으로 불러들인 이유가 가문의 일원이거나 귀한 손님이라서가 아님을 제대로 상기시켜 주는 위치였다. 세라피나는 빌트모어의 *수호자*였다. 세라피나는 그 역할이 마음에 들었다. 무슨 일을 해야 하는지도 잘 알았고 또 하고 싶었다. 다만 그 일을 해낼 능력이 자신에게 있기를 바랄 뿐이었다. 현실과 환상조차 구분하지 못하는 수호자가 무슨 소용이 있을까? 조그만 소리에도 일일이 반응하는 수호자가 무슨 소용이 있을까?

호화스럽기 그지없는 방을 둘러보면서도 앞으로 여기서 살게 되리란 사실이 실감 나질 않았다. 지금 이 순간조차 꿈인 것 같았다. 지하실에서 쥐나 잡으러 다니던 소녀가 하루아침에 이토록 아름다운 방에서 살게 되다니 꿈인지 생시인지 헷갈릴 법도 했다.

"하지만 이건 현실이야. 그리고 너한테는 주어진 임무가 있어."

열린 방문을 똑똑 두드리는 소리에 화들짝 놀란 세라피나가 상념에서 깨어났다.

"바구니에 담긴 새끼 고양이들처럼 여기 옹기종기 모여 계셨네요." 세라피나와 스모크와 엠버를 향해 다정한 미소를 지으며 에시가 방 안으로 들어왔다. 평소처럼 하녀복을 입고 하얀색 모자 안으로 머리카락을 단정하게 감춘 에시의 뺨이 생기 있게 반짝였다. 전문적인 훈련을 받은 하녀라면 격식을 갖추고 말을 아끼고 감정을 자제해야 마땅했다. 하지만 에시는 세라피나보다 고작 한두 살 많았고 예의를 갖추어 대하기에는 너무 가까운 사이였다.

"얼굴 보니 반갑네요, 세라피나 아가씨!" 에시가 정겨운 남부 사투리로 인사를 건넸다.

"나도 반가워, 에시!" 세라피나가 성큼성큼 다가가 에시를 덥석 껴안았다.

"에구머니나!" 예상치 못한 격정적인 포옹에 에시가 소리를 질렀다. "아가씨도 참, 고마워요."

'이건 현실이 틀림없어.' 에시를 감싸 안은 두 팔에 힘을 주며 세라피나는 생각했다.

"아가씨, 괜찮으신 거죠? 혹시 힘든 일이라도 있으셨어요?" 에시가 물었다.

"난 괜찮아, 에시. 그냥 널 보니까 너무 반가워서 그런 거야." 세라피나가 속삭이듯 대답했다.

"아가씨가 2층으로 올라간다는 소식으로 온 주방이 떠들썩할 때 저는 혼자서 춤을 췄답니다." 에시가 말했다.

"너무 갑작스럽게 일어난 일이라."

"우리는 이제 두 손 두 발 걷어붙이고 본격적으로 준비를 해야겠죠?"

세라피나가 고개를 끄덕였다. "밴더빌트 씨는 내가 당장 오늘 밤 저녁 만찬에 참석하길 원하셔."

"맙소사, 남자들은 숙녀가 드레스랑 구두를 고르고 준비하는 데 얼마나 많은 시간과 노력이 드는지 전혀 모른다니까요!"

이윽고 세라피나는 에시의 도움을 받아 서너 시간 동안 낡은 옷을 벗고 목욕을 하고 몸치장을 했다. 에시는 세라피나의 흑단 같은 머리를 감기고 부드럽게 빗겨 주었다. 그러고 나서 세라피나를 작은 화장대 앞에 앉힌 다음 갖가지 화장품을 사용해 이른바 '요즘 스타일(the style of the day)'이라는 화장을 해 주었다. 그 말에 세라피나는 고개를 갸우뚱했다. 저녁 만찬은 여덟 시에 시작하는데 왜 '밤 스타일(the night style)'이 아니라 '낮 스타일(the day style)'로 해 준다는 거지?

모든 준비가 끝나 갈 무렵 누군가 방문을 두드렸다. 키가 크고 훤칠한 프랫 씨가 방 안으로 들어왔다. 집사복에 어울리는 새하얀 장갑을 낀 프랫 씨의 손에 진녹색 드레스가 걸려 있었다.

"고마워요, 프랫 씨." 오랜 동료를 반기며 세라피나가 말했다. 늘씬하지만 다부진 체격의 프랫 씨는 이십 대 중반이었다. 검은색 머리카락을 모두 깔끔하게 뒤로 빗어 넘겨 전체적으로 인상이 날카로워 보였다. 프랫 씨는 두 얼굴의 사나이였다. 위층에 있을 때 모습과 지하실에 있을 때 모습이 완전히 딴판이었다. 밴더빌트 가문 사람들의 눈에 띄는 위층에서는 점잖고 예의 바름의 대명사였다. 그러나 지하실에만 내려가면 수다쟁이에 개구쟁이가 되어 버렸다.

"천만에요, 세라피나 양." 보일 듯 말 듯한 미소와 함께 프랫 씨는 허리를 숙여 인사하고 방 밖으로 나갔다.

프랫 씨가 나간 뒤 세라피나는 새 드레스를 입었다. 에시는 등 뒤의 단추를 채워 주고 귀걸이, 목걸이, 머리 장식, 구두 장식까지 달아 주고 나서야 뒤로 물러나 세라피나를 바라보았다. 한동안 말없이 세라피나를 물끄러미 응시하던 에시가 마침내 입을 열었다.

"브레이든 도련님이 한달음에 집으로 오셔서 이 아름다운 자태를 보셔야 되는데."

"에시는 칭찬이 후하다니까." 세라피나가 말했다.

"그런 거 아니거든요. 별님이 소원을 들어주신다면 지금 당장 브레이든 도련님을 여기로 데려다 달라고 빌겠어요. 괜히 쓰잘머리 없이 북부에서 학교를 다니실 필요가 없다니까요. 도련님은 이미 어엿한 남부 신사이신걸요. 아가씨는 그렇게 생각하지 않으세요?"

"네 말이 백번 옳아." 미소를 짓던 세라피나의 얼굴이 갑자기 진지해졌다. "혹시 최근에 브레이든에 관한 소식 들은 거 없어?"

"아유, 우리 아가씨, 도련님이 그렇게 보고 싶으실까? 아마 잘 지내고 계실 거예요. 무소식이 희소식이라잖아요."

에시의 말이 사실이길 바라며 세라피나는 고개를 끄덕였

다. “오늘 밤에 만날 사람들은 브레이든만큼 상냥하진 않을 것 같아서 걱정이야.”

“그러게요. 그나저나 저택에 도둑이 들었다는 소식은 들으셨어요?” 에시가 맞장구를 치며 물었다.

“도둑이라니? 처음 듣는 얘긴데?”

“도난품이 속출하고 있답니다. 다들 그것 때문에 난리예요.” 에시가 말했다.

“어떤 도난품?”

“다는 모르겠는데 밴더빌트 씨가 수집한 값비싼 청동 동물 조각상들 가운데 몇 개가 사라졌대요.”

“그것참, 별일이네.” 세라피나가 고개를 갸웃거렸다. 하지만 평화로웠던 지난 몇 달 동안 자라 보고 놀란 가슴 솥뚜껑 보고 놀라기를 수차례 반복하고 나니 이제는 더 이상 무엇을 믿어야 하는지조차 알 수가 없었다. 에시의 말이 그저 떠도는 소문인지 아니면 빌트모어를 방문한 손님이 지어낸 헛소리인지조차 분간할 수가 없었다. 딱 한 가지 확실한 것은 빌트모어의 주인인 밴더빌트 씨가 오늘 밤 세라피나가 저녁 만찬에 참석하길 바란다는 사실뿐이었다.

에시가 마지막으로 드레스의 허리를 졸라매고 치맛단의 주름을 매만졌다. 그러고 나서 세라피나의 양 어깨에 부드럽게 손을 올려 전신 거울 쪽으로 돌려세웠다.

“어쩜! 거울 좀 보세요, 아가씨!” 자신의 손길로 재탄생한 세라피나의 모습이 꽤나 흐뭇한 듯 에시의 목소리에서는 자부심이 묻어났다.

거울 앞에 선 세라피나는 거울에 비친 모습에 놀라움을 금치 못했다. 몇 달 전에도 화려한 드레스를 입었지만 그때는 결코 이런 모습이 아니었다. 지금은 확실히 여기저기 살이 조금 올라 훨씬 보기가 좋았다. 게다가 얼굴에 떠오른 표정은…… 자신감? 두려움? 아니면 굳은 의지?

세라피나는 저도 모르게 마른침을 꼴깍 삼켰다. 신분이 높은 신사 숙녀들로 가득한 방에 브레이든 없이 발을 들여놓은 적은 단 한 번도 없었다. 하지만 이번에는 혼자서 뱀이 득시글거리는 소굴로 걸어 들어가야만 했다.

고전적으로 동그랗게 말아 올리는 대신에 어깨까지 늘어뜨린 윤기가 흐르는 칠흑 같은 머리카락, 커다란 호박색 눈동자, 고양잇과 동물 특유의 툭 튀어나온 광대뼈. 세라피나는 자신의 겉모습이 여느 부유한 가문의 소녀들 틈에 자연스레 스며들기에는 너무나도 다르다는 사실을 누구보다 잘 알았다. 에시는 뺨에 색조를 칠하고 눈에 음영을 주어 세라피나의 얼굴과 목에 난 삐뚤빼뚤한 상처 자국을 가리려 최선을 다했지만 역부족이었다. 이대로 올라갔다가는 저녁 만찬에 모인 높으신 분들의 눈총과 조롱을 살 것이 불 보듯 뻔했다. 그래도 거울 앞에 서는 것 자체가 세라피나에게는 정말 오랜만이었다. 거울 속 자신의 모습을 물끄러미 바라보며 세라피나는 마음을 다잡았다. *'이게 나야. 난 빌트모어의 수호자야.'*

"에시, 정말 고마워." 세라피나가 진심을 담아 말했다.

"아가씨, 누가 귀족이랍시고 아가씨를 무시하면 절대 가만 두지 마세요."

"절대 가만두지 않을게." 세라피나가 고개를 끄덕이며 낮게 웃었다.

지금껏 수없이 오르내린 대층계였지만 오늘만큼은 기분이 남달랐다. 단정하게 빗어 손질한 머리와 새로 장만한 아름다운 풀빛 드레스를 입은 세라피나의 모습은 누가 봐도 평소와는 확연히 달랐다. 하지만 이번에는 주어진 임무를 수행하러 파티에 참석한다는 사실이 가장 달랐다. 비록 밴더빌트 씨가 대놓고 말하진 않았지만 세라피나에게 주어진 오늘의 임무는 일명 *'쥐를 잡아라'*였다.

연회장에 들어갔을 때 화려한 위층 사람들이 어떤 반응을 보일지 몰라 긴장이 됐다. 촛불이 켜진 중앙 현관을 지나는데 현관문 근처에 서 있던 프랫 씨와 또 다른 집사 한 명이 세라피나를 발견했다.

"멋진데요, 세라피나 양!" 프랫 씨가 건넨 칭찬에 세라피나의 마음이 약간의 희망으로 부풀었다.

빌트모어에서 일하는 하인들은 세라피나가 정확히 무슨 일을 하는지 알지 못했다. 그래서 지난 몇 달 동안 하인들 사이에서는 온갖 추측과 소문이 나돌았다. 하지만 시간이 지날수록 하인들은 세라피나를 어엿한 빌트모어의 일원으로 인정해 주기 시작했다.

드넓은 복도를 빠져나와 열대 식물로 가득한 겨울 정원을 지나 연회장이 가까워질수록 심장 박동이 빨라지고 식은땀이 났다. 집사, 세탁부, 하녀들은 출신 지역에 상관없이 동질감이 느껴졌다. 하지만 저녁 만찬에 참여하는 부유한 신사 숙녀들은 미국의 각계각층에서 내로라하는 유명 인사들이었다. 그 속에 숨어든 앙큼한 쥐새끼를 잡기 전까진 각국 대사, 유명 작가 및 화가, 유럽에서 온 귀족, 철도 회사와 증기선 회사 소유주 그 누구도 믿을 수 없었다.

복도에 놓인 밴더빌트 씨의 청동 조각상 옆을 스쳐 지나가며 세라피나가 속삭였다. “저에게 행운을 빌어 주세요, 밴더빌트 씨.”

깊은 심호흡과 함께 드디어 세라피나가 연회장의 환한 불빛 속으로 발을 내디뎠다.

대연회장의 둥근 천장은 브레이든의 까마귀 떼가 공중전을 벌여도 손색이 없을 만큼 웅장했다. 돌로 만든 벽난로는 그 안에서 활활 타오르는 모닥불을 품고도 남을 만큼 넉넉했다. 하지만 세라피나의 시선을 붙잡은 건 온몸에 실크를 두르고

이 대연회장을 여유롭게 활보하는 사람들이었다.

때마침 저녁 식사가 시작되려던 참이었다. 드레스와 턱시도를 차려입은 오십 명이 넘는 신사 숙녀들이 기다란 식탁에 앉아 있었다. 호화롭기로 유명한 밴더빌트 가문의 상차림답게 자리마다 은쟁반, 크리스털 유리잔, 본차이나 식기가 차려져 있었다. 끝이 보이지 않는 꽃 장식 사이로 식탁 정중앙에 우뚝 솟은 은촛대가 불빛을 받아 반짝였다.

세라피나는 조심스럽게 저녁 만찬에 참석한 손님들 한 명 한 명을 훑어보았다. 그리고 귀를 쫑긋 세워 식탁 여기저기서 나지막이 오가는 대화들을 주워들었다. 대부분이 곧 밴더빌트 씨가 나타나 오늘 저녁 만찬의 시작을 알리리라는 기대에 가득 찬 소곤거림이었다.

오늘 오전에 루이 16세 방 창문으로 보았던 사냥꾼 케터링 씨가 허둥지둥 연회장 안으로 들어서며 입구 쪽에 서 있던 세라피나에게 친근한 미소를 지어 보였다. 세라피나도 살짝 고개를 숙여 화답했다.

"왔구나, 세라피나!" 밴더빌트 부인이 다가와 세라피나를 다정하게 이끌었다. "이쪽으로 오렴. 네가 오늘 저녁 만찬에 참석한다는 사실은 남편한테 들어서 미리 알고 있었단다. 네 자리는 여기야." 밴더빌트 부인이 비어 있는 의자 하나를 가리키며 말했다. 그리고 나서 이번에는 케터링 씨의 자리를 안내하러 황급히 자리를 떴다.

밴더빌트 부인은 완벽한 안주인 그 자체였다. 빌트모어를 방문하는 모든 손님에게 친근하게 다가갔고 제각기 다른 방문 목적과 앉을 자리도 속속들이 꿰고 있었다.

세라피나는 자칫 실수로 식탁보를 잡아당기거나 아름답게 차려진 식기를 건드리지 않으려고 조심하면서 밴더빌트 부인이 일러 준 자리에 앉았다. 근처에 앉아 있던 몇몇 신사 숙녀의 눈길이 세라피나를 향했다. 그 눈빛에는 별다른 경계심이나 불쾌함은 담겨 있지 않았다. 다만 세라피나가 풍기는 이질적인 생김새에 대한 강렬한 호기심이 묻어났다.

자리에 앉고 나서야 세라피나는 여기가 평소에 브레이든이 앉던 자리라는 사실을 깨달았다. 마치 브레이든이 죽고 그 빈자리를 차지한 듯 죄책감이 엄습했다. *'여기에 브레이든이 있어야 하는데.'* 불현듯 마음속에서 외로움이 솟구쳤다. 어쩌다 보니 가장 친한 친구의 행방조차 모르는 상황에서 그 빈자리까지 차지한 꼴이 되고 말았다.

"안녕, 꼬마 아가씨!" 바로 옆에 앉은 부인이 세라피나에게 인사를 건넸다. 상냥하고 기품 있는 목소리에서는 뉴욕 억양이 살짝 느껴졌다.

"안녕하세요." 세라피나도 엉겁결에 인사를 했다.

나이가 지긋하고 기품이 넘치는 부인은 값비싼 드레스를 입고 섬세하게 세공된 다이아몬드 목걸이를 하고 있었다.

"나는 애스콧 부인이에요. 아가씨는 이름이 뭔가요?"

"세라피나예요." 세라피나가 허리를 곧추세우며 대답했다.

"아주 예쁜 이름이네요. 어디 출신이에요?"

세라피나는 '지하실이요'라고 대답하면 자칫 비련의 여주인공처럼 보일 것 같아서 대충 얼버무렸다. "이 지역 출신이에요."

"아하! 여기 토박이군요." 애스콧 부인이 반색하며 말했다.

"네, 완전 토박이예요." 세라피나가 맞장구를 쳤다.

애스콧 부인은 사랑스러운 테이블 세팅과 숨 막힐 정도로 아름답게 일렁이는 밴더빌트가의 촛불을 칭찬하며 크리스털 잔을 들어 물을 한 모금 마셨다. 그 우아한 몸짓을 흉내 내려다가 캑캑거리며 입가로 물을 흘리고 말았다. 손바닥으로 뺨을 훔치며 세라피나는 식탁 위에 얌전히 놓여 있는 애꿎은 크리스털 잔을 탓했다. 지하실 수도꼭지에서 흐르는 물을 바로 입으로 먹어 버릇한 세라피나는 유리잔으로 물을 마시는 것이 익숙지 않았다.

애스콧 부인은 그런 세라피나와 점잖고 온화하게 대화를 이어 나갔다. 하지만 오늘 이 자리에 온 이유에 집중하려고 노력하다 보니 애스콧 부인의 이야기가 귀에 잘 들어오지 않았다. 세라피나의 눈길은 자꾸만 기다란 식탁에 둘러앉은 다른 손님들에게로 향했다. 연회장에 모인 손님들 사이에서 오가는 거의 모든 대화를 들을 수 있을 만큼 세라피나는 귀가 밝았다. 여행담, 사냥담, 요즘 유행하는 옷차림 등 다양한 이야기가 여기저기서 한꺼번에 날아들었다. 하지만 그중에 사악한 음모나 위험한 책략과 관련된 대화는 단 한 건도 없었다. 온갖 불길한 상상의 나래를 펼치며 온몸의 신경을 곤두

세우고 있는 세라피나의 눈에도 위험해 보이는 사람은 단 한 명도 없었다.

여기가 이제 세라피나가 속한 세계일까? 이 사람들이 이제 세라피나가 속한 종족일까? 화려한 드레스를 입고 최상류층 사람들과 이렇게 어울리다 보면 세라피나도 이들 중에 한 명이 되는 걸까?

식탁 맨 끝에서는 몇몇 신사가 밴더빌트 씨와 이야기를 나누고 있었다. 티끌 하나 없는 검은색 턱시도에 하얀색 나비넥타이를 매고 깔끔하게 면도까지 한 밴더빌트 씨에게선 오늘 아침 지하실을 찾아왔을 때 까칠하고 초췌했던 몰골은 전혀 찾아볼 수 없었다. 세라피나는 밴더빌트 씨 눈에도 지금 자기 모습이 아침과는 완전히 딴사람처럼 보이겠거니 생각했다. 밴더빌트 씨도 자신을 바라보는 세라피나의 시선을 알아차린 것 같았지만 고개를 끄덕이거나 달리 알은체하지는 않았다. 그저 그 새카만 눈동자가 이렇게 말하는 듯했다. *'이건 일이야. 쥐새끼를 찾아내.'*

그런데 그 순간 마음속에서 반갑지 않은 의심이 고개를 치켜들었다. 만약 밴더빌트 씨가 세라피나를 2층으로 불러들이고 임무를 맡긴 이유가 정말로 도움이 필요해서가 아니라 세라피나에 대한 안쓰러움 때문이라면? 어쩌면 브레이든이나 아빠가 밴더빌트 씨에게 특별히 부탁했을지도 몰랐다. 어쩌면 이 모든 위험과 모험이 과거를 붙들고 놓지 못하는 세라피나의 마음이 만들어 낸 허상일지도 몰랐다. *'왠지 모르*

게 신경에 거슬리는 평화의 나날'. 세라피나는 요 몇 달을 그렇게 불렀다. 만약 세라피나를 아끼는 주변 사람들이 세라피나보다 세라피나의 문제를 더 잘 알고 함께 머리를 모아 세라피나를 도와주려고 이 모든 일을 계획한 것이라면?

의심이 꼬리에 꼬리를 물고 이어지려던 찰나 복슬복슬한 잿빛 털 뭉치가 애스콧 부인의 다리 사이를 슬그머니 지나갔다. 스모크였다. 애스콧 부인은 전혀 눈치채지 못한 것 같았다. 벽에 걸린 진귀한 16세기 플랑드르 양탄자를 기를 쓰고 기어오르려는 엠버도 발견했다. 화가 난 세라피나가 엠버에게 충분히 들리고도 남을 정도의 소리로 하악 하고 경고를 날렸다.

"어머, 괜찮아요?" 그 소리에 또 물을 마시다가 사레가 걸린 줄 알았는지 애스콧 부인이 걱정스레 물었다.

"괜찮아요. 고맙습니다." 행여나 사람들 눈에 황금색 눈동자를 지닌 사나운 야생 동물처럼 비칠세라 세라피나가 기어드는 목소리로 대답했다.

하지만 재빨리 주변 사람들을 둘러본 세라피나는 마음이 놓였다. 다들 옆자리에 앉은 사람들과 와인을 마시며 대화를 나누느라 아무도 세라피나에게 신경을 쓰지 않았다.

단 한 사람만 빼고.

바로 맞은편에 앉아 있던 제스의 사파이어색 눈동자가 세라피나를 뚫어져라 쳐다보고 있었다.

세라피나는 그 자리에서 제스에게 따져 묻고 싶었다. 지난 번에 했던 말이 무슨 뜻인지, 왜 만날 때마다 자신을 그렇게 뚫어져라 쳐다보는지 따져 묻고 싶었다. 하지만 세라피나가 입을 열려던 찰나 밴더빌트 부인이 자리에서 일어났다.

모두의 주목을 한 몸에 받으며 일어선 저택의 안주인은 남편 옆에 서서 연회장에 모인 사람들을 바라보며 말했다. "식사 기도를 위해 모두 자리에서 일어나 주시면 감사하겠습니다."

기대와 설렘에 찬 웅성거림과 함께 사람들이 자리에서 일어났다. 밴더빌트 씨가 밴더빌트 부인을 바라보며 고개를 까딱했다. "에디스, 오늘 밤 우리 모두가 한자리에 모일 수 있도록 이렇게 멋진 자리를 마련해 줘서 고마워요."

이에 동의하듯 좌중에서 환호성이 터져 나왔다. 밴더빌트 부인은 겸손한 자세로 수줍게 미소 지었다.

밴더빌트 씨의 얼굴에도 부드러운 미소가 떠올랐다. 모두에게 사랑받는 부인을 둔 남자의 뿌듯한 미소였다. 그러나 다음 순간 밴더빌트 씨의 표정이 엄숙하게 변하더니 두 손을 가지런히 모으고 고개를 숙였다. 기도가 시작됐다.

식탁에 둘러앉은 모든 손님들도 밴더빌트 씨를 따라 일제히 고개를 숙였다. 세라피나도 덩달아 고개를 숙였다.

"아멘."

기도가 끝나자 남색과 금색이 어우러진 미국 기병대 장교복을 입은 잘생긴 청년 하나가 자리에서 일어나 유리잔을 높이 들어 올리며 말했다.

"실례가 안 된다면 저녁 식사를 시작하기 전에 한 가지 더 제안하고 싶은 일이 있습니다." 청년의 목소리는 따뜻한 사과주만큼이나 감미로웠다.

"어머, 킨슬리 대위군요. 정말 사랑스러운 아이랍니다." 애스콧 부인이 세라피나 쪽으로 몸을 기울이며 들뜬 목소리로 말했다.

소년티가 가시지 않은 얼굴, 옆으로 쓸어 넘긴 곱슬거리는 금발 머리, 부드러운 잿빛 눈동자, 가운데가 살짝 패인 턱, 단정하게 다듬은 콧수염. 킨슬리 대위는 장교라는 사실이 믿기지 않을 정도로 앳돼 보였다. 펜싱 선수를 연상케 하는 꼿꼿한 자세에 허리띠에는 기병대가 사용하는 검을 차고 있었다. 의미심장하지만 악의라고는 없어 보이는 미소로 미루어 짐작건대 킨슬리 대위는 여기 모인 사람들이 자신에게 호감을 품고 있다는 사실을 잘 아는 게 분명했다.

"모두 잔을 들어 주시겠습니까." 킨슬리 대위를 따라 식탁에 앉은 모든 사람들이 일제히 자기 앞에 놓인 크리스털 와인잔을 들어 올렸다. 킨슬리 대위가 밴더빌트 부부 쪽으로 돌아섰다. 두 사람을 바라보는 그의 눈동자에서는 한없는 애정이 묻어났다. "오늘 이 자리를 마련해 주신 존경받아 마땅한 우리 조지와 에디스를 위해 건배를 제안하고 싶습니다. 빌트모어여, 영원하라!"

"빌트모어여, 영원하라!"

모두가 미소 띤 얼굴로 밴더빌트 부부를 바라보며 한마음 한목소리로 건배를 들었다. 밴더빌트 부부도 미소로 화답했다. 그리고 다들 동시에 잔에 든 와인을 마셨다.

"킨슬리 대위님은 너무 다정하시다니까요." 밴더빌트 부인이 고마움을 가득 담아 말했다.

"마지막으로 한 말씀만 더 드리겠습니다." 킨슬리 대위가 다시 잔을 들고 주변을 둘러보았다. "우리는 지금 1900년이라는 새로운 세기의 시작을 맞아 이렇게 좋은 분들과 함께 여기 남부의 산속에 모였습니다. 오랜 인연도 있고 새로운 만남도 있지만 다들 아시다시피 매년 이맘때 함께 모여 사냥을 하는 것은 우리네 오랜 전통입니다. 저 역시도 '숲속에서의 시간'이 가져다줄 모험과 우정이 기대가 됩니다. 다만 한

가지 부탁드리고 싶은 것은 너그럽게도 우리를 이 아름다운 사냥터로 초청해 준 밴더빌트 가문뿐만 아니라 우리가 발을 들여놓게 될 자연 세계에 대해서도 감사하고 존중하는 마음을 잊지 말아 주십사 하는 것입니다. 이 신비로운 숲속에서 우리는 진정한 자아를 찾는 경험을 하게 될 것이기 때문입니다. 그래서 마지막으로 오늘 밤 이 자리에 모인 여러분께 건배를 제안하려 합니다. 부디 모든 사냥에서 풍성한 수확을 거두길, 모든 카드 게임이 즐거운 시간이 되길, 모든 티타임이……" 적당한 단어가 생각나지 않는지 머뭇머뭇하던 킨슬리 대위가 마침내 우렁찬 소리로 외쳤다. "맛있는 차로 넘쳐나길!" 순식간에 좌중이 웃음바다가 됐다. 곧이어 킨슬리 대위가 한층 아련한 표정으로 건배 제의를 마무리했다. "그리고 무엇보다 사랑하는 가족 그리고 친구들과 보내는 이 시간으로 우리 영혼이 충만해지기를."

"브라보!" 여기저기서 감동에 젖은 환호성이 터져 나왔다.

"건배! 건배!" 나머지 사람들도 잔을 들며 외쳤다.

세라피나는 자신도 여기 모인 사람들과 같은 세계에 속한 사람인지 확신할 순 없었지만 다른 사람들이 하는 대로 똑같이 잔을 들어 건배에 참여했다. 그저 물잔을 들어 올리는 단순한 행위였지만 주변 사람들과 이 순간을 함께 나누고 있다는 느낌이 들어서 좋았다. 정말로 어엿한 이 세계의 일원이 된 느낌이었다. 게다가 이 많은 사람들 앞에서도 당당함과 여유가 넘치는 젊은 킨슬리 대위의 태도에는 감탄이 절로 나왔다. 오늘 저녁 만찬에 참석하는 것만으로도 바짝 긴장했던 세라피나로서는 이렇게 많은 사람들 앞에서 이야기를 하는 건 상상조차 할 수 없었다. 무엇보다 킨슬리 대위의 건배사를 들으면서 세라피나는 마음이 한결 편안해졌다. 결국에는 모든 게 다 괜찮아질 것만 같았다.

건배사를 마치고 다시 자리에 앉던 킨슬리 대위와 건너편에 앉아 있던 세라피나의 눈이 마주쳤다. 킨슬리 대위가 세라피나를 바라보며 싱긋 웃었다.

말을 걸어오려나 싶었는데 주변에서 대기하던 집사들이 첫 번째 코스 요리를 내오기 시작했다. 그때 식탁 반대쪽 끝에서 거만함이 잔뜩 묻어나는 목소리가 연회장을 쩌렁쩌렁 울렸다.

"내 한마디 하겠소. 사냥의 승패를 좌우하는 건 방아쇠를 당기는 사냥꾼이지 총이 아니오."

두꺼운 몸통, 떡 벌어진 어깨, 각진 턱이 우락부락한 늙은 황소를 연상케 하는 남자였다. 세월의 흔적이 느껴지는 햇볕에 그을린 구릿빛 피부는 남자가 야외에서 인생의 많은 시간을 보냈음을 짐작케 했다.

"말이 나왔으니 말인데 나는 사냥할 때 현존하는 사냥총 가운데 가장 성능이 뛰어나다고 알려진 윈체스터 헨리 1873년형 연발총을 쓰지." 거만한 목소리가 이어졌다. 가슴을 한껏 내밀고 말하는 모양새가 마치 암탉들 사이에서 의기양양한 수탉 같았다. 주변에 앉은 신사 숙녀들이 그의 이야기를 흥미진진하게 경청했다. "알다시피 헨리 연발총은 서부를 평정한 총으로 알려져 있소. 인디언 전쟁 참전 당시에도 그 총으로 싸웠고 북미와 남미, 아프리카 전역을 돌며 사냥을 할 때도 그 총을 썼지."

이 허풍쟁이 사냥꾼의 이야기에 많은 사람들이 빠져드는 와중에 킨슬리 대위는 멀찍이 떨어져 앉아 수프를 먹는 데만 집중하는 것처럼 보였다. 하지만 그 얼굴 위로 스쳐 지나가는 경멸의 빛을 세라피나는 놓치지 않았다. 킨슬리 대위는 세라피나만큼이나 저 남자가 마음에 들지 않는 눈치였다.

"아프리카에서는 뭐 좀 잡으셨어요, 브래딕 대령님?" 한 숙녀가 미지의 대륙에 다녀온 남자를 선망의 눈빛으로 바라보며 물었다.

"아주 쏠쏠했다마다. 가장 사냥하기 어렵고 위험하다고 해서 소위 '아프리카 5대 동물'이라고 불리는 아프리카 물소, 검은코뿔소, 아프리카 사자, 코끼리, 표범을 다 잡아 봤소. 하지만 난 거기서 멈추지 않고 사파리에 서식하는 종이란 종은 모조리 사냥하러 나섰소. 톰슨가젤, 하마, 혹멧돼지, 쿠두, 스프링복, 임팔라, 일런드, 얼룩말, 아프리카 살쾡이, 치타…… 이름만 대시오, 다 내가 쏴 죽인 목록에 있는 놈들일 테니."

사냥의 성과를 자랑스레 늘어놓는 남자의 말을 듣고 있자니 세라피나는 속이 뒤틀리는 것 같았다. 빌트모어의 최고 쥐잡이 책임자로서 세라피나도 사냥의 짜릿함을 모르는 바는 아니었다. 하지만 그토록 수많은 아름다운 야생 동물을 죽이는 건 잘못됐다는 생각이 들었다. 동물들이 인간에게 해를 끼친 것도 아니었고 브래딕 대령이라 불리는 작자가 식량이 필요해서 사냥을 한 것도 아니었다. 그저 살생을 위한 살생에 불과했다.

세라피나는 밴더빌트 씨가 왜 저런 인간을 저택으로 초대해 여기 숲속에서 사냥을 하도록 내버려 두는지 이해할 수가 없었다. 무언가 잘못돼도 단단히 잘못된 것 같았다. 어떻게 저런 작자를 불러들일 수가 있지?

"대령님, 이미 명예와 성공을 거머쥐셨는데도 계속 나아가신 원동력이 무엇이었나요? 제 말은 아프리카에서 야생 동물을 추적한다는 게 결코 쉬운 일이 아니었을 텐데 말이죠." 부유한 신사 서틀스턴 씨가 물었다.

"도전이었죠, 그야말로." 브래딕 대령이 대수롭지 않다는 투로 말했다. "난 내 능력을 이용해서 야생 동물을 추적하는 걸 즐기지. 상대가 가장 힘이 센 동물이든 가장 큰 뿔을 가진 사슴이든 가장 희귀하고 아름다운 동물이든 아무래도 상관없소. 난 그저 도전 자체를 즐길 뿐이오. 벽에 박제하여 걸어 둔 사냥감의 머리는 단순히 지난 사냥의 기록이 아니오. 영예로운 훈장이자 내 능력과 경험이 빚어낸 짜릿했던 매 순간의 추억이지."

"그러면 대령님은 여기 노스캐롤라이나주에서 사냥하면 상대적으로 시시하게 느껴지시겠어요." 살집이 있고 수염이

덥수룩한 어느 남부 신사가 갈증이 나는 듯 와인으로 목을 축이며 질문했다.

"아무래도 그렇죠." 브래딕 대령이 대답했다. "나로서는 잠깐 쉬어 가는 셈이죠. 여기서 사냥해 봤자 어디 가서 자랑할 거리도 못 되니까. 하지만 특별히 나의 관심을 자극하는 대상이 있긴 합니다."

"그게 뭔가요, 대령님?" 사슴 전문 사냥꾼인 케터링 씨가 재빨리 물었다.

"이 광대한 미국 땅에서 뮬 사슴, 엘크, 무스, 회색늑대, 버팔로, 가지뿔영양, 회색곰, 흑곰, 보브캣, 코요테, 야생 돼지를 비롯해 내가 안 잡아 본 동물은 없소." 브래딕 대령이 입을 열었다.

"지루한데 이제 그만 입 닥치시고 밥이나 드시지." 수프를 떠먹던 킨슬리 대위가 말했다.

무례하기 짝이 없는 발언에 세라피나는 너무 놀라 숨을 들이켰다. 하지만 이내 거의 혼잣말에 가까운 그 말을 들은 사람은 자신과 제스 둘뿐이라는 사실을 깨달았다. 제스는 아무런 반응도 보이지 않았다. 이상하리만치 미동도 없었다. 반면 세라피나는 저도 모르게 새어 나오는 웃음을 참을 수가 없었다.

"지금까지 미국 전역에서 내 손아귀를 아슬아슬하게 빠져나간 짐승이 딱 하나 있소. 이놈에게 갚아 줄 빚이 있다고 해 두지요."

브래딕 대령이 쩌렁쩌렁한 목소리로 말하며 모두에게 보란 듯이 소매를 걷어 올렸다. 그러자 오래되어 새하얀 자국만 남은 굵은 흉터가 드러났다. "미국에 서식하는 고양잇과 맹수 가운데 가장 크고 사나운 놈한테 당한 상처요. 이 교활하고 위험하기 짝이 없는 놈은 퓨마 혹은 쿠거라는 이름으로 알려져 있소만 이 지역에서는 흑표범이라 부르기도 한다고 들었소."

이제 연회장에 모인 사람들 가운데 거의 대부분이 브래딕 대령의 이야기에 귀를 기울이고 있었다. 밴더빌트 씨도 예외는 아니었다. 하지만 이 허풍쟁이 대령을 바라보는 밴더빌트 씨의 눈길은 감탄보다는 경계에 가까웠다. 밴더빌트 씨와 킨슬리 대위가 의미심장한 눈길을 주고받았다. 그 모습을 포착한 세라피나는 두 사람이 얼마나 가까운 사이인지를 짐작할 수 있었다.

"거기 난 또 다른 상처는 뭐예요, 대령님?" 어린 신사 하나가 브래딕 대령의 목에 난 생긴 지 얼마 되지 않아 보이는 상처를 가리키며 물었다.

"아, 이건 그냥 어젯밤에 살짝 긁힌 자국일 뿐 별것 아니오." 브래딕 대령이 상처가 더 잘 보이도록 목깃을 당겨 내렸다. 네 줄로 난 발톱 자국이 선명했다.

근처에 앉아 있던 사람들이 그 징그러운 모양새에 놀라 움찔했다. 더러 눈을 크게 뜨고 홀린 듯 빤히 쳐다보는 사람들도 있었다.

세라피나의 심장 박동이 빨라졌다. 그 발톱 자국의 주인은 다름 아닌 세라피나 자신이었다. *'어떻게 된 일이지?'*

"어쩌다 다치신 거예요?" 한 숙녀가 존경과 감탄이 어린 목소리로 물었다.

"글쎄, 간밤에 본격적인 사냥이 시작되기 전 몸도 풀 겸 젊은 친구들이랑 나갔는데 난데없이 놈의 공격을 받았지 뭡니까. 먼저 도발을 한 것도 아닌데 놈이 어디선가 나타나서는 다짜고짜 우릴 덮쳤소. 쥐도 새도 모르게 다가와 숨통을 끊어 놓는 것, 그게 그놈의 습성이지."

"무슨 일이 있었는지 자세히 말씀해 주세요, 대령님." 젊은 청년 하나가 숨죽이며 물었다.

"뭐, 그 맹수가 공격해 온 순간 다른 사람들이 다칠까 봐 내가 곧장 달려들었소. 맨주먹으로 그 날카로운 발톱에 맞서 싸웠지. 산 중턱부터 한 덩어리가 되어 구르며 한참을 엎치락뒤치락했소. 그러다 그놈이 내 가슴팍에 송곳니를 박아 넣는 순간 내가 보이 나이프(사냥용 외날 단도_옮긴이)를 꺼내 들어 놈을 찔렀소. 그러자 놈이 혼비백산해서 줄행랑을 치더군."

"대단하세요!" 머리카락이 쭈뼛거릴 만큼 긴박감 넘치는 브래딕 대령의 이야기에 식탁에 앉은 사람들뿐만 아니라 음식을 나르던 집사들조차 발길을 멈추고 귀를 기울였다.

"놈이 가슴팍에 송곳니를 박아 넣었다는데 이빨 자국이 안 보이다니, 그것참 귀신이 곡할 노릇이네." 킨슬리 대위가 또 혼잣말로 웅얼거렸다.

“몇 년 전 아프리카에서 내 팔을 이 지경으로 만든 것도 그렇고 어젯밤 일도 그렇고 이제 지구상에서 내 손아귀를 빠져나간 맹수는 오직 퓨마뿐이오. 내겐 치욕이지. 그래서 여기 내 친구 터너가 이 산속에 있는 조지 밴더빌트의 조그만 오두막집을 방문한다고 했을 때 이번에야말로 설욕할 기회다 싶어 선뜻 따라나섰소. 그리고 어젯밤 일로 내가 제대로 찾아왔다는 사실을 확인했소.”

세라피나는 브래딕 대령이 친구라고 지칭한 터너 씨라는 남자의 얼굴을 힐끔 쳐다보았다. 브래딕 대령의 무례하고 상스러운 언사에 가련한 터너 씨의 얼굴은 사색이 되어 있었다.

터너 씨가 미안해서 어쩔 줄 모르는 얼굴로 밴더빌트 씨를 바라보았다. 하지만 밴더빌트 씨는 터너 씨 쪽으로 눈길조차 주지 않았다. 사물을 꿰뚫어 보는 듯한 새카만 그의 눈동자는 마치 먹잇감을 노리는 맹수처럼 오직 브래딕 대령에게만 고정되어 있었다.

브래딕 대령은 계속해서 자신의 ‘끝내주는 사격술’을 자랑하며 역겨운 무용담을 늘어놓았고 사람들은 끝없는 질문 세례로 그의 이야기에 호응했다. 세라피나는 피가 거꾸로 솟는 것 같았다. 비록 머리부터 발끝까지 꽃단장을 하고서 예쁜 드레스 차림으로 이 식탁에 끼어 앉아 있었지만 세라피나는 여기 모인 이들과는 엄연히 다른 존재였다. 여기 모인 인간들은 야생 동물을 사냥하길 원했다. 세라피나의 종족을,

세라피나의 형제자매를 사냥하길 원했다. 이런 인간들을 세라피나가 보호해 줄 이유가 있을까? 이런 인간들이 모인 곳이 빌트모어라면 세라피나가 굳이 빌트모어의 수호자로 남을 이유가 있을까?

세라피나는 머릿속으로 브래딕 대령이라는 저 이름난 사냥꾼이 엽총을 들고 말을 탄 채 혼자서 숲속을 어슬렁거리는 모습을 상상했다. 그리고 미끈하고 새카만 몸을 숲 바닥에 바짝 엎드린 채 그 뒤를 몰래 밟는 자신의 모습을 상상했다. 처음에는 천천히 다가가 상대방이 알아차리기도 전에 소리 없이 빠르게 덮치는 상상을 했다. 비명을 지르는 말에서 그를 끌어 내려 땅바닥에 내리꽂은 뒤 날카로운 송곳니와 발톱으로 발기발기 찢어 버리는 상상을 했다. 그러면 그제야 브래딕 대령도 '그놈'의 진면목을 깨닫게 되겠지.

머리에 예쁜 리본을 달고 태연을 가장한 채 식탁에 앉아 있었지만 콧구멍은 벌렁거렸고 땀구멍에는 땀이 송글송글 맺혔다. 당장이라도 상상을 현실로 만들고 싶어 온몸이 근질거렸다. 벌써부터 송곳니 사이로 비릿한 피 맛이 나는 듯했다.

저녁 만찬이 시작될 무렵 느꼈던 소속감이 무색하게 세라피나는 자신이 여기 이른바 문명사회에 속한 존재가 아니라는 사실을 뼈저리게 느꼈다. 브래딕 대령의 이야기를 들으며 웃고 떠드는 이들과는 어울릴 수 없었다. 세라피나는 밤의 생명체였다. 흑표범의 영혼을 지닌 야생 동물이었다.

세라피나는 두 눈을 질끈 감고 머릿속에 떠오르는 잔인한 생각들을 몰아내려고 노력했다.

저택, 숲, 바람, 나무, 사람, 아름다움, 평화. 세라피나는 그 무엇도 신뢰하지 않았다. 하지만 지금 이 순간 가장 신뢰할 수 없는 건 바로 *세라피나 자신*이었다.

"한번은 450미터나 떨어진 거리에서 달리는 치타를 쏘아 죽인 적도 있소." 브래딕 대령이 여기저기서 보내는 흠모의 눈길을 만끽하며 말을 이었다. "그러니 장담컨대 다음번에 여기 숲속에서 내 눈에 띈 퓨마는 그날이 제삿날이 될 게요."

이성의 끈을 놓지 않으려고 애를 쓰며 세라피나는 킨슬리 대위를 힐끗 바라보았다. 세라피나와 마찬가지로 킨슬리 대위도 저 허풍쟁이의 흰소리를 참아 내느라 고군분투하고 있는 게 눈에 보였다. 그러다 마침내 인내심이 바닥났는지 킨슬리 대위가 모두에게 들리고도 남을 만큼 큰 목소리로 물었다.

"대령님이 말씀하신 것처럼 퓨마가 그토록 교활하고 잡기가 힘들다면 어떻게 찾아내서 죽일 계획이십니까?"

마치 순수한 호기심에서 우러나오는 질문처럼 들렸지만 세라피나는 분명히 알 수 있었다. 그건 미끼였다. 이제 전투는 시작됐고 편은 나뉘었다. 세라피나는 자신이 어느 편인지 확실히 알았다.

"퓨마가 야생 동물들 가운데 가장 비겁하고 교활한 건 맞소만 내가 또 누구겠소. 나처럼 경험도 풍부하고 능력도 뛰어난 사람이 마음만 먹으면 목표물은 반드시 죽게 되어 있소. 한번 두고 보시오, 킨슬리 대위.”

일곱 가지 코스 요리가 차례로 나오는 동안 브래딕 대령은 자신의 무용담을 쉼 없이 늘어놓았다.

그동안 세라피나는 바로 맞은편에 있는 듯 없는 듯 조용히 앉아 있는 검은 머리 소녀 제스를 가만히 관찰했다. 제스는 제 앞에 놓인 음식을 먹고 제 앞에 놓인 물을 마셨다. 브래딕 대령 쪽으로는 눈길 한번 주지 않았다. 그의 이야기를 듣는 것 같지도 않았다. 하지만 나머지 손님들 한 명 한 명을 관찰하느라, 연회장 구석구석을 훑어보느라 제스의 눈은 한시도 쉬지 않고 바삐 움직였다. 촛불에 반사되어 반짝이는 제스의 눈동자는 마치 주변의 모든 시각 정보를 흡수하는 것 같았다.

마침내 제스의 눈길이 세라피나에게 머무르는가 싶더니 금세 다른 곳으로 옮겨 갔다. 보통 사람 같으면 한 시간이 걸려서 처리할 정보의 양을 제스는 불과 일 초 만에 처리하는 것 같았다.

저녁 만찬이 끝나고 자리에서 일어설 때 애스콧 부인이 말했다. "만나서 반가웠어요, 꼬마 아가씨."

뒤늦게 그 인사가 자신에게 건넨 말임을 알아차린 세라피나가 얼굴을 붉히며 말했다. "저도 만나 봬서 반가웠어요, 애스콧 부인." 그러고 나서 지금껏 눈동냥으로 본 다른 소녀들의 몸짓을 흉내 내어 살짝 상체를 숙이며 덧붙였다. "빌트모어에서 보내는 시간이 즐거우시길 바랍니다."

"그럼요, 즐겁다마다요. 이렇게 평화롭고 아름다운 곳에서 보내는 시간이 어찌 즐겁지 않을 수 있겠어요?" 애스콧 부인이 팔을 뻗어 연회장을 가리키며 다정하게 대답했다.

제스에게도 작별 인사를 하려고 두리번거렸지만 아쉽게도 이미 자리를 떴는지 보이지 않았다.

바로 그때 뒤에서 누군가 팔을 붙잡는 바람에 놀란 세라피나가 제자리에서 폴짝 뛰어올랐다.

"놀래 줄 생각은 아니었어." 뒤돌아서니 제스가 미안한 얼굴로 사과를 했다.

"아냐, 괜찮아. 내가 좀……" 세라피나가 변명을 하려는데 제스가 말을 끊었다.

"아까 네 친구들을 만나서 반가웠어. 좀 더 오래 있으면 좋겠다고 생각했는데 금방 가 버리더라."

"내 친구들이라니?" 잠시 어리둥절했지만 이내 제스가 누구를 말하는 건지 알아차렸다. 이 넓은 연회장에서 그림자와 그림자 사이만 오가는 조그만 쥐 사냥꾼들의 존재를 눈여겨본 사람이 있으리라고는 미처 생각지 못했다. "걔네가 내 친구들인 건 어떻게 알았어?" 세라피나가 호기심을 참지 못하고 물었다.

"보니까 걔네가 네 말을 듣더라고." 제스가 대답했다.

"평소에는 내 말 진짜 안 들어." 세라피나가 웃으며 말했다.

제스도 세라피나를 따라 웃었다. "걔네 이름이 뭐야?"

"조용한 회색 고양이는 스모크고 발톱 달린 주황색 털 뭉치는 엠버야."

제스가 무어라 말을 하려다 말고 연회장을 쩌렁쩌렁 울리는 브래딕 대령의 목소리에 인상을 찌푸렸다.

"자자, 여러분, 갑시다! 본격적인 파티는 이제부터 시작 아니겠소!" 브래딕 대령이 심약해 보이는 터너 씨의 어깨에 팔을 두르고 질질 끌다시피 데리고 나갔다. "식사가 도대체 언제 끝나나 했지 뭐요! 일곱 가지 코스 요리라니? 하느님 맙소사, 세상에 어느 누가 다섯 가지 코스 요리 그 이상을 원한단 말이오?"

브래딕 대령과 터너 씨와 서틀스턴 씨를 비롯해 몇몇 사냥꾼이 연회장 밖으로 나갔다. 그 모습을 바라보던 제스가 차분한 목소리로 말했다. "포커 치러 가는 거야."

정확히 3초 뒤 브래딕 대령의 목소리가 연회장까지 울려 퍼졌다. "당구장으로 가서 포커나 칩시다!"

브래딕 대령과 그 일당들은 당구장으로 걸어가며 양복 안 주머니에서 시가를 꺼내 피우기 시작했다. 나머지 손님들도 뿔뿔이 흩어졌다. 대다수가 식후 커피를 즐기러 응접실로 가거나 밤공기를 쐬러 로지아로 나갔다. 밴더빌트 부인을 따라 겨울 정원을 구경하러 가는 사람들도 있었다. 그러나 밴더빌트 씨와 킨슬리 대위는 연회장에 남아 저 멀리 벽난로 옆에 서서 은밀한 목소리로 대화를 나누었다. 이따금 당구장 쪽을 바라보기도 했다. 마치 둘이서 비밀 작전이라도 짜는 듯한 분위기였다.

이 대저택의 복도를 울릴 만큼 커다란 브래딕 대령의 목소리가 여전히 연회장 안까지 날아들었다.

"잘 들어." 제스가 갑자기 목소리를 낮추며 세라피나 쪽으로 몸을 기울였다. "저 인간에게 속지 마. 거의 밤새도록 술을 마시고 포커를 칠 거야. 그렇다고 해서 새벽 사냥을 못 나가게 막을 수는 없어. 지금 당장 나가서 미리 경고해 줘야 할 친구가 있다면 경고해 주는 게 좋을 거야."

세라피나가 놀란 얼굴로 제스를 쳐다보았다. 거의 신들린 사람 같았다. "무슨 뜻이야? 누구에게 경고를 해?" 세라피나가 되물었다.

"아까 네 반응 다 봤어. 브래딕 대령이 퓨마 이야기를 할 때 네 얼굴에 나타난 감정은 단순한 지루함이 아니라 분노와 두려움이었어. 그것도 너 자신을 위한 분노와 두려움이 아닌 다른 누군가를 위한. 내 눈엔 그게 보였어."

눈앞의 소녀는 결코 평범하지 않았다. 매의 눈을 가지고 있었다. 무슨 말을 하는지 모르겠다는 식으로 일단 오리발을 내밀어야 하나? 그게 과연 소용이 있을까? 어차피 이 소녀는 모든 걸 다 꿰뚫고 있는 것 같은데.

"네가 알아 두어야 할 게 있어. 저 사람은 단순한 허풍쟁이가 아니야. 거짓말쟁이에다가 사기꾼이기도 해. 아까 사람들 앞에서는 자기 능력과 경험으로 퓨마를 찾아내겠다 호언장담했지만 뒤에서는 이미 이 지역 출신 전문 수색꾼을 고용해서 풀어놓았어. 퓨마를 찾았다는 보고를 받는 즉시 달려가서 쏴 죽일 거야. 그러고 나서 모두에게 자신이 얼마나 위대한 사냥꾼인지를 또 한바탕 떠들어 대겠지."

세라피나는 동요하지 않으려 했지만 또다시 두려움이 온몸을 엄습했다. 저 숲속에는 세라피나의 남동생과 여동생이 살고 있었다. 브래딕 대령이 동생들을 사냥하려 하고 있었다.

"그걸 다 어떻게 아는 거야?" 세라피나가 감탄 어린 목소리로 물었다.

그런데 제스가 미처 입을 열기도 전에 당구장에서 브래딕 대령의 목소리가 들려왔다. "아, 물론이지요. 당연히 따라가지요." 누군가의 질문에 대답하는 듯했다. "착하고 온순한 아이랍니다. 같이 사냥을 나가 보면 아시겠지만 저래 봬도 꽤 강단도 있고요. 다만 여러분께 미리 양해를 구하는데 딸아이가 사격에는 젬병이에요. 절체절명의 순간에 가만히 서 있는 벽을 맞추래도 못 맞출 정도니까 말 다 했지, 뭐. 게다가 딸아이 발소리 때문에 눈앞에 있는 사냥감을 놓친 적이 한두 번이 아니라오. 여자애들만 신는 그런 장화를 신고서 무슨 코끼리 떼 지나가는 소리를 내며 걷는다니까!"

브래딕 대령의 이야기에 당구장이 웃음바다가 됐다. 세라피나가 제스를 쳐다보았다. 똑같은 농담을 하도 많이 들어서 아무런 감흥이 없는 사람처럼 제스는 무표정했다.

"네가 브래딕 대령의 딸이구나." 세라피나가 나지막이 말했다.

"사냥을 나갈 때마다 나를 꼭 데려가. 나도 거짓말쟁이거든." 제스가 말했다.

"그게 무슨 뜻이야?"

"내 총알은 항상 나무를 맞추거든." 제스가 무심하게 대꾸했다.

세라피나의 얼굴에 미소가 떠올랐다. 대답도 마음에 들었고 소녀도 마음에 들었다.

"여자애들이 다 그렇지, 뭐." 브래딕 대령의 목소리가 또다시 들려왔다. "실전에서는 무용지물이라니까. 하지만 내가 데리고 다녀야지 별수 있겠소. 저 불쌍한 어린것을 혼자 내버려 둘 수도 없는 노릇이니 말이오. 제스가 갓난아기 때 애 엄마가 우리 둘만 남겨 두고 결핵으로 세상을 떠났거든. 부디 하늘나라에서는 편히 쉬기를……."

저 멀리서 웅웅거리며 들려오는 브래딕 대령의 이야기에 귀를 기울이고 있는데 제스가 세라피나 곁으로 다가와 말했다.

"우린 몇 년 동안 아프리카에서 살면서 여기저기를 여행했어. 아주 어렸을 때 아빠가 사냥을 나갈 때마다 나한테 이것저것 물어보던 게 기억이 나. 해가 거듭될수록 질문은 더욱 더 늘어났어."

"어떤 질문을 했는데?" 세라피나가 물었다.

"어느 길에 발자국이 제일 많아 보이냐, 이건 어떤 동물의 흔적인 것 같으냐, 뭐 이런 질문이었어. 오랫동안 나는 아빠가 나를 가르치려고 그런 질문을 하는 거라고 생각했어. 어쩌면 진짜로 그런 의도였는지도 모르지. 나도 잘 모르겠어."

"그런데?" 제스의 이야기에 흥미를 느낀 세라피나가 다음 말을 재촉했다.

"아프리카 표범은 이 세상에서 가장 발견하기 힘들고 아름다운 동물이라는 이야기를 들었어. 나는 아프리카 표범을 내 눈으로 직접 보면 소원이 없겠다고 생각했지. 그래서 그들의 서식지며 이동 경로며 행동 양식을 열심히 공부했어. 그리고 마침내 아카시아 나무 위에 잠들어 있는 표범을 찾아내는 데 성공했어. 어찌나 아름답던지! 아마 다른 사람들 눈에는 절대 띄지 않았을 거야."

"그렇게 아름다웠어?" 세라피나가 부러움이 가득 담긴 목소리로 숨죽여 물었다.

"우리 아빠가 쏴 죽였어. 그제야 나는 아빠가 항상 내게 질문을 퍼부은 진짜 목적을 깨달았어. 아빠는 날 가르치려 한 게 아니었어. 아빠는 아프리카 표범이 사바나의 특정 지역에 자주 출몰한다는 사실도, 아카시아 나무를 좋아한다는 사실도 몰랐던 거야. 더군다나 잠을 잘 때면 무늬가 눈에 잘 띄지 않는 적당한 나뭇가지 위에 자리를 잡고 졸린 몸을 누인다는 사실도 몰랐던 거야. 아빠 눈은 나만큼 좋지 않았던 거지."

제스의 이야기를 듣고 나자 세라피나는 비로소 왜 제스가 자신을 믿고 이런 이야기까지 털어놓는지를 알게 됐다. 제스는 세라피나에게서 남들이 보지 못하는 무언가를 본 게 틀림없었다. 그래서 단지 자신의 이야기를 털어놓아도 되겠다가 아니라 털어놓아야겠다고 생각한 것 같았다.

"아빠는 내 능력을 이용해 표범을 찾아내 죽인 거야. 아빠가 오랫동안 그렇게 해 왔다는 사실을 나는 그제야 깨달은 거지. 그때 나는 결심했어. 아빠에게 내 진짜 모습을 두 번 다시 보여 주지 않겠다고 말이야."

"제스……." 세라피나가 제스의 어깨를 살며시 어루만졌다.

"사실 난 아빠에게 매일 감사하고 있어." 제스가 말했다.

"그건 또 무슨 뜻이야?"

"나는 매일같이 아빠의 일거수일투족을 보면서 자랐어. 의도했든 의도하지 않았든 아빠는 나에게 많은 것을 가르쳐 준 셈이야. 아빠를 보면서 나는 내가 가장 되고 싶지 않은 모습이 어떤 모습인지를 배웠거든."

세라피나가 제스의 사파이어색 눈동자를 가만히 바라보았다. 제스도 이번에는 눈을 돌리지 않고 세라피나의 황금색 눈동자를 가만히 바라보았다. 그 순간이 두 사람에게는 진정한 첫 만남이었다.

"무슨 뜻인지 알겠어." 세라피나가 제스의 팔을 어루만지며 말했다. "나한테 너희 아빠에 대해서 미리 경고해 줘서 고마워. 진심이야. 정말 고마워."

"네가 나라도 똑같이 경고해 줬을 거잖아, 그렇지?" 그렇게 묻는 제스의 눈동자에서 기대감이 살짝 스쳐 지나갔다.

세라피나가 고개를 끄덕였다. "물론이지." 하지만 제스가 자신에 대해서 어떻게 그토록 빨리 판단을 내렸는지 궁금해서 참을 수가 없었다. "너 혹시 날 알아?"

"아니. 난 여기 어제 도착했어. 너도 봤잖아." 예상치 못한 질문에 제스가 살짝 당황하며 말했다.

"잠깐. 어제 도착해서 나를 봤다고?" 세라피나가 깜짝 놀라며 되물었다.

"테라스 돌난간 뒤에 있었잖아." 제스가 대답했다.

'얘는 진짜 천리안이구나.' 그때 제스의 눈동자가 중앙 복도 쪽으로 휙 움직였다.

심부름꾼이 브래딕 대령에게로 다가가 무어라 말을 전했다.

잠시 뒤 브래딕 대령과 그 일당들이 당구장을 나섰다.

"카드 놀이를 저렇게 빨리 끝낼 리가 없는데." 제스가 걱정스러운 목소리로 말했다.

"그게 무슨 뜻이야?" 세라피나는 어느새 제스의 놀라운 관찰력에 의지하고 있는 스스로를 발견했다.

"아빠가 고용한 전문 수색꾼이 무언가를 찾은 게 틀림없어."

"제스!" 브래딕 대령의 고함 소리에 제스가 용수철처럼 제자리에서 튀어 올랐다. "당장 그 드레스 벗고 사냥복으로 갈아입거라! 지금 당장 나갈 거다!"

"너도 서두르는 게 좋을 거야." 제스가 세라피나에게 속삭였다.

"그럴게. 그런데 이거 하나만 묻자. 왜 나를 이렇게까지 도와주는 거야?"

제스가 세라피나의 눈을 똑바로 쳐다보며 말했다. "그동안 고양이 시체를 너무 많이 봤거든."

세라피나는 숲속을 질주했다. 폭신폭신한 네 발바닥이 땅을 박찰 때마다 어두운 나무 사이로 새카만 그림자가 휙휙 스쳐 지나갔다. 브래딕 대령이 이끄는 사냥개 무리가 사납게 짖어 대며 세라피나를 바짝 뒤쫓았다. 경험상 사냥개들이 저렇게 짖어 대는 것은 사냥감의 냄새가 가까워졌을 때뿐이었다. 하지만 저들이 맡은 건 세라피나의 냄새가 아니었다. 세라피나는 사냥개 무리의 뒤쪽으로 가서 멀찍이 떨어져 주변을 배회했다. 가까이에서 죽기 살기로 달리고 있을 동생들의 황갈색 그림자를 찾아 미친 듯이 주변을 살폈다. 사냥개들의 표적이 누구인지 동생들이 모를 리 없었다. 빠져나갈 방법은 없었다. 보통 퓨마에게 사냥개 한 마리쯤이야 식은 죽 먹기였다. 하지만 죽음도 불사한 채 이성을 잃고 날뛰는 사냥개

스무 마리라면 이야기가 달랐다. 퓨마 두 마리로는 감당하기 힘든 수였다.

드디어 퓨마 두 마리가 덤불숲을 헤치며 달아나는 소리가 아스라이 들려왔다. 안개가 자욱한 협곡을 건너는데 본능적으로 고지대를 찾아 허둥지둥 바위 능선을 오르는 동생들이 시야에 들어왔다.

'거기 안 돼. 거긴 안 된다고.' 곧바로 동생들의 목적지를 알아차린 세라피나가 속으로 울부짖었다.

숲속에서 모습을 드러낸 사냥개 무리가 더욱 맹렬한 기세로 으르렁거리며 짖어 댔다. 밤새도록 끈질기게 추격한 사냥감이 드디어 눈앞에 나타나자 사냥개들의 흥분은 최고조에 달했다.

막다른 길에 이른 어린 퓨마 두 마리는 바위와 바위 사이를 건너뛰어 죽은 지 오래된 고목나무 꼭대기로 올라갔다. 발톱으로 반쯤 벗겨진 나무껍질을 움켜잡고 나뭇가지와 나뭇가지 사이를 건너뛰느라 어깨 근육이 툭 불거져 나왔다.

거의 꼭대기에 다다르자 더 이상 올라갈 나뭇가지가 남아 있지 않았다. 고목나무를 빙 둘러싼 채 사납게 짖으며 날뛰는 사냥개들이 내려다보였다.

오도 가도 못하는 신세가 되어 버린 퓨마 남매는 귀를 뒤로 젖힌 채 사냥개들을 향해 이빨을 드러냈다.

세라피나는 동생들을 도와주려고 급히 계곡을 건넜지만 말을 탄 사냥꾼들이 한발 빨랐다.

"개들이 이미 포위했습니다!" 덤불을 헤치고 가장 먼저 모습을 드러낸 사냥개 조련사가 소리를 질렀다. 이곳 산간 지역 사투리 억양이었다. 곧이어 산등성이에서 피어오르는 안개 사이로 말을 탄 사냥꾼들이 들이닥쳤다.

사냥꾼들은 일사불란하게 말에서 내려 총구를 앞으로 겨눈 채 고목나무 아래로 접근했다.

"두 마리 다 나무 위에 있습니다!" 상황을 자세히 살피려고 바위 위로 올라간 사냥꾼 하나가 외쳤다.

이제 완전히 포위당한 퓨마 남매는 망연자실한 얼굴로 나무 아래 짖어 대는 사냥개들과 고함치는 사냥꾼들을 내려다보았다. 사냥개들은 곧 피를 볼 생각에 완전히 이성을 잃은 상태였다. 벌어진 입 사이로 침을 질질 흘리고 미친 듯이 꼬리를 흔들며 고목나무 주위를 빙글빙글 맴돌았다. 사냥개들이 나무 위로 올라가려고 앞다투어 몸을 날렸다. 낮은 나뭇가지까지 올라갔다가 다시 바닥으로 떨어지길 반복하면서도 끈질기게 달려들고 또 달려들었다.

사자를 사냥하도록 훈련받은 사냥개도 나무를 오르지는 못했다. 하지만 지금 이 사냥개들은 그런 사실은 안중에도 없는 듯 끊임없이 고목나무를 향해 뛰어올랐다. 커다란 고양이 두 마리의 뒷다리에 날카로운 송곳니를 박아 넣고 싶어 안달이 난 듯했다.

마지막으로 덤불숲을 헤치고 등장한 사람은 브래딕 대령이었다. "물러서!" 브래딕 대령이 말에서 내려 제스에게 말

고삐를 넘기며 소리를 질렀다. 짙은 밤색 말을 타고 있던 제스의 손에도 엽총이 들려 있었다. "아무도 쏘지 마! 내 거야! 내 거라고!" 브래딕 대령이 고래고래 고함을 질렀다.

추격의 여파로 숨을 헐떡이면서도 브래딕 대령이 엽총을 들어 가까운 쪽에 있는 퓨마를 조준했다. 세라피나의 여동생이었다.

총성이 밤공기를 가르고 골짜기에 메아리쳤다. 목표물이 다른 나뭇가지로 점프를 하는 바람에 총알이 빗맞았다. 애꿎은 나무껍질만 허공으로 튀었다.

브래딕 대령이 욕설을 내뱉으며 앞으로 몇 발짝 나아가 다시 발포했다. 이번에도 여동생은 다른 나뭇가지로 몸을 날려 아슬아슬하게 총알을 피했다. 그사이 남동생은 광분해서 나무를 기어오르려고 날뛰는 사냥개들을 향해 송곳니를 드러내며 위협적으로 으르렁거렸다.

세라피나는 언제라도 싸울 수 있도록 발톱을 꺼낸 채 동생들을 구하러 전속력으로 달렸다.

브래딕 대령이 총을 쏘고 또 쏘았다. 총성이 울릴 때마다 나뭇가지가 부러지고 나무껍질이 튀어 오르고 퓨마 남매가 울부짖었다. 연이은 총성이 안개가 자욱한 골짜기에 메아리쳤다.

브래딕 대령의 형편없는 사격 실력에 다른 사냥꾼들이 너도나도 총을 꺼내 들고 자세를 잡았다.

"내 거야!" 브래딕 대령이 신경질적으로 고함을 내지르며 더 앞으로 다가섰다.

그 광경에 세라피나는 더욱더 속도를 높였다. 강인한 가슴 속에 분노가 들끓었다.

거의 다 도착했을 때 브래딕 대령의 총알이 여동생의 몸에 명중했다.

세라피나는 중심을 잃고 허공으로 추락하는 여동생의 모습을 두 손 놓고 바라볼 수밖에 없었다. 팔다리를 축 늘어뜨린 채 여동생의 몸뚱이가 나무 아래로 곤두박질쳤다.

곤두박질치면서 여동생의 몸이 나뭇가지에 부딪치고 또 부딪쳤다. 그리고 마침내 여동생은 발톱을 세운 채 네발로 사냥개들 위에 착지했다. 갑작스레 등 위로 떨어진 퓨마 때문에 사냥개 두 마리가 고통스런 비명을 내질렀다. 그러나 놀라움도 잠시 나머지 사냥개들이 이빨을 드러낸 채 일제히 여동생에게로 달려들었다.

세라피나는 곧장 싸움 한복판으로 뛰어들었다. 앞발을 휘두르자 무리 중에 가장 큰 사냥개가 단숨에 나가떨어졌다. 숨 돌릴 틈도 없이 세라피나는 다른 한 마리를 때려눕히고 송곳니를 박아 넣었다. 또다시 앞발을 휘두르는 순간 등 뒤에서 사냥개 두 마리가 동시에 덤벼들었다. 분노에 찬 포효와 함께 바람처럼 뒤돌아선 세라피나는 날카로운 송곳니로 그중 한 마리를 물어서 산등성이 아래로 패대기쳤다.

세라피나가 싸우는 틈을 타 남동생도 슬그머니 나무에서 내려와 부상을 입은 여동생을 물어뜯고 있던 사냥개들을 뒤에서 덮쳤다. 기습 공격에 고통에 찬 울부짖음이 울려 퍼졌다. 남동생은 가까스로 몸을 일으킨 여동생을 데리고 안개 낀 숲속으로 황급히 종적을 감추었다.

탈출하는 동생들의 뒷모습을 바라보며 세라피나는 안도의 한숨을 내쉬었다. 잠깐 방심한 그 틈을 타 사냥개 한 마리가 이빨을 세우고 세라피나의 목덜미를 노리며 달려들었다. 순간적인 반사 신경으로 목을 살짝 비틀어 치명상을 피한 세라피나가 곧장 자신에게 달려든 사냥개를 심판했다. 연이어 달려드는 또 다른 사냥개 두 마리도 세라피나의 발톱에 나가떨어졌다.

악마의 숨결처럼 골짜기를 가득 메운 짙은 안개 때문에 한 치 앞도 보이지 않았다. 하지만 하얗게 피어오르는 아지랑이 사이로 브래딕 대령과 그 일당들이 공포에 질려 허겁지겁 말에 올라타는 모습이 보였다.

세라피나는 그쪽으로 방향을 틀었다. 엽총을 움켜쥐고 말등에 오르는 브래딕 대령이 시야에 들어왔다. 세라피나는 거의 눈에 보이지 않을 정도로 빠르게 움직였다. 목표물의 숨통을 끊으러 늘씬하고 새카만 몸뚱이가 쏜살같이 내달렸다. 가슴속에는 분노가 들끓었다. 송곳니에서는 핏방울이 뚝뚝 떨어졌다. 밖으로 꺼내 든 발톱이 벼린 듯 날카로웠다. 저 비열한 인간이 두 번 다시 동물들에게 총을 겨누지 못하게 만들어 놓겠다는 일념 하나로 세라피나는 앞뒤 재지 않고 브래딕 대령에게로 몸을 날렸다.

아지랑이 사이로 브래딕 대령과 사냥꾼들의 위치를 확인했지만 막상 그쪽으로 몸을 날리는 순간 안개가 너무 짙어 한 치 앞도 보이지 않았다. 바로 그때 커다란 무언가가 세라피나 옆을 스쳐 지나갔다. 뒤이어 잔뜩 겁을 집어먹은 말들이 콧김을 내뿜는 소리, 말굽에 붙인 편자가 돌바닥에 어지러이 부딪치는 소리가 들려왔다. 공포에 질려 날뛰는 말들을 통제하느라 애쓰며 서로에게 소리 높여 위험을 경고하는 사냥꾼들의 고함 소리도 들려왔다. 안개 속에서 마구잡이로 날뛰던 말 두 마리가 충돌했다. 그 바람에 사냥꾼들이 하마터면 안장에서 떨어질 뻔했다. 겁에 질린 사냥개가 줄행랑을 놓으며 세라피나 옆을 스쳐 지나갔다. 땀과 피에 젖어 번들거리는 말 뒷다리에 얼핏 깊이 패인 발톱 자국이 보였다.

"저기 있다!" 어느 사냥꾼이 외쳤다. 공포와 혼란이 고스란히 묻어나는 목소리였다. 세라피나의 심정도 다르지 않았다.

"조심해!" 또 다른 목소리가 외쳤다.

사냥개 세 마리가 세라피나 옆을 지나쳐 달아났다. 깨갱거리며 도망가면서도 자꾸만 뒤를 흘끔거렸다. 심장이 두방망이질했다. 무슨 일이 일어나고 있는 건지 도무지 영문을 알 수 없었다. 옆에서 한 사냥꾼이 갈피를 못 잡고 날뛰는 말 등에서 떨어지지 않으려 고삐를 감아쥐고 고군분투했다.

그때 어두운 안개 속에서 섬광이 번쩍이더니 총성이 밤하늘을 울렸다. 두 번, 세 번 총성이 연달아 이어졌다.

"제스!" 브래딕 대령의 목소리가 허공을 갈랐다. 공포에 질린 목소리였다.

무언가가 으르렁거리며 세라피나 바로 옆을 스쳐 지나가는가 싶더니 갑자기 홱 방향을 틀어 세라피나에게로 달려들었다. 아슬아슬하게 공격을 피한 세라피나가 곧바로 앞발을 휘둘러 반격했다. 그런데 발톱 끝을 스치는 표면이 딱딱했다. 살갗이나 근육이 아니라 금속을 갈긴 것 같은 느낌이었다. 상대는 더 이상 공격해 오지 않았다. 다음 순간 무언가 말의 옆구리를 쿵 들이받는 소리, 고통에 울부짖는 말의 울음소리, 인간의 비명과 함께 또다시 총성이 울렸다. 총알이 세라피나의 어깨를 스치고 지나갔다. 그 자리가 불에 덴 듯 화끈거렸다. 짙은 안개 속에서 눈뜬장님처럼 세라피나는 발톱을 세우고 상대가 누구든 공격해 오기만을 기다렸다.

등 뒤로 무언가 스쳐 지나갔다. 세라피나는 반사적으로 몸을 돌려 송곳니를 드러낸 채 방어 자세를 취했다. 사냥개 한 마리가 절뚝거리며 지나갔다. 피범벅이 된 채 거의 잘려 나간 다리 하나가 달랑거렸다.

그때 소녀의 비명이 귀청을 때렸다. 화들짝 놀란 세라피나가 반사적으로 몸을 피했다. 겁에 질린 말이 히힝 하고 울부짖는 소리가 이어졌다. 세라피나는 소리가 나는 쪽으로 내달렸다. 제스가 말을 타고 뒷걸음질하며 무언가를 향해 총을 난사했다. 총구에서 연이어 불이 뿜어져 나왔다.

세라피나는 제스를 도와주려고 전속력으로 달렸다. 하지만 난데없는 세라피나의 등장은 제스의 말 입장에서는 공포를 극대화하는 결과를 낳았다. 제스의 말이 흰자위가 드러나게 눈을 치뜨며 뒷발로 일어나 날뛰었다. 제스는 안장에서 떨어지지 않으려 안간힘을 썼지만 공포로 이성을 잃은 말을 통제하기란 불가능했다. 말은 앞발을 더 높이 치켜들었다. 결국 제스는 중심을 잃고 땅바닥으로 나동그라졌다.

제스에게 정신이 팔려 있는 그때 무언가가 세라피나를 쿵 들이받았다. 그 어마어마한 무게와 속도에 세라피나의 몸이 울퉁불퉁한 돌바닥 위를 데굴데굴 굴러 절벽 아래로 추락했다. 손에 잡히는 건 무엇이든 붙잡아야 했다. 세라피나는 발톱을 세우고 필사적으로 허공에서 사지를 허우적댔다.

눈꺼풀을 힘겹게 밀어 올리자 깜깜한 어둠이 세라피나를 맞았다.

얼마나 오랫동안 의식을 잃었는지 알 수 없었다. 땅바닥에 축 늘어진 몸은 여기저기 아프지 않은 데가 없었다. 숨 쉬는 것조차 고통스러웠다. 팔다리를 움찔하는 것만으로도 엄청난 고통이 밀려들었다. 하지만 일어나야만 했다. 기다란 송곳니를 악물며 세라피나는 천천히 네발로 몸을 일으켰다.

총성은 더 이상 들리지 않았다. 인간들의 비명도 들리지 않았다. 말들의 울음소리도 들리지 않았다. 나뭇가지에 맺혀 있던 물방울이 똑똑 떨어지는 소리 말곤 아무 소리도 들리지 않았다. 나무와 나무 사이를 유령처럼 떠도는 잿빛 안개 말곤 아무 움직임도 느껴지지 않았다.

몸을 흔들어 털에 붙은 축축한 흙과 먼지를 털어 낸 세라피나는 굴러떨어졌던 가파른 절벽을 다시 기어 올라갔다. 무슨 일이 일어난 건지 알 수 없었다. 하지만 지금이라도 제스를 구하러 돌아가야 했다.

절벽 꼭대기에 이르자 짙은 안개 때문에 아무것도 보이지 않았다. 바짝 몸을 낮춘 세라피나는 적의 움직임을 찾아 귀를 쫑긋 세우고 코를 킁킁거렸다. 인간 냄새, 말 냄새, 사냥개 냄새, 젖은 흙과 나무 냄새, 화약 냄새, 고사리 냄새. 공기 중에 뒤섞인 온갖 냄새가 코를 찔렀다.

세라피나는 그 자세 그대로 잠시 숨을 죽이고 기다렸다. 혼란의 도가니였던 전투는 이미 끝난 뒤였다.

바닥에 납작 몸을 엎드린 채 한 치 앞도 보이지 않는 안개 속을 전진했다.

바닥에 누워 있는 사냥개의 사체를 발견했다. 목에 난 상처가 벌어져 있었다.

사냥개 사체에서 몇 발자국 떨어지지 않은 곳에 어떤 사내가 쓰러져 있었다. 투박한 옷차림과 덥수룩한 수염으로 미루어 짐작건대 빌트모어를 찾은 손님은 아니었다. 브래딕 대령이 돈을 주고 고용한 전문 추격꾼 이사랴 메이필드였다. 이사랴는 가슴에 상처를 입은 채 나뭇잎 속에 웅크린 자세로 누워 있었다. 난생처음 보는 상처였다. 날카로운 무언가로 단박에 그은 듯한 상처였다.

세라피나는 인간의 몸으로 변신했다. 엉금엉금 기어서 이

사랴에게로 다가갔다. 그러나 이사랴의 텅 빈 동공을 마주하는 순간 세라피나는 놀라서 뒤로 물러났다. 이사랴의 숨은 끊어진 지 오래였다.

공포에 질려 가쁜 숨을 몰아쉬던 세라피나는 안개 속을 더듬어 재빨리 다른 곳으로 이동했다.

이번에는 터너 씨의 시체를 발견했다. 크게 부릅뜬 두 눈과 양손에 꽉 움켜쥔 총이 죽음 당시 터너 씨가 느꼈을 공포를 짐작케 했다. 그 옆에는 서틀스턴 씨의 시체가 엎어져 있었다.

그리고 얼마 못 가 세라피나는 브래딕 대령과 맞닥뜨렸다.

말이 이성을 잃고 날뛰면서 브래딕 대령을 바위에다가 메다꽂는 바람에 부러진 다리뼈가 허벅지 살을 뚫고 겉으로 비어져 나와 있었다. 가슴과 복부에 난 크고 깊은 상처에서는 아직 숨이 붙어 있는 대령이 밭은 숨을 몰아쉴 때마다 울컥울컥 피가 쏟아져 나왔다.

"대령님! 대령님을 공격한 게 무엇이었나요?" 세라피나가 브래딕 대령 곁으로 달려가며 물었다.

"너구나……. 여기서 뭘 하는 게냐? 제스는? 난 이미 글렀으니 제스를 도와 다오. 부탁한다……." 꺼져 가는 목소리로 브래딕 대령이 애원했다.

"제가 꼭 찾아낼게요. 하지만 무엇이 대령님을 공격했는지 말씀해 주셔야 해요."

"흑표범…… 그리고……" 갑자기 브래딕 대령의 숨이 거칠어지더니 입에서 왈칵 피가 쏟아졌다.

"대령님……." 눈이 감기고 머리가 툭 떨어졌다. 마지막 숨이 브래딕 대령의 육신을 떠나갔다. 그 모습을 세라피나는 두 손 놓고 지켜볼 수밖에 없었다.

세라피나는 이 남자를 경멸했었다. 온 마음을 다해 증오했었다. 하지만 너무나도 비참한 그의 마지막 모습에 죄책감마저 들었다.

세라피나는 사방을 휘휘 둘러보았다. 안개가 자욱했다. 누가 이런 짓을 한 걸까? 누군지는 몰라도 여전히 이 숲속 어딘가에 있을까?

세라피나는 브래딕 대령 쪽으로 몸을 숙여 몸에 난 상처를 살펴보았다. 다른 시체들의 몸에 난 상처와 달리 일자가 아니었다. 맹수의 송곳니 자국도 아니었다. 총상도 아니었다. 브래딕 대령의 가슴과 복부에 난 상처는 커다란 고양잇과 맹수가 날카로운 발톱으로 푹 찔러 그은 듯한 상처였다. 마치 세라피나의 발톱처럼.

메스꺼움이 올라왔다. 동생들의 소행은 아니었다. 둘이 달아나는 모습은 세라피나의 두 눈으로 똑똑히 보았으니까. 엄마일 리도 없었다. 엄마는 지금 이 근방에 없으니까.

세라피나는 브래딕 대령의 시체와 숲 바닥에 널브러진 다른 사냥꾼들의 시체를 물끄러미 내려다보았다.

정신을 잃기 전까지 일어났던 일을 보고 들은 순서대로 되짚어 보았다. 그 아수라장 가운데 설마 이 모든 짓을 저지른 장본인이 세라피나일 가능성도 있을까? 흑표범으로 변신한 세라피나가 말들을 공포로 몰아넣었던 걸까? 복수심에 불타 잠시 잠깐 저도 모르게 이성을 잃었던 걸까? 세라피나는 이 사냥꾼들을 증오해 마지않았었다. 하지만 설마 이들을 실제로 죽이기까지 했을까? 음침한 흑표범일 때의 영혼이 인간일 때의 영혼을 집어삼키기라도 했던 걸까?

브래딕 대령의 시체를 앞에 두고 세라피나는 마른침을 삼키며 뒷걸음질했다.

발뒤꿈치가 딱딱한 덩어리 같은 것에 부딪쳤다. 또 다른 시체겠거니, 또 다른 희생자겠거니 생각하며 뒤돌아섰다. 고목나무 발치에 검은 머리 소녀가 웅크린 자세로 엎어져 있었다.

"제스……." 결국 울음이 터진 세라피나는 털썩 무릎을 꿇고 친구 곁에 주저앉았다.

세라피나가 제스의 어깨를 안아 몸을 뒤집었다.

다른 시체들처럼 차갑게 굳어 버린 감촉을 예상했지만 그렇지 않았다. 제스의 몸은 아직 따듯했다. 숨이 붙어 있었다. 눈은 감겨 있었지만 제스는 살아 있었다.

"제스!" 희망에 부푼 세라피나가 제스의 이름을 소리 높여 불렀다.

제스도 브래딕 대령이나 다른 사냥꾼들과 똑같이 당했으리라는 생각에 제스의 몸 여기저기를 살폈다. 하지만 아무런 상처도 찾을 수 없었다. 가슴이며 복부며 팔다리며 모두 말짱했다. 그런데 머리카락에 엉겨 붙은 피가 눈에 들어왔다. 제스가 안개에 가린 무언가를 향해 총을 쏘던 장면이 떠올랐다. 그다음에…… 제스의 말은 무엇 때문에 그렇게 기겁했을까?

'나 때문이야. 내 딴에는 제스를 구하려고 달려갔지만 제스의 말이 보기에는 그저 안개를 뚫고 공격해 오는 한 마리의 흑표범일 뿐이었던 거야.'

세라피나는 눈으로 보고 귀로 들었던 모든 것을 되살려 흩어진 기억의 조각을 맞추어 보려 했다. 하지만 모든 것이 너무나 순식간에 벌어졌다.

지금 머릿속에는 제스를 당장 의사가 있는 빌트모어로 데려가야 한다는 생각뿐이었다.

그런데 그때 등 뒤에서 작은 나뭇가지가 와지끈 부러지는 소리가 들려왔다.

지난 며칠 아니 지난 몇 달 동안 세라피나는 스스로에 대한 의심을 지울 수가 없었다.

하지만 지금 이 소리만큼은 환청이 아니었다.

덤불 속에서 무언가 움직이고 있었다.

세라피나는 벌떡 일어나 나무 사이를 훑어보았다.

그때 발소리가 더 또렷하게 들려왔다. 육중한 발소리가 다가오고 있었다. 철망과 철망이 서로 부딪치듯 철커덕철커덕 하는 소리가 났다.

다리 근육에 힘이 들어갔다. 목숨을 부지하려면 당장 달아나야 할 것만 같았다. 심장이 두방망이질했다. 호흡이 짧아졌다.

머리로는 부상당한 제스를 숲속에 혼자 내버려 두고 떠나선 안 된다고 생각했다. 하지만 지금 당장 저 발소리를 쫓아가지 않으면 안 될 것 같은 예감이 강하게 들었다.

무슨 수를 써서라도 알아내야만 했다! 눈앞에 벌어진 이 참상이 정말로 이성을 잃은 세라피나 자신이 저지른 짓인지 아니면 저 숲속에 다른 무언가가 있는지 알아내야만 했다!

흑표범으로 변신한 세라피나가 소리가 들려오는 방향으로 돌진했다.

소용돌이치는 안개를 뚫고 수염을 스치는 덤불을 헤치며 세라피나는 곧장 달려 나갔다.

한 치 앞이 보이지 않을 정도로 안개가 짙은 구역으로 진입하고 나서야 세라피나는 속도를 늦췄다. 하지만 결코 멈추진 않았다.

철커덕철커덕 바닥에 끌리는 무겁고 둔탁한 발소리가 또다시 들려왔다.

세라피나는 언제라도 싸울 수 있도록 발톱을 세우고 은밀하게 다시 속도를 높였다.

그러나 속도를 높일수록 발소리는 멀어져만 갔다.

세라피나는 걸음을 멈추고 안개에 휩싸인 어둠 속에서 귀를 기울였다. 발소리는 점점 멀어져만 갔다.

나직한 소리로 으르렁거리며 마지막으로 발소리가 들린 지점으로 되돌아왔다.

'이럴 순 없어. 분명히 이 근처에 있을 텐데.'

낙심한 세라피나가 쉽사리 자리를 뜨지 못하고 자꾸만 주변을 맴돌았다.

나뭇가지가 서로 뒤엉킨 키 작은 관목 숲을 빠져나오면서 세라피나는 수염을 이용해 방향을 가늠했다.

이름 모를 풀벌레들의 울음소리가 찌르륵찌르륵 한밤중의 숲속을 가득 메웠다. 세라피나의 귀에는 나뭇잎에 맺힌 이슬 떨어지는 소리, 저 멀리 쏙독새가 우짖는 소리까지도 들렸다. 바로 그때 아까보다 훨씬 부드러운 발소리가 들려왔다. *타박 타박 타박* 낙엽을 밟는 발소리가 앙증맞았다.

세라피나는 상대가 모습을 드러내는 순간 곧바로 덤벼들 수 있도록 자세를 낮추었다.

눈앞에서 안개가 서서히 걷혔다. 머리 위에서 구름이 서서히 흩어졌다. 초승달이 내뿜은 은은한 달빛 한 줄기가 땅 위로 떨어졌다.

목덜미에 난 새카만 털들이 오스스 일어났다.

그리고 마침내 세라피나는 보았다.

한 줄기 달빛 아래 미동도 없이 서 있는 그것을. 이 세상 것이 아닌 듯한 새까만 눈동자가 세라피나를 쳐다보았다.

흰 사슴이었다.

세라피나는 넋을 잃고 멍하니 흰 사슴을 바라보았다.

흰 사슴의 등장이 너무나도 뜻밖이라 처음엔 아무 생각도 못 하다가 차츰 정신이 돌아오기 시작했다.

그날 밤 브레이든은 정말로 돌아왔었다.

꿈이 아니었다.

상상이 아니었다.

희열에 가까운 안도감이 밀려들었다.

모든 것이 현실이었다.

새하얀 새끼 사슴이 풀밭 한가운데에 서서 세라피나를 가만히 바라보았다. 숲 가장자리에서 흑표범을 마주하고도 두려워하는 기색을 찾을 수 없는 그 시선이 당황스러웠다. 설마 세라피나를 알아본 걸까? 세라피나와 브레이든에게 도움을 받았다는 사실을 알고 있는 걸까?

한참을 제자리에서 꼼짝도 않고 세라피나를 바라보던 흰 사슴이 어느 순간 몸을 돌려 반대편 숲속으로 사라졌다.

세라피나의 심장이 덜컹 내려앉았다.

왜 흰 사슴은 하필 지금 이 순간에 여기 이 산등성이에 있었던 걸까?

'그냥 마지막으로 널 딱 한 번만 더 보고 싶었어.' 그날 밤 브레이든은 그렇게 말했다. 그때 그 목소리의 떨림을 세라피나는 기억해 냈다. 그 목소리에 담긴 진심과 열정, 슬픔과 체념을 기억해 냈다.

날이 밝으면 떠나야 한다는 사실을 브레이든은 이미 알고 있었던 게 아닐까? 그래서 세라피나에게도 그 말을 하려 했던 게 아닐까?

하지만 흰 사슴이 이 모든 일과 무슨 관련이 있는 거지?

이해할 수 없는 일이 한두 가지가 아니었다. 하지만 도대체 왜 브레이든은 작별 인사도 없이 떠나 버렸을까? 가슴에 구멍이 뻥 뚫린 것만 같았다. 일어나야만 하는 일이 일어나지 않은 것 같았다. *'용기를 잃지 마.'* 어젯밤 그 말이 작별 인사였을까?

이해할 수 없는 일이 한두 가지가 아니었다. 하지만 정작 브레이든은 아무것도 모를 것 같다는 생각이 들었다. 브레이든은 여기서 무슨 일이 일어나고 있는지 꿈에도 모른 채 뉴욕으로 돌아갔을지도 몰랐다. 지난 몇 달 동안 빌트모어는 안전하고 평화로웠다. 그러니 모든 게 다 괜찮다고 생각했을 지도 몰랐다.

'하지만 괜찮지 않은걸. 괜찮지 않단 말이야.' 세라피나는 속으로 말했다. 심장이 쿡쿡 쑤셨다.

제스에게로 돌아가려고 발걸음을 돌리는데 주변 풍경이 낯설었다. 혼란스러웠다.

방향 감각이 뛰어난 세라피나는 웬만해선 숲속에서 길을 잃는 법이 없었다. 그런데 지금은 어디가 어디인지 알 수가 없었다.

눈에 익은 나무나 바위를 찾아서 몇 걸음 내디뎌 보았다. 하지만 모든 것이 낯설기만 했다.

두려움과 불안감이 온몸을 엄습했다. *'이게 무슨 일이지? 이런 적이 없는데. 제스를 못 찾으면 어쩌지?'*

깊은 숲속으로 들어가면서 세라피나는 작은 단서 하나라도 놓치지 않으려 주변을 두리번거렸다.

목덜미가 쭈뼛했다. 등허리가 서늘했다.

세라피나는 걸음을 멈추고 등 뒤에서 들려오는 소리에 귀를 기울였다.

아주 잠깐이었지만 희미하게 나뭇잎이 바스락거리는 소리가 들린 듯했다. 무언가가 세라피나의 뒤를 밟고 있었다. 세라피나가 걸음을 멈추면 상대도 걸음을 멈췄다. 세라피나가 걸음을 옮기면 상대도 걸음을 옮겼다.

단순히 미행당하고 있는 게 아니라 *사냥당하고* 있다는 느끼이 강하게 들었다.

세라피나는 속도를 높였다. 소리 없이 민첩하게 움직였다.

그러나 상대가 누군지는 몰라도 민첩함이 세라피나에게 뒤지지 않았다. 둘 사이의 거리는 점점 줄어들었다.

들숨 날숨에 허파가 부풀고 호흡이 가빠졌다.

필사적으로 추격자를 따돌리려고 세라피나는 이리저리 방향을 꺾었다. 하지만 어떻게든 제스가 있는 곳으로 돌아가야만 했다.

드디어 눈에 익은 바위가 나타났다. 세라피나는 그쪽으로 방향을 틀었다. 그러자 눈에 익은 나무들도 나타났다.

사냥꾼들의 시체가 널브러진 구역으로 들어서자 끔찍했던 기억이 되살아났다. 공포에 질려 흰자위를 드러내던 말들, 빗발치던 총알, 사방에서 들려오던 사냥꾼들의 비명과 사냥개들의 울부짖음…….

마음속에서 들끓는 분노와 혼란을 삭이지 못한 채 세라피나 안에 잠들어 있던 가장 음침하고 사악한 본능이 깨어나 이 사달을 낸 것은 아닐까?

흑표범으로 변신하는 횟수가 잦아지다 보면 엄마처럼 인간보다는 맹수에 더 가까워지는 것은 아닐까?

피가 낭자한 참혹한 현장을 다시 마주하고 싶지 않았던 세라피나는 브래딕 대령과 터너 씨, 서틀스턴 씨, 이사랴 메이필드의 시체를 피해 빙 둘러서 제스에게로 갔다.

제스가 누워 있던 자리가 텅 비어 있었다.

심장이 덜컹 내려앉았다. 주변을 샅샅이 뒤졌다. 하지만 제스는 흔적도 없이 사라져 버렸다. 발자국조차 남기지 않고 사라져 버렸다.

땅바닥에 코를 대고 킁킁거렸지만 시체 냄새와 흙냄새만이 코를 찔렀다.

숲속으로 더 깊이 들어갔다. 몇 시간 동안 헤매고 또 헤맸지만 제스는 감쪽같이 사라져 버렸다.

모든 것이 엉망진창이었다. 세라피나가 돕겠다고 나설수록 상황만 더 나빠졌다. 이해하려고 노력하면 할수록 이해할 수 없는 일들만 늘어났다.

절망감에 이를 악물며 세라피나는 발톱을 안으로 감추고 달리기 시작했다. 한시라도 빨리 여기서 벗어나고픈 마음뿐이었다. 세라피나는 달리고 또 달렸다.

마음속에서 확확하게 일어나는 괴로움을 주체하지 못하고 세라피나는 달렸다. 목적지는 버려진 공동묘지였다. 세라피나와 브레이든이 수많은 일을 함께 겪은 곳이었다. 왜 발걸음이 저절로 그곳으로 향하는지는 알 수 없었다. 그저 안식처가 필요했다. 보호받고 이해받을 수 있는 안식처가 필요했다.

늪지대를 건너 공동묘지로 들어섰다. 공동묘지는 축축한 이끼식물에 점령당한 지 오래였다. 기괴한 형상으로 비틀린 나무들을 시커먼 덩굴 식물이 휘감고 있었다. 여기저기 쓰러진 비석들을 썩은 나뭇잎이 겹겹이 덮고 있었다. 지난 세월

동안 흙 속에 파묻혀 있던 관은 나무뿌리에 휘감기고 비틀리고 부러져 바깥으로 비죽 튀어나와 있었다. 나뭇가지에 주렁주렁 걸린 녹회색 이끼식물이 수염처럼 부서진 관 뚜껑을 간질였다.

세라피나는 인간의 모습으로 돌아와 공동묘지 너머에 있는 조그만 들판으로 걸음을 옮겼다. 세라피나와 브레이든은 이곳을 천사 조각상이 있는 빈터라고 불렀다.

깊은 숲속, 죽음의 냄새로 가득한 버려지고 잊혀진 세계 한가운데 사시사철 잎이 지지 않는 싱그러운 나무들로 둘러싸인 완벽한 영생의 세계가 있었다.

빈터 중앙에는 한 손에 기다란 장검을 치켜든 날개 달린 아름다운 천사 조각상이 있었다. 세월을 짐작케 하듯 진녹색으로 변색된 천사 조각상의 표면에는 얼룩덜룩 이끼가 끼어 있었다. 긴 머리칼은 구불구불 탐스러웠고 얼굴은 아름다웠지만 양 뺨에는 빗물처럼 흘러내린 눈물 자국이 있었다.

빈터에 우두커니 서서 세라피나는 천사 조각상을 올려다보았다.

"어떻게 해야 할지 모르겠어요." 세라피나의 애절한 목소리에도 천사 조각상은 묵묵부답이었다.

세라피나는 시선을 옮겨 천사 조각상이 있는 빈터를 한 바퀴 둘러보았다. 왠지 잔디가 예전만큼 싱그러워 보이지 않았다. 빈터를 둘러싼 나무들도 마찬가지였다. 한때는 감탄을 자아내는 마법처럼 빛나는 장소였건만 지금은 생기를 잃고 스산하기만 했다. 이곳마저 세라피나의 세상에서 사라져 버린 것만 같았다.

마음속에서 수많은 의문이 소용돌이쳤다.

세라피나는 땅바닥에 주저앉아 몸을 웅크렸다.

천사 조각상이 서 있는 단상에 어깨를 붙인 채 바닥에 누워 세라피나는 밤하늘을 올려다보았다. 안개도 걷히고 공기도 상쾌했다. 하지만 저 하늘 높이 얇게 낀 구름 탓에 별이 보이지 않았다. 오리온자리의 허리띠도 플레이아데스성단의 푸르스름한 빛도 구름에 가려 보이지 않았다. 브레이든과 함께 보았던 그 어떤 별도 보이지 않았다. 밤이면 형제자매가 되어 주던 그 별들이 세라피나는 지금 이 순간 사무치게 그리웠다.

그래도 밤하늘에서 시선을 떼지 않던 세라피나의 눈에 끈질기게 반짝이던 조그만 점 하나가 보였다. 별이 아니라 행성이었다. 목성이었다. 마치 용맹한 친구처럼 목성이 내뿜는 작은 빛이 얇은 구름을 뚫고 세라피나에게로 떨어졌다.

'저건 브레이든이야.' 갑자기 감정이 북받쳤다.

"나 큰일 났어, 브레이든." 목성을 바라보며 세라피나가 울먹였다. 목소리가 가늘게 떨렸다. "네 도움이 필요해. 뭐가 뭔지 하나도 모르겠어. 뭘 해야 할지도 모르겠어. 어쩌면 내가 끔찍한 일을 저지른 것 같아. 집으로 돌아와, 제발. 가능하면 빨리. 난 네가 필요해. 돌아와, 제발."

불가능한 일인 줄 알면서도 소리 내어 말하면 왠지 브레이든에게 들릴 것만 같았다. 뉴욕에 있는 브레이든이 지금 이 순간 침대에서 일어나 밤하늘을 바라보며 세라피나의 목소리를 듣고 있을 것만 같았다.

브레이든이 뉴욕에서 잘 지내고 있으리라는 사실을 세라피나는 믿어야만 했다. 둘 사이의 끈끈한 우정도 변함없으며 언젠가는 브레이든이 돌아오리라는 사실을 믿어야만 했다.

어디로 가야 하는지, 무엇을 해야 하는지 알 수 없어서 멍하니 밤하늘만 올려다보고 있는 세라피나에게 지금 이 순간 목성이 내뿜는 빛이 유일한 위안이 되어 주었다.

오랜만에 노곤함이 온몸을 휘감았다. 이대로 천사 조각상 발치에 누워서 저 멀리 희미하지만 사라지지 않는 목성의 빛을 벗 삼아 잠들고 싶었다. 오래전 브레이든이 어둠 속에서 홀로 세라피나의 이름을 부르며 잠들었던 바로 이곳에서.

하지만 일어나야만 했다. 비록 브래딕 대령과 터너 씨, 서틀스턴 씨, 이사랴 메이필드와는 친분도 없었을 뿐더러 그들이 여기서 벌인 짓을 생각하면 경멸스럽기 그지없었지만 어쨌든 네 사람은 죽었다. 게다가 제스는 실종됐다. 그건 순전히 세라피나 탓이었다! 제스가 실종된 건 세라피나 잘못이었다! 어쩌면 제스는 세라피나의 발톱에 죽임을 당한 걸지도 몰랐다. 적어도 세라피나 때문에 놀란 말이 제스를 떨어뜨린 것만은 분명했다. 무엇이 진실이든 간에 친구가 사라졌다!

누가 왜 이런 짓을 저질렀는지 감조차 잡히지 않았다. 분명한 건 세라피나가 악마의 손에서 제스와 사냥꾼들을 지키지 못했다는 사실이었다. 그 악마가 세라피나 자신인지 제삼자인지는 알 수 없었다. 맞서 싸울 방법은커녕 악마의 정체조차 알아내지 못했다. 정말로 그 악마가 세라피나 안에 존재하기라도 하는 걸까? 진실이 무엇이든지 간에 빌트모어로 돌아가야만 했다. 브레이든이 있든지 없든지 간에 빌트모어로 돌아가야만 했다. 그리고 정체가 무엇이든지 간에 악마를 상대해야만 했다.

세라피나는 제자리에서 벌떡 일어나 손등으로 눈가를 쓱쓱 문지른 다음 집으로 발걸음을 옮겼다.

빌트모어 정문을 통과해 안뜰로 들어섰다. 세라피나의 머릿속은 온통 저택 안으로 들어가면 어떤 일이 벌어질까 하는 걱정으로 가득했다. 그때 세라피나의 주황색 고양이 엠버가 시야에 들어왔다. 엠버는 쏜살같이 커다란 테라 코타(점토를 구워 만든 그릇) 화분 사이로 사라져 버렸다. 엠버가 바깥으로 나오는 일은 드물었다. 세라피나를 마중 나오는 일은 더더욱 드물었다. 무언가를 쫓거나 아니면 무언가에게 *쫓기고 있거나* 둘 중 하나였다.

어리둥절한 얼굴로 세라피나가 테라 코타 화분 가까이 다가갔다.

“엠버?” 세라피나가 부르는 소리에도 엠버는 모습을 드러내지 않았다.

몇 걸음 더 다가가 화분 뒤를 살피자 조그만 구멍이 보였다. 엠버는 그 안으로 들어간 게 틀림없었다.

"쥐를 찾은 모양이네." 엠버가 마침내 자기 일을 열심히 하기로 작심한 모양이었다.

현관으로 들어서 로비를 지나는데 벽에 못 보던 발톱 자국이 눈에 띄었다.

세라피나는 가던 길을 멈추었다. 여길 지나다니면서 한 번도 본 적 없는 발톱 자국이었다. 여기를 수도 없이 지나다녔는데 지금껏 이걸 못 보고 지나쳤던 걸까?

세라피나는 자세히 보려고 한 걸음 다가갔다.

얼핏 보면 스모크와 엠버의 발톱 자국으로 착각하고 지나칠 수도 있었다. 하지만 자세히 보면 훨씬 두꺼웠다. 게다가 스모크와 엠버의 작은 발톱으로 긁어서 자국을 내기에 석회암 벽은 너무 단단했다.

이상했지만 여기서 시간을 지체할 순 없었다. 안으로 들어서자 여기저기 뛰어다니느라 분주한 하인들과 울음을 터뜨리는 손님들로 아수라장이 따로 없었다. 총칼로 무장한 장정 수십 명이 출동 준비를 하고 있었다.

"세라피나." 누군가 심각한 목소리로 세라피나를 불렀다.

목소리가 나는 쪽으로 몸을 돌리자 저쪽에서 장정들과 이야기하고 있던 밴더빌트 씨가 세라피나 쪽으로 성큼성큼 걸어왔다.

"지금 당장 이야기 좀 하자꾸나. 지난밤에 사냥을 나갔던 사람들이 정체불명의 야생 동물에게 습격을 당했다." 밴더빌트 씨가 말했다.

밴더빌트 씨의 눈을 똑바로 마주 보기가 힘들었다. 밴더빌트 씨의 암울한 말투도 듣기 싫었고 절망적인 눈빛도 마주하기 싫었다. 마치 그를 둘러싸고 있던 견고한 세상에 균열이 일어났는데 어찌할 바를 모르겠다는 그 말투와 눈빛이 싫었다.

"우리가 지금까지 취합한 정보를 정리해 보면 브래딕 대령을 필두로 한 몇몇 이들이 퓨마를 쫓다가 정체불명의⋯⋯ 아니⋯⋯ 그 퓨마에게 반격을 당했다고 한다. 들리는 말로는 퓨마는 한 마리가 아니고 두 마리였다고 하는구나."

밴더빌트 씨의 말을 들으면서 세라피나는 입술을 깨물었다. 눈물이 차올랐다. 밴더빌트 씨의 목소리에서 그가 느끼는 슬픔과 혼란이 고스란히 전달됐다.

하지만 그보다 더 아래에는 의심이 깔려 있었다.

세라피나에 대한 의심이었다. 어찌 보면 당연했다. 세라피나조차 스스로를 의심하는 마당이었으니까.

마른침을 삼키며 세라피나가 힘겹게 입을 열었다. "말씀하신 대로 사냥꾼들과 사냥개들이 퓨마 두 마리를 북쪽 산마루에 있는 나무 위로 몰아넣었습니다."

밴더빌트 씨의 눈이 휘둥그레졌다. 심증만 있던 차에 세라피나가 사건 현장을 직접 목격했다는 사실을 바로 시인했기 때문이었다.

"그래서…… 이 사건에 네가 연루되어 있는 건가?" 밴더빌트 씨가 물었다.

대답이 쉬이 나오지 않았다. 연루가 아니라 세라피나가 범인일지도 몰랐으니까!

도망치고 싶었다. 여기를 벗어나 어디론가 숨어 버리고 싶었다. 하지만 그럴 수는 없었다. 밴더빌트 씨에게는 세라피나의 도움이 필요했다. 지금 매달릴 건 그 사실밖에 없었다. 설사 세라피나가 범인일지라도 밴더빌트 씨에게는 세라피나의 도움이 필요했다.

"제가 퓨마 두 마리가 탈출하도록 도와줬어요." 세라피나가 사실대로 털어놓았다.

"그래서 그 퓨마 두 마리가 다시 돌아와서 사람들을 다 죽인 거냐?" 밴더빌트 씨가 경악을 금치 못하며 추궁했다.

"아닙니다. 그건 사실이 아니에요. 퓨마 두 마리는 돌아오지 않았어요. 그것만큼은 확실히 말씀드릴 수 있어요." 세라피나가 단호하게 부인했다.

"그럼 누구 짓이지? 도대체 무엇이 사람들을 죽였단 말이냐?"

"안개가 짙었어요. 총성이 오가고 말들이 날뛰고 개들이 도망치고 그야말로 아수라장이었어요. 저도 현장에 있었지만 무슨 일이 일어난 건지 모르겠어요. 정말이에요."

"무언가가 사냥꾼들을 공격했니?"

"네. 하지만 정확히 무엇이 사냥꾼들을 공격했는지는 모르겠어요."

"그렇다면 브래딕 대령의 딸은 보지 못했니?"

그 질문에 세라피나가 멈칫했다. "저는……."

"솔직히 말해 다오. 그래야만 우리가 힘을 합쳐서 해결책을 강구할 수 있어." 밴더빌트 씨가 재촉했다.

'우리'라는 단어에 내심 안도하며 세라피나가 고개를 끄덕였다. 적어도 밴더빌트 씨가 아직까지는 세라피나를 아주 조금은 믿고 있다는 뜻이었다.

"숲속에서 죽은 사냥꾼들의 시체를 봤어요. 제스도 발견했어요. 제스는 말에서 떨어져 부상을 입긴 했지만 살아 있었습니다."

"그래서 제스는? 도와줬니?"

이 단순하기 그지없는 질문이 비수가 되어 세라피나의 심장으로 날아들었다. 도와줬어야 했다. 친구라면 응당 그랬어야 했다. 하지만 그 순간에는 분노가 앞섰고 다시 제스에게 돌아왔을 때는 제정신이 아니었다.

"어떤 소리가 들렸어요. 범인일 것 같아서 쫓아갔어요. 하지만 결국 놓치고 말았어요. 다시 돌아왔지만 그때는 이미 제스가 사라지고 없었습니다."

"제스가 사라지다니 그게 무슨 말이냐?" 밴더빌트 씨가 되물었다.

"제 생각엔 정신을 차리고 비틀거리며 일어나 걷다가 발을 헛디뎌 어디론가 굴러떨어진 게 아닐까 싶어요. 주변 숲을 샅샅이 수색했지만 결국 찾지 못했어요. 제스는 관찰력도 뛰어나고 야생에도 익숙한 아이니까 혼자서도 무사히 집으로 돌아갔길 바라는 수밖에 없었어요."

"돌아오지 않았다." 밴더빌트 씨가 손바닥으로 하관을 지그시 눌렀다.

그리고 한동안 생각에 잠긴 채 그 자리에 가만히 서 있었다.

"끔찍한 일이구나." 마침내 밴더빌트 씨가 고개를 들어 세라피나를 바라보며 입을 열었다. "하지만 밖에서 무슨 일이 있었든지 간에 우리는 빌트모어에 있는 사람들을 지켜야 한다. 도드먼 씨와 킨슬리 대위가 지금 장정들을 모으고 있어. 무엇이 이런 짓을 저질렀는지는 몰라도 그들이 반드시 찾아내서 사살할 거다. 제스도 찾아올 거다. 너는 일단 쉬거라. 아주 피곤해 보이는구나. 한숨 자고 합류해 다오."

심장이 쿵쾅거렸다. *'반드시 찾아내서 사살'*한다는 말이 무슨 뜻인지 세라피나는 너무나도 잘 알았다. 저들은 숲속으로 들어가 무엇이건 눈에 띄기만 하면 총으로 쏴 죽일 것이다. 특히 세라피나의 동생들이 주요 표적이 되리란 건 의심할 여지가 없었다.

“쉴 수 없어요.” 세라피나가 입을 여는데 갑자기 현관으로 들이닥친 킨슬리 대위가 두 사람 쪽으로 성큼성큼 걸어왔다.

킨슬리 대위은 더 이상 장교용 예복 차림이 아니었다. 튼튼한 재질의 승마복으로 갈아입고 예복을 입을 때 착용하는 장교용 검 대신 단도와 권총을 차고 있었다. 킨슬리 대위가 세라피나를 곁눈질했다. 그 찰나의 순간 킨슬리 대위의 눈빛에 서린 감정이 안도였는지 걱정이었는지 불안이었는지 세라피나는 확신할 수 없었다.

“말씀하신 첫 번째 일은 처리했습니다.” 킨슬리 대위가 밴더빌트 씨에게 보고했다.

“수고했네.” 밴더빌트 씨가 대답했다.

“두 조로 나누어 출동 준비도 끝냈습니다. 한 조는 제가 진두지휘하겠습니다."

"보안 책임자는?"

"다른 조는 도드먼 씨가 진두지휘합니다."

"두 분께 주어진 임무는 동일합니다. 이런 짓을 벌인 맹수를 찾아서 사살하고 브래딕 대령의 딸아이를 찾아서 데려오세요."

"알겠습니다. 저희만 믿으십시오." 킨슬리 대위가 고개를 까딱하고 세라피나를 흘긋 쳐다보더니 직속 상관에게 명령을 받은 군인처럼 걸어 나갔다.

킨슬리 대위가 자리를 뜨고 난 뒤에 세라피나도 아빠를 만나러 서둘러 지하실로 내려갔다. 동생들이 이 지역을 벗어나도록 도와주려면 시간이 많지 않았다. 하지만 아빠에게 잠깐이라도 얼굴을 비치고 가야 했다. 안 그러면 아빠가 밤새도록 걱정할 게 뻔했다.

"어서 와라." 아빠가 세라피나를 꼭 안아 주었다. 세라피나는 잠시 동안 아빠 품에 가만히 안겨 있었다. 고작 하룻밤이었지만 몇 날 며칠처럼 느껴졌던 기나긴 밤을 보내고 나니 아빠 품이 그렇게 따뜻하고 편안할 수가 없었다. 간밤의 소식을 전해 듣고 아빠도 뜬눈으로 밤을 지샜을 게 뻔했다. 세라피나를 꼭 안아 주는 아빠에게선 그 어떤 의심도 망설임도 계산도 느껴지지 않았다. 비록 말 한마디 하지 않았지만 세라피나는 아빠의 사랑을 느낄 수 있었다.

"배고플 텐데 아침부터 먹자." 마침내 아빠가 말했다.

"안 돼요, 아빠. 바로 나가 봐야 해요."

"알겠다. 가서 네 할 일을 끝내고 안전하게 돌아오기만 해라."

세라피나는 아빠가 질문을 퍼붓거나 잔소리를 하지 않아서 좋았다. 세라피나가 잡아야 할 쥐는 점점 더 커지고 점점 더 영악해지고 있었다. 하지만 아빠는 세라피나가 해야 할 일이 있다는 사실을 이해해 주었다.

아빠를 뒤로하고 나온 세라피나는 곧장 2층으로 올라갔다. 아기방을 두드린 다음 문을 열고 고개를 빼꼼 내밀었다.

"들어오렴, 세라피나." 밴더빌트 부인이 흔들 요람에 누워 있는 아기 코넬리아를 이불로 꽁꽁 싸매며 속삭였다. 폭신폭신한 베개와 이불로 가득한 요람 안은 포근해 보였다.

"코넬리아는 괜찮나요?" 세라피나가 방 안으로 들어서며 물었다.

"어젯밤에 도통 잠을 안 자고 보채더니 방금 잠들었단다." 밴더빌트 부인이 말했다.

새 단장이 끝난 지 얼마 안 된 아기방은 금색과 고동색으로 된 실크 벽지에 곡선미가 돋보이는 프랑스풍 가구로 채워져 있었다.

"어젯밤에 혹시 수상한 낌새는 없었나요?"

"여기저기서 무언가 삐걱거리고 부딪치는 소리가 들려오더니 아래층이 한바탕 소란스럽더구나. 하지만 그게 다였단다." 밴더빌트 부인이 대답했다.

"다행이네요. 넬은 새로운 요람이 마음에 든대요?" 세라피나가 물었다.

"어머, 그럼. 그런 것 같아. 그나저나 넌 어떠니? 하녀들이 오늘 아침에 네 방 침대를 정리하러 들어갔는데 자고 일어난 흔적이 없다더구나. 침대가 마음에 안 드니?"

"죄송해요, 부인. 어젯밤에 잠을 잘 겨를이 없었어요." 그제야 밴더빌트 부인이 신경 써서 자신의 방을 준비해 주었다는 데에 생각이 미친 세라피나가 미안함을 감추지 못했다.

"사과하지 않아도 돼. 어젯밤에 일어난 끔찍한 일 때문에 네가 바빴겠구나. 하지만 일이 일단락되는 대로 눈을 붙이겠다고 약속해 주렴. 하인들이 널 깨우지 않도록 내가 일러둘게."

"고맙습니다, 부인. 약속할게요." 하지만 약속하기가 무섭게 세라피나는 저택 문을 나섰다.

조약돌이 깔린 안뜰은 말과 무기를 준비하는 장정들로 분주했다. 킨슬리 대위는 자기 말 옆에 서서 안장 주머니에 무기를 채우고 있었다. 킨슬리 대위의 말은 어룽어룽한 무늬가 있는 회색 암말이었다.

"무기는 넉넉히 준비하도록! 지형이 험하니 안장 끈을 단단히 조이도록!" 킨슬리 대위가 소리쳤다.

저녁 만찬에서 보았던 것과는 백팔십도 다른 킨슬리 대위의 모습에 세라피나가 감탄의 눈길을 보냈다.

밤사이 들려온 참담한 소식에 빌트모어에 머물고 있는 모든 사람들이 팔을 걷어붙였다. 산책과 오후 티타임은 모조리 취소되었다. 광기 어린 맹수를 사살하고 실종된 소녀를 찾는 일에 하인과 손님 할 것 없이 모두가 한마음 한뜻이 되어 나섰다.

킨슬리 대위가 홀로 서 있는 세라피나를 발견하고 다가와 말을 걸었다. "세라피나 양……."

"안녕하세요, 대위님." 세라피나는 화들짝 놀랐다.

"우리랑 함께 갈래요? 말은 내가 바로 준비시킬게요." 킨슬리 대위가 기대에 찬 목소리로 물었다.

예상치 못한 초대였다. 세라피나를 응시하는 킨슬리 대위의 잿빛 눈동자가 반짝였다. 조금 전에 보았던 심각한 낯빛에 격려의 눈빛이 더해진 표정이었다. 마치 공통의 목표를 향해 나아가는 전우를 대하듯.

"그러고 싶지만 저는 아무래도 따로 움직이는 게 좋을 것 같아요." 세라피나가 진지하게 대답했다.

어린 소녀의 입에서 나온 뜻밖의 대답에 킨슬리 대위의 눈이 휘둥그레졌다.

"혼자서 말입니까?" 킨슬리 대위가 정중한 말투로 되물었다.

세라피나는 단 한 번도 말을 타 본 적이 없다는 말을 어떻게 해야 할지 몰라 망설였다. 킨슬리 대위가 이끄는 수색대가 지금 사냥하러 가는 퓨마 두 마리를 안전하게 도망칠 수 있도록 도와주러 나간다는 말을 어떻게 해야 할지 몰라 머뭇거렸다. 고작 열세 살짜리 소녀가 혼자서 맨몸으로 사악한 맹수가 활보하는 숲속으로 들어가겠다니 킨슬리 대위가 당황하는 것도 무리는 아니었다.

"어느 방향으로 가세요?" 세라피나가 물었다.

"우선 최초 습격 지점이자 제스를 마지막으로 목격한 북쪽 산마루로 가 보려고 합니다." 킨슬리 대위가 대답했다.

"좋은 생각 같아요. 그런데 전방을 잘 살피면서 가셔야 해요. 지형이 험준하고 곳곳에 골짜기랑 절벽이 있거든요. 그리고 혹시 동쪽으로 가시다가 지형이 낮은 곳이 나타나면 늪지대를 조심하세요. 자칫하면 말을 잃을 수 있으니까요."

킨슬리 대위는 세라피나의 조언을 가슴에 새기듯 자신의 말을 힐끔 바라보았다. "아라벨라는 저의 자랑이자 기쁨이지요." 킨슬리 대위가 아라벨라의 어깨를 쓰다듬으며 말했다. "어렸을 때부터 함께한 말이에요. 장교 훈련도 같이 받았지요." 문득 킨슬리 대위가 다시 세라피나와 눈을 맞추며 물었다. "세라피나 양은 어느 방향으로 가나요?"

"서쪽으로 가서 강을 따라 상류로 거슬러 올라가 보려고요. 지난번에 숲속에서 길을 잃었을 때 강줄기를 따라온 덕분에 집을 찾을 수 있었거든요. 제스도 어쩌면 저랑 똑같은 생각을 했을지도 몰라요."

"부디 몸조심하길……." 명령이 아니라 부탁에 가까운 말투로 킨슬리 대위가 말했다.

무자비한 살생을 하러 나가는 사람이 어쩌면 이렇게 사려

깊고 다정할 수 있을까? 만약 킨슬리 대위가 숲속에서 본연의 모습으로 변신한 세라피나를 마주친다면 얼마나 빨리 방아쇠를 당길까? 세라피나는 불현듯 궁금해졌다. 겉모습이 흑표범인지 어린 소녀인지가 정말로 그렇게 중요한 걸까?

"네, 몸조심할게요. 걱정 마세요. 이래 봬도 제가 엄청 빠르거든요." 막상 대답을 하고 보니 아차 싶었다. 세라피나는 재빨리 화제를 돌렸다. "그런데 대위님께서는 제스 브래딕이랑 잘 아는 사이신가 봐요?" 킨슬리 대위는 누가 봐도 제스를 찾는 일에 막중한 책임감을 느끼는 듯했다.

"아니요. 어젯밤 저녁 만찬에서 처음 만났어요. 하지만 어린 소녀가 숲속에서 혼자 길을 잃고 헤매고 있다면 발 벗고 나서서 돕는 게 어른 된 도리 아니겠습니까. 조지 밴더빌트는 제가 어렸을 때부터 따르던 좋은 친구이자 스승이세요. 조지 덕분에 제가 무사히 학교를 졸업하고 장교로 임용될 수 있었어요. 그래서 기회가 될 때마다 저를 믿고 후원을 아끼지 않은 조지에게 보답하려고 노력합니다."

킨슬리 대위의 진지한 말투에서 인간을 죽인 맹수를 반드시 찾아내 처단하고야 말겠다는 결의가 느껴졌다. 도대체 그 정체가 무엇인지는 오리무중이었지만 킨슬리 대위가 말하는 끔찍한 맹수가 저 숲속 어딘가에 있다는 것만큼은 분명했다.

"모두 말에 오르시오!" 킨슬리 대위의 구령에 일사불란하게 말에 오른 장정들이 결연한 표정으로 안장 끈을 조이며 마지막 정비를 마쳤다.

킨슬리 대위도 기병대 장교답게 군더더기라곤 찾아볼 수 없는 능숙한 동작으로 안장에 올라탔다. 고삐를 움켜쥐자 아라벨라가 말발굽으로 땅을 차며 달릴 준비를 했다.

"부디 몸조심하세요, 대위님. 우리를 기다리고 있는 게 무엇인지 아직 아무도 모르니까요." 세라피나가 말에 탄 킨슬리 대위를 올려다보며 말했다.

"그게 뭐가 됐든 반드시 찾아낼 겁니다. 브래딕 양도 반드시 찾아서 무사히 집으로 데려올게요." 킨슬리 대위가 장교 특유의 결의를 다지며 말했다.

"그래도 대위님 안전이 최우선이에요. 대위님 없는 저녁 만찬은 앙꼬 없는 찐빵일 테니까요!"

세라피나의 말이 싫지 않은 듯 킨슬리 대위가 미소를 지었다. "세라피나 양도 몸조심하고 저녁 식사 때 봅시다!"

그 말을 마지막으로 모자를 고쳐 쓴 킨슬리 대위는 말을 돌려 선두로 달려 나갔다.

다른 사람들도 일제히 그 뒤를 따랐다. 세라피나는 멀어지는 킨슬리 대위의 뒷모습을 바라보았다.

"최대한 넓은 지역을 수색해야 한다. 총은 언제든 쏠 수 있게 장전하도록!" 킨슬리 대위가 외쳤다.

세라피나는 심장이 세 번 뛸 때까지 기다렸다가 숲속을 향해 뛰기 시작했다. 고양이 발이 말발굽보다 빠르다는 사실에 감사하며.

빌트모어가 시야에서 사라지자마자 세라피나는 흑표범으로 변신했다. 네 다리로 땅을 박찰 때마다 양옆으로 나무들이 휙휙 스쳐 지나갔다.

퓨마 남매를 찾기까지는 그리 오랜 시간이 걸리지 않았다. 땅바닥에 코를 몇 번 킁킁거리면 그만이었다. 동생들은 점차 가까워지는 말 냄새와 인간들의 고함 소리에 잔뜩 겁을 먹고 일찌감치 도망가는 중이었다.

동생들 앞에서 워낙 자주 인간으로 변신했던 터라 세라피나는 행여나 동생들이 경계심을 허물고 인간들에게 다가갈까 봐 노심초사했다. 하지만 다행히도 킨슬리 대위가 세라피나를 인간이라고만 생각하듯이 동생들도 세라피나를 고양잇과 맹수로만 생각하는 게 분명했다. 이제는 일 년도 더 지난 일이지만 생각해 보면 첫 만남 때부터 쭉 그랬다. 동생들이 점박이 새끼였던 시절 굴 밖에서 세라피나를 처음 봤을 때부터 쭉. 인간을 보면 일단 피하고 보는 야생의 본능이 동생들에게 여전히 건재하다는 사실을 두 눈으로 확인하고 나니 그제야 안심이 됐다.

여동생 곁으로 다가가 어깨에 몸을 부빈 세라피나가 따라오라는 신호를 보냈다. 킨슬리 대위에게 가까이 가지 말라고 주의를 주었던 늪지대 쪽으로 동생들을 인도했다. 위험이 지나갈 때까지는 그곳에 머무르게 할 심산이었다.

동생들을 피신시키고 나서 세라피나는 제스를 찾아, 그리고 인간들을 죽인 맹수를 찾아 몇 시간 동안 강 상류를 거슬러 올라갔다. 사실 상대가 실제로 존재하는 맹수인지조차 확실하진 않았다. 하지만 사냥꾼들이 무언가에게 죽임을 당한 것만큼은 확실했다. 그게 이 숲속 어딘가에 있다면 말을 단번에 밀어 넘어뜨릴 만큼 거대하고 인간의 심장을 단번에 가격해 죽음에 이르게 할 만큼 치명적인 존재임이 분명했다. 도대체 그런 짓을 저지를 수 있는 존재가 무엇일까? 배고픔 때문에 이성을 잃은 곰? 늑대? 무기를 든 인간? 아니면 정말로 세라피나가 저지른 일일까? 아니면 또다시 악마가 이 숲속을 서성거리기라도 하는 걸까?

킨슬리 대위가 이끄는 수색대는 북쪽 산마루로 갔다. 그쪽은 이미 어젯밤 세라피나가 샅샅이 살펴본 곳이었다. 그래도 혹시나 하고 한 줄기 희망을 품어 보았다. 세라피나는 마음속으로 킨슬리 대위와 다른 모든 사람들이 안전하길 기도했다. 그들은 숲속에서 맹수를 마주치는 즉시 그게 무엇이든 사살해 버리겠지만 그렇다고 해서 그들의 죽음을 바랄 순 없었다.

해가 지도록 제스를 찾아다녔지만 허탕이었다. 완전히 녹초가 된 세라피나는 빌트모어로 터덜터덜 무거운 발걸음을 옮겼다.

숲속을 지나는데 말발굽 소리가 들려왔다. 아직 흑표범의 모습을 하고 있던 세라피나는 안전 거리를 유지하며 시야를 확보하려고 나무 위로 올라갔다. 수색대가 세라피나가 있는 나무 옆을 지나갔다.

오늘 아침 저택을 나설 때의 패기는 온데간데없고 다들 지친 기색이 역력했다. 고개를 떨구고 총구를 늘어뜨린 채 수색대는 빌트모어로 돌아가는 길이었다. 세라피나와 마찬가지로 맹수와 제스 둘 다 찾지 못한 게 분명했다. 그런데 그때 세라피나는 한 사람이 빠졌다는 사실을 알아차렸다. 킨슬리 대위가 보이지 않았다.

심장이 쿵 내려앉았다. 죽었나? 실종됐나? 아니면 지친 부하들만 먼저 돌려보내고 혼자서 제스를 찾아 나섰나?

빌트모어에 도착하자마자 세라피나는 작업실로 달려가 아빠가 잘 있는지부터 확인했다. 그러고 나서 2층으로 올라갔다. 수색대는 이미 몇 시간 전에 돌아왔다고 했다. 유난히 길었던 하루를 보내고 모두가 잠자리에 든 저택에는 어둠과 적막만이 감돌았다.

루이 16세 방으로 들어가자 스모크와 엠버가 가르랑거리며 세라피나를 반겼다. 아까 평소와 다른 엠버의 모습을 본 뒤로 내심 걱정을 했던지라 이렇게 다시 만나니 새삼 더 반가웠다.

엠버는 세라피나를 보고선 속 편하게 잘 준비를 했지만 스모크는 걱정스러운 눈길로 세라피나를 이리저리 살폈다.

"너 괜찮아?" 세라피나가 스모크의 목덜미를 부드럽게 쓰다듬으며 물었다. 스모크가 평소보다 한층 더 걱정스러운 눈길로 세라피나를 뚫어져라 쳐다보았다.

작은 벽난로에 불을 붙이자 은은한 불빛이 방 안으로 퍼지며 훈기가 돌았다. 세라피나는 옷을 벗고 실크 이불 속으로 파고들어 고단한 몸을 뉘었다. 거위털로 속을 채운 두툼한 이불이 기분 좋게 세라피나의 몸을 짓눌렀다. 포근하고 아늑했다.

스모크와 엠버도 침대 위로 올라와 세라피나 옆에 자리를 잡고 누웠다. 엠버는 가르랑가르랑 소리를 내면서 세라피나의 가슴을 조그만 앞발로 꾹꾹 눌렀다. 스모크는 조용히 세라피나의 종아리 뒤에 몸을 웅크리고 누웠다. 하지만 방 안에서도 경계를 늦추지 않고 주변을 살폈다. 푹신푹신한 침대에 고양이 두 마리와 함께 누워 밤잠을 청하는 것보다 더 편안한 휴식이 이 세상에 있을까.

아주 잠깐만 눈을 붙일 계획이었지만 정신을 차렸을 때는 벽난로 안에 피웠던 모닥불이 다 사그라진 뒤였다. 방 안은 춥고 깜깜했다.

옆에서 배를 드러낸 채 발라당 드러누워 자고 있던 엠버가 꿈속에서도 세라피나를 꾹꾹 누르는지 허공에 대고 앞발을 밀었다.

언제 일어났는지 스모크는 어느새 눈을 커다랗게 뜨고 주변을 경계하고 있었다. 잿빛 털이 평소보다 훨씬 더 북슬북슬해 보였다.

세라피나는 침대를 빠져나와 창문으로 다가갔다. 밤하늘에는 목성이 떠올라 있었다. 그 말은 곧 새벽 두 시가 지났다는 뜻이었다. 달이 떠오르고 있었다. 맑은 밤하늘과는 대조적으로 짙은 안개가 산등성을 타고 스멀스멀 내려오고 있었다.

여기가 루이 16세 방이라는 사실을 기억해 낸 세라피나가 그제야 벽난로 선반 위에 놓인 시계를 보았다. 아니나 다를까 시곗바늘은 새벽 세 시 이십 분을 가리키고 있었다.

무엇 때문에 지금 이 시각에 잠이 깼는지 의아했다.

다시 한번 창문 밖으로 시선을 던졌다가 몸을 돌려 방을 가로질렀다.

딱히 수상한 낌새는 없었다.

그때 방문 밖에서 무언가 날카로운 것이 가구를 긁으며 달려가는 발소리가 들렸다.

세라피나의 심장이 쿵쾅거리기 시작했다.

와장창 무언가 바닥에 떨어져 깨지는 소리가 적막을 깨뜨렸다.

공포에 질린 남자의 비명이 울려 퍼졌다.

세라피나는 방문을 박차고 달려 나갔다.

정신없이 밖으로 달려 나가 주위를 휙휙 둘러보았다. 곧바로 적이 공격해 올지도 모른다는 예상과는 달리 밖에는 아무것도 없었다.

비명은 분명히 2층 응접실 쪽에서 들려왔다. 그러나 텅 빈 응접실에는 고요와 적막만이 가득했다.

설마 꿈속에서 들은 비명을 현실에서 들은 걸로 착각한 걸까?

창문으로 쏟아져 들어온 달빛이 정적으로 가득한 응접실을 희미하게 물들였다. 마치 꿈속의 장면을 보는 듯한 느낌마저 들었다.

세라피나는 다시 한번 응접실을 훑어보았다. 으스스한 달빛을 머금은 소파 너머 협탁 위로 밴더빌트 씨가 수집한 동물 조각상들이 늘어서 있었다. 달빛이 떨어진 바닥 위로 기다란 철제 램프가 밤의 유령처럼 기다란 그림자를 드리웠다.

모든 것이 평상시와 다름없어 보였다. 하지만 등골이 서늘한 느낌은 쉬이 가시지 않았다.

제자리에 가만히 선 채로 눈동자만 데굴데굴 굴려 세라피나는 텅 빈 소파와 어둠에 파묻힌 모서리와 불 꺼진 벽난로와 깜깜한 탁자 아래를 차례로 살폈다. 그림자 속에 교묘히 몸을 숨기고 있을지도 모르는 위험을 찾아 응접실 구석구석을 살폈다.

스모크와 엠버가 폭신폭신한 발로 기척도 없이 응접실을 가로질러 세라피나 옆으로 슬며시 다가왔다.

"가서 쫓아 버리자." 세라피나가 어둠 속으로 발을 내디디며 속삭였다.

조심스레 대층계까지 전진한 세라피나는 난간 위로 몸을 내밀어 3층과 4층을 올려다보았다. 혹시나 비명의 근원지가 더 위층일지도 모른다는 생각에서였다. 하지만 아무것도 보이지 않았다.

이번에는 고개를 숙여 1층을 내려다보았다. *역시나 아무것도 없었다.*

그런데 소용돌이 모양으로 이어진 난간 바로 아래로 시선을 옮기는 순간 온몸에 소름이 쫙 돋았다.

1층 바닥에 어떤 형체가 보였다.

그 순간 등골이 오싹한 느낌에 세라피나가 본능적으로 고개를 돌려 뒤를 살폈다.

달빛에 물든 응접실을 다시 한번 휙휙 둘러보았지만 여전히 아무것도 없었다. 스모크와 엠버도 어디론가 사라지고 없었다. 세라피나 말고는 아무도 없었다.

세라피나의 본능은 당장 침실로 돌아가 문을 걸어 잠그고 꼭꼭 숨으라고 말하고 있었다. 하지만 그럴 수는 없었다.

'누구에게나 해야 할 일이 있고 내 할 일은 이거야.' 세라피나는 속으로 마음을 다잡았다.

다시 난간 아래를 내려다보았다. 어두운 형체는 그대로 있었다. 이번에는 헛것을 본 게 아니었다.

천천히 심호흡을 한 다음 조용히 계단을 내려갔다. 등 뒤로 세라피나의 그림자가 길게 드리웠다. 대층계 옆으로 난 커다란 창문으로 쏟아져 들어온 달빛이 층계참을 환하게 밝혔다.

계단 아래로 내려오자 형체가 더 또렷이 보였다. 바닥에 죽은 듯이 엎드려 있었다. 시체였다.

팔에 오스스 소름이 돋았다. 관자놀이가 쿵쾅거렸다.

눈을 들어 현관과 겨울 정원 쪽을 살폈다. 복도와 당구장 쪽도 살폈다.

아무 기척도 느껴지지 않았다. 달빛과 그림자 말고는 아무것도 보이지 않았다. 현관에 놓인 괘종시계 소리 말고는 아무것도 들리지 않았다.

세라피나는 천천히 시체 쪽으로 다가갔다.

새하얀 면 잠옷을 입은 남자의 시체였다. 방에서 어찌나 급하게 뛰쳐나왔는지 맨발이었다.

머리에서 흘러나온 검붉은 피가 대리석 바닥에 고여 조그만 웅덩이를 만들었다. 피 웅덩이를 피해서 더 가까이 다가가 남자의 얼굴을 보았다.

케터링 씨였다. 어젯밤 저녁 만찬에 지각했던 바로 그 신사였다. 케터링 씨를 잘 알진 못했지만 좋은 사람 같다고 생각했었다. 그 케터링 씨가 지금은 이렇게 차가운 시체가 되어 차가운 대리석 바닥에 누워 있었다.

세라피나는 천천히 고개를 들어 케터링 씨가 머무는 방이 있는 3층을 올려다보았다. 15미터쯤 되는 높이였다.

방에서 나왔다가 실수로 난간에서 떨어진 걸까?

케터링 씨의 처참한 몰골을 다시 보고 싶지 않은 마음에 세라피나는 소용돌이 모양의 대층계 난간을 따라 시선을 옮겼다. 대층계는 어떤 날 밤에는 한없이 자애로운 영혼이 깃든 듯 사랑스러워 보이다가도 오늘처럼 달빛이 쏟아지는 밤에는 사악한 악령에 씐 듯 무시무시해 보였다.

타박 타박 타박……

어디선가 들려오는 발소리에 세라피나의 고개가 기울었다.

타박 타박 타박……

소리가 점점 더 가까워졌다. 대리석 바닥을 두드리는 발소리가 앙증맞았다.

타박 타박 타박……

공포가 밀려들었다. 팔다리가 굳었다. 사냥꾼에게 쫓기는 사냥감이 된 것만 같은 불길한 예감이 또다시 온몸을 휘감았다. 이대로 있다간 죽임을 당할 것만 같았다. 세라피나가 지금 느끼는 이 극심한 공포를 케터링 씨도 똑같이 느꼈던 걸까? 그래서 그만 난간 밑으로 추락하고 만 것일까? 당장 돌아서서 싸워야 하나? 아니면 지금이라도 도망가야 하나?

타박 타박 타박……

이제 발소리의 주인은 바로 등 뒤에 있었다. 고작 몇 걸음 뒤에. 하지만 극심한 공포감에 세라피나는 차마 뒤를 돌아볼 수가 없었다.

그때 2층에서 우당탕하는 소리와 함께 겁에 질린 고양이의 울음소리가 귓가로 날아들었다. 엠버였다!

그 소리에 정신을 차린 세라피나가 제자리에서 펄쩍 뛰어오르며 흘끔 뒤를 돌아보았다. 그런데 놀랍게도 등 뒤에는 아무것도 없었다.

방금 전까지만 해도 분명히 무언가 있다고 확신했건만 등 뒤에는 아무것도 없었다.

하지만 깊이 생각할 겨를이 없었다. 세라피나는 엠버를 구하러 2층으로 날듯이 올라갔다.

엠버가 이빨을 드러내고 그 조그만 앞발로 죽을힘을 다해 무언가에 맞서 싸우는 소리가 들려왔다. 램프 넘어지는 소리, 꽃병 깨지는 소리가 전투의 치열함을 짐작케 했다.

'쥐는 절대 아니야.' 달리는 와중에도 세라피나는 생각했다. 계단 꼭대기에 올라서는 순간 세라피나는 보았다. 눈으로 본 것을 머리가 이해하기까지 시간이 조금 걸렸다. 사냥개만 한 크기에 도마뱀 같은 형상을 한 괴생명체가 눈앞에 있었다. 온몸이 비늘로 덮인 데다가 발톱은 날카로웠다. 기다란 꼬리가 꿈틀거렸다. 등에는 박쥐 같은 날개가 달리고 두 눈은 툭 튀어나와 있었다. 난생처음 보는 괴생명체를 마주하자 공포심으로 온몸이 마비되는 듯했다. 하지만 엠버를 구해야만 했다. 세라피나는 망설임 없이 괴물에게로 달려들었다.

세라피나의 공격에 정체불명의 괴물은 황급히 후퇴했다. 의자와 소파 밑을 미끄러지듯 통과해 순식간에 환기구 안으로 스르르 모습을 감추었다.

여전히 충격과 공포가 가시지 않아 몸을 덜덜 떨며 세라피나는 부상당한 엠버에게로 달려갔다. "불쌍한 우리 아가, 내가 왔어. 이제 다 괜찮아." 엠버를 안아 올리며 세라피나가 속삭였다.

그러나 세라피나의 손에서 엠버의 몸이 힘없이 축 늘어졌다.

"엠버야, 괜찮아?" 세라피나가 울부짖었다.

손바닥을 타고 전해지는 촉감만으로도 알 수 있었다. 엠버는 괜찮지 않았다.

조그만 팔다리가 허공에서 대롱거렸다. 두 눈은 감겨 있었다. 고개는 이상한 각도로 꺾여 있었다.

몸속 깊은 곳에서 슬픔과 분노가 솟구쳐 올랐다.

정체불명의 괴물이 엠버를 죽였다.

엠버를 바라보며 세라피나가 속삭였다.

"잘 가, 우리 아가." 머리와 귀 뒤를 부드럽게 쓰다듬어 주었다. 엠버가 당장이라도 눈을 뜨고 평소처럼 세라피나를 올려다보며 가르랑거리기를 간절히 기도했다.

타박 타박 타박……

그때 또다시 등 뒤에서 작은 발소리가 들려왔다.

타박 타박 타박……

엠버를 조심스레 바닥에 내려놓고 뒤를 돌았다.

세라피나의 눈이 휘둥그레졌다.

여기 빌트모어 대저택 2층의 불 꺼진 복도 끝에, 코넬리아의 방과 브레이든의 방이 있는 바로 이곳에 흰 사슴이 서 있었다.

흰 사슴의 새카만 눈동자가 똑바로 세라피나를 향했다.

흰 사슴의 새카만 눈동자는 세라피나가 지금껏 본 적 없는 이상한 광채를 뿜었다. 새카만 눈동자에 서린 흔들리는 달빛을 닮은 광채는 지성의 빛이었다.

사슴의 눈동자에 맺힌 상으로 세라피나는 고개를 돌리지 않고도 등 뒤로 난 창문 밖에 달이 걸려 있다는 사실을 알 수 있었다.

일전에 구해 주었던 그 새끼 사슴이 틀림없었다. 그런데 그때보다 덩치도 조금 커지고 이마에는 나뭇가지처럼 뿔도 돋아 있었다. 세라피나가 알기로 사슴뿔은 수사슴에게서만 볼 수 있었다. 하지만 눈앞에 있는 이 새끼 사슴은 어느 모로 보나 암컷이었다. 게다가 볼 때마다 모습이 달라지는 것 같았다. 단순히 성장 속도가 빠른 게 아닌 듯했다. 매번 아예 다른 모습으로 변신하는 듯했다.

그 눈동자를 빤히 들여다보고 있노라니 금방이라도 흰 사슴이 도망을 치거나 공격을 해 올 것만 같았다. 아니면 말이라도 걸어올 것 같았다. 그러나 아무리 기다려도 흰 사슴은 구슬 같은 새카만 눈동자로 세라피나를 빤히 쳐다만 볼 뿐이었다.

"네가 원하는 게 뭐야? 왜 여기 있는 거야?" 세라피나가 다그치듯 물었다.

그러자 흰 사슴이 이상한 소리를 냈다. 하지만 무슨 뜻인지 알 도리가 없었다.

도망갈 길을 확보하려고 세라피나가 계단이 있는 왼쪽으로 한 발짝 움직였다. 새끼 사슴도 세라피나를 따라 오른쪽으로 한 발짝 움직였다.

등골이 오싹했다. 세라피나는 등 뒤의 그림자를 흘끔거렸다. 금방이라도 끔찍한 맹수가 튀어나와 세라피나를 덮칠 것만 같은 느낌이 들었다. 재빨리 휙 뒤를 보았지만 역시나 아무것도 없었다.

다시 고개를 돌리자 흰 사슴이 사라지고 없었다.

세라피나는 그 자리에 우두커니 선 채로 혼란스러움에 휩싸였다.

'도대체 여기서 무슨 일이 벌어지고 있는 거지?'

답답함도 잠시, 엠버가 떠올랐다. 고개를 돌리자 바닥에 늘어진 엠버의 사체가 눈에 들어왔다.

미어지는 가슴을 부여잡고 세라피나는 천천히 죽은 엠버 옆에 무릎을 꿇었다. 손바닥에 얼굴을 묻고 거칠어지는 호흡을 가다듬으며 손가락 사이로 가늘게 숨을 뱉었다. 엠버는 새끼 고양이였을 때처럼 온몸을 동그랗게 말고 있었다.

스모크와 엠버를 처음 발견했던 날이 떠올랐다. 태어난 지 몇 주밖에 되지 않아 조그만 솜뭉치나 다름없던 둘을 빌트모어로 데려와 먹이고 재웠다. 쥐 잡는 법도 가르쳤다. 빌트모어에는 단 한 마리의 쥐새끼도 용납해선 안 된다고 가르쳤다.

'엠버는 단 한 마리의 쥐새끼도 용납하지 않으려고 했던 거야.' 그제야 평소와 달랐던 엠버의 행동이 이해가 되면서 슬픔이 북받쳤다.

"불쌍한 우리 엠버, 네 조그만 몸으로는 역부족이었을 텐데 정말 죽을힘을 다해 싸웠구나." 세라피나는 울음을 터뜨렸다.

제발 스모크만은 살아 있길 바랐다.

눈물이 그렁그렁한 눈으로 세라피나는 작디작은 엠버의 몸을 고이 안아 올렸다. 손바닥 양쪽으로 고개와 꼬리가 축 늘어졌다. 털은 아직 보드라웠고 몸에는 온기가 남아 있었다.

세라피나는 천천히 엠버를 방으로 데려가 창틀에 조심스레 뉘었다. 나중에 철쭉이 가득 핀 화단 옆에 묻어 줄 생각이었다. 하지만 지금은 해야 할 일이 있었다.

지금보다 더 어렸을 때 세라피나는 밤마다 지하실의 그림자 사이를 오가며 쥐를 잡곤 했다. 하지만 지난 일 년 동안 세라피나는 많은 것을 배웠다. 그중에 하나가 도움이 필요한 사람에게 도움이 필요한 순간에 도움을 주어야 한다는 것이었다.

세라피나는 2층 응접실을 가로질러 떡갈나무로 된 밴더빌트 씨의 방문을 두드렸다.

"저예요. 세라피나예요. 일이 생겼어요. 일어나셔야 해요." 세라피나가 방문에다 대고 말했다.

한밤중에 잠든 밴더빌트 씨를 깨우기가 결코 쉽지 않으리라 각오는 했던 터라 다시 부르려는데 문이 벌컥 열렸다. 밴더빌트 씨를 본 세라피나는 깜짝 놀랐다. 이 늦은 시각까지 깨어 있었다는 사실도 놀라웠는데 심지어 옷을 차려입고 있었다.

"뭐지? 무슨 일이 생겼니?" 밴더빌트 씨가 물었다.

"공격이 있었어요. 케터링 씨가 그만……." 세라피나는 차마 말을 잇지 못했다. 케터링 씨는 밴더빌트 씨의 오랜 친구였다. 하지만 말을 해야만 했다. "케터링 씨가 돌아가셨어요."

"뭐라고? 아니, 어떻게……." 밴더빌트 씨가 믿기지 않는다는 목소리로 되물었다.

"어떤 괴생명체가 나타났는데…… 케터링 씨는 난간 너머로 추락하셨어요." 세라피나가 대답했다.

"그게 어떻게 생겼는지 말해 다오." 밴더빌트 씨가 세라피나를 추궁하듯 말했다.

저택 안에 사람을 죽이는 괴물이 있다는 소식에도 밴더빌트 씨는 전혀 놀라는 기색이 아니었다. 오히려 생김새를 구체적으로 물었다. 최대한 자세히 설명하면서 세라피나는 밴더빌트 씨 등 뒤로 보이는 침실을 곁눈질했다. 한밤중에 밴더빌트 씨가 왜 깨어 있었는지 단서라도 찾을 수 있을까 하는 마음에서였다.

짙은 고동색 커튼이 쳐진 방은 달빛 한 조각도 허락하지 않았다. 가구마다 커튼과 똑같은 색깔의 덮개가 덮여 있었다. 그리스 벽화와 유화와 황동 조각상으로 가득한 밴더빌트 씨의 방은 미술관을 방불케 했다. 햇살이 담뿍 드는 벨벳으로 꾸며 산뜻한 밴더빌트 부인의 침실과는 사뭇 대조되는 분위기였다. 부부의 침실은 거실을 사이에 두고 서로 연결되어 있었다. 날마다 두 사람은 거실에서 함께 아침을 먹곤 했다.

세라피나의 설명이 끝나자 밴더빌트 씨가 고개를 끄덕였다. "내가 지난밤에 보았던 바로 그 괴물이로구나. 너무 무서운 나머지 나는 그 생김새를 입 밖으로 뱉지도 못했단다. 설마 그게 현실이었을 줄이야. 내가 본 것이 헛것이길 간절히 기도했건만. 요 며칠 내 정신 상태까지 의심했단다."

"무슨 말씀이신지 이해해요." 세라피나가 말했다. 진심이었다. "하지만 이제 우리 둘 다 그게 현실이라는 사실을 알게 됐으니까요. 케터링 씨 일은 뭐라고 드릴 말씀이 없어요. 두 분은 절친한 사이셨잖아요."

밴더빌트 씨가 고개를 끄덕이며 말했다. "나를 케터링이 있는 곳으로 데려가 다오."

세라피나가 앞장섰다. 두 사람은 복도를 지나 엠버의 목숨을 앗아 간 전투로 엉망진창이 되어 버린 응접실을 지나 대층계를 내려갔다.

그런데 1층에 발을 내딛는 순간 세라피나는 제자리에 그대로 얼어붙었다.

바닥은 깨끗했다.

케터링 씨의 시체는 온데간데없었다.

"이게 어찌 된 일이니?" 밴더빌트 씨가 세라피나를 쳐다보며 물었다.

"분명히 케터링 씨의 비명을 들었어요. 정말이에요." 세라피나의 목소리가 떨렸다. "케터링 씨의 시체도 제 눈으로 똑똑히 봤어요. 바로 이 자리에 누워 있었어요. 맹세할 수 있어요. 바로 여기에요."

하지만 말은 그렇게 하면서도 정작 세라피나의 마음속에서는 스스로에 대한 의심이 스멀스멀 피어오르고 있었다.

텅 빈 대리석 바닥을 내려다보는 밴더빌트 씨를 세라피나는 유심히 관찰했다.

케터링 씨의 시신이 어떻게 흔적도 없이 사라졌는지는 여전히 의문이었다. 심지어 핏자국조차 말끔히 지워져 있었다. 하지만 세라피나는 침실에서 비명을 두 귀로 똑똑히 들었고 여기 바닥에 엎어진 케터링 씨의 시신도 두 눈으로 똑똑히 보았다. 설마 그게 모두 악몽이었을까?

브래딕 대령과 그 일당들이 숲속에서 공격을 당했을 때 세라피나가 왜, 그리고 어떻게 그 현장에 있었는지 밴더빌트 씨는 의문을 품고 있었다. 그런 와중에 이런 일까지 벌어졌으니 밴더빌트 씨는 지금 무슨 생각을 할까? 한밤중에 다짜고짜 방문을 두드려 시체가 누워 있다는 괴담을 늘어놓으며 자신을 여기까지 끌고 온 세라피나를 도대체 어떻게 생각할까?

굳은 표정으로 짐작건대 밴더빌트 씨는 지금 세라피나를 2층으로 불러들인 것을 후회하고 있는 게 분명했다. 이제 세라피나가 밴더빌트 씨와 그의 가족을 지켜 줄 수 없다는 것 또한 분명해졌다. 도대체 무슨 일이 벌어지고 있는지 갈피조차 잡을 수 없었다. 무엇이 현실이고 무엇이 꿈인지조차 분간할 수 없었다!

"정말로 불가사의한 일이구나. 하지만 네가 이런 거짓말을 지어낼 리는 없고." 여전히 텅 빈 바닥에 시선을 고정한 채로 밴더빌트 씨가 중얼거렸다.

"시체가 분명히 여기에 있었는데 귀신이 곡할 노릇이에요." 세라피나는 너무나도 답답했다.

"누군가가 아니면 뭔가가 시체를 옮겼을 수도 있지. 내가 가서 보안 책임자랑 이야기해 보마. 뭐든 단서가 나오겠지."

너무나도 차분하고 이성적인 밴더빌트 씨의 태도가 세라피나는 그저 놀랍기만 했다. 하지만 더 놀라운 사실은 따로 있었다.

'밴더빌트 씨가 나를 믿고 있어. 나를 정말로 믿어 주시는 거야.'

지금까지 세라피나를 짓누르고 있던 돌 더미를 누군가 하나씩 치워 주는 듯한 기분이 들었다. 드디어 세라피나에게도 같은 편이 생겼다. 어떤 일이 있어도 서로를 믿고 함께 싸울 수 있는 진정한 같은 편이 생겼다. 희망이 생겼다. 숲속에서 브래딕 대령과 사냥꾼들을 죽인 건 세라피나가 아니었다. 케터링 씨의 시신도 헛것이 아니었다. 밴더빌트 씨처럼 지적이고 존경받는 인물도 세라피나를 믿는다는데 세라피나도 자기 자신을 믿어야만 했다.

세라피나는 고개를 끄덕여 밴더빌트 씨의 의견에 동조했다. 하지만 엠버의 죽음에 이어 케터링 씨의 죽음까지 겪고 나니 자꾸만 불안감이 엄습했다. "저는 2층으로 올라가서 넬이 잘 있는지 확인해 볼게요. 물론 잘 있겠지만요."

세라피나는 서둘러 2층으로 올라갔다. 깜깜한 아기방으로 미끄러지듯 들어가 살며시 방문을 닫았다. 요람 안에 곤히 잠든 넬이 보였다. 그런데 그 옆에 잠들어 있는 밴더빌트 부인을 발견한 세라피나는 깜짝 놀랐다. 보통 밤에는 보모가 넬 곁을 지켰기 때문이다. 머리카락을 어깨 위로 풀어서 늘어뜨린 채 요람 옆에 놓인 기다란 소파에 몸을 말고 곤히 잠든 밴더빌트 부인의 얼굴을 달빛이 은은하게 비추었다. 어쩌면 엄마의 직감으로 밴더빌트 부인은 오늘 밤 저택에서 일어날 불길한 일을 예감한 것인지도 몰랐다.

이제 방문 너머로는 아무런 소리도 들려오지 않았다. 다시 저택을 가득 메운 적막과 고요가 반가웠다. *'조용하고 평화로운 게 최고지.'*

세라피나는 창가로 다가가 혹시 모를 위험을 대비해 달빛에 물든 앞뜰을 주의 깊게 살폈다.

창가에서 물러나 밴더빌트 부인에게 이불을 덮어 주고 벽난로에 장작을 더 지폈다.

그러고 나서 까치발로 다시 요람 옆으로 다가갔다. 당연히 잠들어 있을 줄 알았던 아기 넬이 아름답고 커다란 눈동자로 세라피나를 올려다보았다. 몇 초쯤 지났을까 세라피나를 알아보았는지 넬이 방긋 웃더니 가릉가릉 소리를 냈다. 세라피나가 가끔씩 들려주던 소리를 흉내 내는 모양이었다.

"쉿." 밴더빌트 부인이 깰세라 세라피나가 넬을 부드럽게 토닥였다.

똑똑!

갑작스레 들려온 노크 소리에 놀란 세라피나가 제자리에서 풀쩍 뛰어올랐다. 누군가 아기방 문을 두드리는 소리였다. 놀란 마음을 진정시키며 방문을 빼꼼 열자 그 틈으로 스모크가 들이닥쳤다.

"다시 만나서 반가워, 스모크." 세라피나가 스모크를 안아 올려 꽉 껴안으며 속삭였다. 하지만 스모크는 지금 포옹이나 하고 있을 기분이 아닌 듯했다. 세라피나의 품에서 폴짝 뛰어내리더니 야옹야옹하며 다시 복도로 달려 나갔다. 야옹야옹이라니 스모크답지 않았다.

"왜 그래? 앞장서." 아기방 문을 닫고 나온 세라피나가 스모크를 따라나섰다.

스모크가 이끄는 대로 모퉁이를 돌고 2층 응접실을 지나 대층계를 내려갔다. 밴더빌트 부인과 넬 옆을 지키고 싶었지만 스모크가 무언가를 찾아낸 게 틀림없었다.

“어디로 가는 거야?” 세라피나의 속삭임에도 아랑곳없이 스모크는 묵묵히 앞장섰다.

1층에 다다르자 스모크는 지하실로 이어진 좁다란 하인 전용 계단을 쏜살같이 내려가 주방으로 내달렸다.

“우유 한 그릇 달라고 이러는 거면 재미없을 줄 알아.” 세라피나가 스모크의 등 뒤에 대고 나지막이 경고를 날렸다.

타박 타박 타박……

세라피나는 제자리에 얼어붙었다. 우유 한 그릇 때문이 아니었다.

타박 타박 타박……

온몸의 근육이 오그라들었다.

타박 타박 타박……

세라피나는 이를 꽉 깨물었다. ‘엠버만으로도 충분해.’

타박 타박 타박……

혈관 구석구석으로 두려움이 퍼져 나갔다. 이제는 정말이지 지긋지긋했다! 이 모든 일의 원흉을 파헤치고 싶었다! 이번에는 기필코 적을 대면하고야 말겠다는 굳은 결심으로 세라피나는 휙 몸을 돌렸다.

번개처럼 돌아섰건만 이번에도 복도는 텅 비어 있었다. *타박 타박 타박.* 적의 발소리는 이미 모퉁이를 돌고 난 뒤였다.

쏜살같이 복도를 내달아 모퉁이를 돌았지만 적은 이미 다음 모퉁이를 돌아 사라졌다.

눈 깜짝할 새에 그 뒤를 쫓아갔지만 이번에도 적의 모습은 보이지 않았다.

잠시 멈춰 서서 앞쪽에서 들려오는 소리에 귀를 기울였다. 그런데 *타박 타박 타박* 소리가 세라피나의 등 뒤에서 들려왔다.

'이렇게 빠를 수가.' 뒤를 돌아 발소리의 주인공을 확인하려는 순간 주방에서 요란한 소리가 들려왔다. 와장창 유리 깨지는 소리, 쨍그랑 냄비 떨어지는 소리에 이어 공포에 질

린 남자의 비명이 지하실을 울렸다. 세라피나는 소리가 들려오는 쪽으로 냅다 뛰었다.

로티세리 주방 안에서 스모크가 쏜살같이 튀어나왔다. 공포에 질려 꼬리를 바짝 세운 채 달아나는 스모크의 발톱이 지하실 바닥을 날카롭게 긁었다.

"도망가, 스모크!" 서로를 스쳐 지나가며 세라피나가 소리쳤다.

주방 문간에 도착한 순간 세라피나는 눈앞의 광경을 보고 저도 모르게 뒷걸음질했다. 밴더빌트 씨였다! 밴더빌트 씨가 빌트모어의 로티세리 주방장 코베르 씨를 향해 달려들고 있었다.

코베르 씨가 뒤로 나동그라지며 절박한 목소리로 외쳤다. "멈춰요! 제발! 안 돼!" 코베르 씨가 손을 덜덜 떨며 저항했지만 소용없었다. 무자비한 공격이 이어졌다. 밴더빌트 씨 안에 그런 폭력성이 숨어 있으리라곤 상상조차 하지 못했다.

밴더빌트 씨가 코베르 씨의 멱살을 붙잡고 패대기쳤다. 불쌍한 코베르 씨는 고기를 손질하는 대형 도마에 부딪치면서 균형을 잃고 사슴 고기를 굽는 대형 석쇠 위로 떨어졌다.

두 남자가 엎치락뒤치락했다. 세라피나의 발은 제자리에 얼어붙어 떨어질 줄 몰랐다. 도대체 누구를 도와야 하지? 누가 공격을 하는 쪽이고 누가 공격을 당하는 쪽이지?

"안 돼! 제발!" 절규하듯 애원하는 코베르 씨를 밴더빌트 씨가 주먹으로 무차별적으로 가격했다. 코베르 씨가 꿈틀거리며 반격하려고 용을 썼지만 역부족이었다. 바로 그때 밴더빌트 씨가 불쏘시개로 쓰는 쇠꼬챙이를 집어 들더니 그걸로 코베르 씨의 머리를 힘껏 내리쳤다. 불쌍한 코베르 씨가 주방 바닥으로 고꾸라졌다.

눈앞에서 벌어진 믿을 수 없는 광경에 세라피나가 헉하고 숨을 삼켰다.

드디어 밴더빌트 씨가 몸을 돌려 세라피나와 눈을 마주쳤다.

고기 굽는 화덕 안, 타고 남은 잉걸불에 희미하게 드러난 밴더빌트 씨의 얼굴이 누르스름했다. 눈빛은 야생 그 자체였다. 밴더빌트 씨가 손에 든 쇠꼬챙이를 바닥에 떨어뜨렸다. 쨍그랑 소리가 로티세리 주방 안에 메아리쳤다. 밴더빌트 씨가 주방 밖으로 달아났다.

세라피나는 머리로는 밴더빌트 씨를 쫓아가 잡아야 한다고 생각했다. 하지만 너무 충격적인 광경에 몸이 꼼짝도 하질 않았다.

눈앞이 캄캄해지면서 현기증이 났다. 손바닥으로 벽을 짚었다. *'어떻게 이런 일이 있을 수 있지?'*

마음속에서 괴로움과 혼란스러움이 소용돌이쳤다. 관자놀이가 쿵쾅거렸다. 지금껏 믿고 의지했던 모든 것이 와르르 무너져 내리는 느낌이었다. 하지만 이런 때일수록 정신을 똑바로 차려야 했다.

'정신 똑바로 차려.' 세라피나는 마음을 다잡았다.

조리대 위에서 행주 하나를 집어 들고 코베르 씨 옆에 무릎을 꿇고 앉아 머리에서 흐르는 피를 닦아 주었다. 하지만 피가 멈추지 않았다.

이루 말할 수 없는 충격에 코베르 씨가 멍하니 세라피나를 올려다보며 입술을 달싹였다. "왜지, 세라피나? 왜 주인님이 이런 짓을?"

"일단 지금은 아무 말씀도 하지 마세요." 꺼져 가는 코베르 씨의 목소리에 세라피나가 울먹였다. 코베르 씨의 팔다리가 축 늘어졌다. 눈자위가 꺼졌다.

코베르 씨가 죽었다.

밴더빌트 씨가 코베르 씨를 죽였다.

세라피나는 범죄 현장을 빠져나왔다. 복도를 걷는데 다리가 휘청거렸다. 한 발 한 발 내디딜 때마다 머릿속이 쿵쿵 울렸다. 지하실 벽면이 물결치듯 어른거렸다. 바닥이 발밑에서 꿀렁거렸다.

밴더빌트 씨가 쇠꼬챙이로 머리를 내리치려는 순간 코베르 씨가 팔을 들어 머리를 감싸던 장면이 머릿속을 떠나질 않았다.

지금껏 세라피나가 보아 온 밴더빌트 씨는 언제나 분별력 있고 예의 바른 신사였다. 그런 밴더빌트 씨가 코베르 씨를 살해하다니 세라피나는 도저히 믿을 수가 없었다. 하지만 세라피나의 두 눈으로 똑똑히 보았다!

게다가 코베르 씨는 좋은 사람이었다. 범죄자도 아니었고 악마도 아니었다. 밴더빌트 씨가 코베르 씨를 죽여야 할 이유는 아무리 생각해 봐도 없었다.

지하실 복도를 터덜터덜 걸어 내려갔다. 귓가에는 아직도 코베르 씨의 비명이 쟁쟁했다.

이제 어떡하지? 갈 데가 없었다. 어느 곳도 안전하지 않았다. 빌트모어의 주인이 살인을 저질렀다. 세라피나는 그 장면을 목격했다. 그리고 세라피나가 목격자란 사실을 밴더빌트 씨도 알았다.

믿고 싶지 않은 현실이었다. 믿고 싶지 않은 진실이었다. 하지만 엄연히 현실이고 진실이었다.

'밴더빌트 씨 내면에 내가 모르는 어둡고 폭력적인 본성이 숨겨져 있던 게 틀림없어. 모든 사람이 저마다 마음속에 자기만의 흑표범을 감추고 살아가는 걸까?' 세라피나는 깊은 생각에 잠겼다.

밴더빌트 씨를 믿을 수 없다면 도대체 누구를 믿을 수 있을까? 머리가 지끈거렸다.

세라피나는 작업실을 찾았다. 그리고 간이침대 위에 곤히 잠들어 있는 아빠 품을 파고들었다. 지금 이 순간 피난처가 절실했다.

여기서 멈추어선 안 된다는 걸 세라피나도 알고 있었다. 앞으로 어떻게 해야 할지 정하고 움직여야 했다. 하지만 다리가 말을 듣지 않았다. 머리가 말을 듣지 않았다. 전혀 생각하지 못한 일을 맞닥뜨렸을 때는 어떻게 해야 하지? 어떻게 해야 하는 걸까?

아빠가 몸을 뒤척이더니 세라피나를 품속으로 끌어당기며 잠꼬대하듯 중얼거렸다. "세라야, 무슨 문제 있냐?"

세라피나는 아무 대답 없이 아빠 품에 얼굴을 묻었다.

"뭐가 문제냐?" 아빠가 다시 물었다.

"전부 다요." 세라피나가 울먹였다.

"아빠가 도와주마. 내가 뭘 도와줄 수 있을까?"

"아무것도요."

절망적이었다. 아빠가 세상에서 가장 존경하는 사람이 살인자라는 사실을 어떻게 말할 수 있을까? 날개 달린 괴물이 빌트모어를 돌아다니고 있다는 사실을 어떻게 말할 수 있을까? 아빠 딸이 흑표범으로 변신할 수 있는 이상한 밤의 생명체라는 사실을 어떻게 말할 수 있을까? 아무리 생각해도 차마 입이 떨어지지 않았다.

"나쁜 일이 한꺼번에 꼬리에 꼬리를 물고 일어나는데 어떻게 해야 막을 수 있는지 방법을 모르겠어요!" 세라피나가 울먹이며 말했다.

"세라야." 아빠가 세라피나를 안은 팔에 힘을 주며 말했다. "늪에 빠졌는데 수초에 가려 앞이 보이지 않을 때 어떻게 해야 하는지는 너도 잘 *알잖니.*"

"전 몰라요!" 세라피나가 울면서 소리를 질렀다.

"*알잖니!* 세라야, 넌 알고 있어."

"전 모른다고요!"

"늪이 너무 커서 건널 수 없다고 할 참이냐? 늪 속으로 몸이 계속 가라앉는데도 그냥 포기할 참이냐? 그런다고 집에 돌아올 방법이 저절로 생기겠니?"

"아니요."

"아니지. 늪에 빠졌다고 포기해 버리면 어둠은 짙어지고 배고픔과 추위와 피곤함은 심해질 뿐이야. 옛말에 '*유일한 탈출구는 정면 돌파*'라고 했다. 늪에 빠진 기분이 들더라도 정면으로 부딪치면서 계속 나아가야지, 세라야. 그게 네가 해야 할 일이야. 지치고 앞이 보이지 않아 답답하겠지만 그래도 계속 앞으로 밀고 나가야지. 믿음을 가지고."

"믿음이요? 무슨 믿음이요?" 온 세상이 와르르 무너져 내린 마당에 믿음이라니, 세라피나가 미심쩍은 목소리로 되물었다.

"네가 아는 진실에 대한 믿음 말이다." 아빠가 힘주어 말했다. "지금 당장은 진실이 보이지 않는 것 같아도 너라면 찾을 수 있다. 너 자신을 믿거라. 늪에도 끝이 있기 마련이다. 앞으로 나아가다 보면 언젠가는 기슭이 나오니까. 명심하거라. *유일한 탈출구는 정면 돌파*뿐이다. 알겠냐?"

"네." 세라피나가 눈을 뜨고 코를 훔치며 대답했다. "하지만 아빠, 이건 아셔야 해요. 저는 지금 아주아주 크고 고약한 늪 한가운데에 빠져 있다고요."

"너는 빠져나올 수 있어, 세라야. 그러니 멈추지 말고 앞으로 나아가거라."

아빠 말을 듣고 나니 깜깜하기만 했던 머릿속에서 희붐한 빛이 꿈틀거리는 듯한 느낌이 들었다. 아빠에게 모든 것을 털어놓고 싶었다. 자신의 진짜 정체를 털어놓고 싶었다. 아빠 딸일 뿐만 아니라 흑표범이라는 사실을 털어놓고 싶었다. 반은 인간이고 반은 고양이라는 사실을, 영혼이 두 개로 나뉘어 있다는 사실을, 아주아주 사악한 적과 맞서 싸운다는 사실을 털어놓고 싶었다. 하지만 그럴 수는 없었다. 마음속 깊은 곳에는 두려움이 자리하고 있었다. 아빠가 진실을 알게 되면 세라피나를 어떻게 생각할까? 아빠는 어떤 반응을 보일까? 세라피나는 온 세상이 거짓투성이에다가 그마저 무너져 내리고 있다는 사실을 털어놓고 싶었다. 하지만 차마 용기가 나지 않아 아무 말 없이 아빠를 가만히 끌어안았다.

브레이든이 돌아와 테라스에서 별을 머리에 인 채 세라피나의 이름을 부르는 꿈을 꾸었다. 흰 사슴의 털이 피로 빨갛게 물드는 꿈을 꾸었다. 꿈속을 헤매던 세라피나를 깨운 건 어떤 여자의 비명이었다.

"세라야, 얼른 일어나 봐. 일이 생긴 모양이야." 아빠가 세라피나를 흔들어 깨웠다.

세라피나는 아빠를 따라 복도를 걸어 내려갔다. 로티세리 주방 입구에 요리사 스무 명과 식기 담당 하녀들과 하인들이 옹기종기 모여 있었다. 언뜻 보면 하루의 시작을 알리는 일상적인 풍경 같았지만 숨죽인 채 오가는 웅성거림 속에는 심상찮은 분위기가 감돌았다.

"아침부터 웬 난리야?" 아빠가 다가서며 질문을 던졌다.

세라피나는 움찔했다. 그 질문에 대한 답을 세라피나는 이미 알고 있었다.

"누가 다치기라도 했어?" 아빠가 군중 속을 파고들며 물었다. 아빠와 코베르 씨는 친구 사이였다. 이제 곧 아빠도 코베르 씨에게 무슨 일이 일어났는지 보게 될 것이다.

그때 모여 있던 하인들이 순식간에 양쪽으로 갈라서며 누군가에게 길을 터 주었다.

고개를 돌리는 순간 세라피나의 심장이 쿵쾅거리기 시작했다. 복도 끝에서 밴더빌트 씨가 이쪽으로 걸어오고 있었다.

"무슨 일인가?" 밴더빌트 씨가 굳은 목소리로 물었다.

"코베르 씨가 죽었어요!" 세탁 담당 여인이 흐느끼며 대답했다.

발걸음을 재촉하는 밴더빌트 씨의 낯빛이 급격히 어두워졌다.

'살인자다. 살인자가 바로 여기 있다!' 세라피나가 소리 없이 외쳤다.

아빠가 끔찍한 광경을 보지 못하게 하려고 세라피나를 등 뒤로 잡아당겼다. "넌 볼 필요 없다."

코베르 씨가 살해당하는 끔찍한 장면을 눈앞에서 생생히 목격했다고 차마 말할 수가 없었다. 그리고 그 일을 저지른 장본인이 아빠의 친구이자 고용주인 밴더빌트 씨라고도 차마 말할 수가 없었다.

아빠는 세라피나를 데리고 사건 현장에서 빠져나왔다. 등 뒤로 누가 이런 끔찍한 짓을 저질렀는지를 놓고 수군대는 소리가 들려왔다. 로티세리 주방이 있는 복도 끝 모퉁이를 돌려는 찰나 밴더빌트 씨의 목소리가 지하실을 쩌렁쩌렁 울렸다. "누구 세라피나 본 사람 없소? 당장 세라피나를 찾아 내 앞으로 데려오시오!"

세라피나는 저도 모르게 몸을 움츠렸다. 심장이 날뛰었다. 세라피나를 어디론가 끌고 가서 없애 버리려는 속셈인가? 아니면 아무도 모르는 곳에 가두려는 속셈인가? 세라피나에게 죄를 뒤집어씌우고? 밴더빌트 씨를 똑바로 마주할 자신이 없었다.

마음 한편으로는 사람들 앞에서 손가락으로 밴더빌트 씨를 가리키며 *'저 사람이 죽였어요! 저 사람이 죽였다고요!'*라고 소리치고 싶은 마음이 간절했다. 하지만 또 다른 한편으로는 무자비하게 코베르 씨를 살해하던 밴더빌트 씨의 모습이 자꾸만 떠올랐다. 코베르 씨에게 달려들어 쇠꼬챙이로 머리를 내리찍던 모습이 자꾸만 생각났다. 그리고 코베르 씨의 모습에 자꾸만 자신이 겹쳐 보였다. 그 모든 장면을 목격했으니 밴더빌트 씨는 분명히 세라피나를 없애 버리려고 할 것이다!

"아빠, 미안해요. 가야겠어요. 나중에 돌아올게요." 세라피나가 아빠를 두고 서둘러 자리를 떴다.

눈 깜짝할 새에 하인 전용 계단으로 1층까지 올라온 세라피나는 저택 쪽문을 열고 쏟아지는 빗속으로 뛰쳐나갔다.

폭풍우를 뚫고 앞뜰을 가로질러 내달렸다. 휘몰아치는 바람에 몸이 기우뚱했다. 머리 위로 천둥이 치고 번개가 번쩍였다.

숲 가장자리에 이르자마자 세라피나는 몸을 날리며 흑표범으로 변신했다. 빗줄기가 얼굴을 때렸다.

흑표범으로 변신한 세라피나의 근육은 강인했고 이빨과 발톱은 날카로웠다. 어떤 적이 나타나도 맞서 싸울 자신이 있었다. 하지만 어떻게 감히 그토록 존경하고 우러러보았던 밴더빌트 씨와 맞서 싸울 수 있을까? 밴더빌트 씨랑 싸울 수 없다면 도대체 누구랑 싸울 수 있을까?

세라피나는 목적지도 없이 무작정 달렸다. 좁고 험한 산등성이를 따라 빗방울이 뚝뚝 떨어지는 울창한 소나무 숲을 헤치며 달리고 또 달렸다.

몇몇 나무둥치에서 생긴 지 얼마 안 된 날카로운 발톱 자국을 발견하고서야 세라피나는 가던 길을 멈췄다. 난생처음 보는 발톱 자국이었다.

비가 내리는데도 비릿한 피 냄새가 코를 찔렀다. 솔잎도 검붉은색으로 물들어 있었다. 이윽고 사체가 나타났다.

조그만 새끼 흑곰의 사체였다.

처음에는 인간을 죽인 맹수를 응징하러 나갔던 수색대의 총에 맞아 죽은 것이라 짐작했다. 하지만 가까이서 들여다보니 아니었다. 새끼 흑곰은 무언가에게 공격을 받고 죽은 게 틀림없었다. 그것도 잔인하기 이를 데 없는 방식으로.

죽음이 사방에서 시시각각 포위망을 좁혀 오는 듯한 기분이 들었다. 하지만 그 죽음의 원흉이 무엇인지 또는 어떻게 막을 수 있는지 실마리조차 잡히지 않았다.

세라피나는 계속 달렸다. 소나무 숲을 지나 떡갈나무와 솔송나무 숲을 지나 늪지대로 들어섰다.

시야에 묘비들이 들어올 때쯤 되어서야 세라피나는 자신이 지금 어디로 향하고 있는지 깨달았다.

'왜 또 여기지? 나는 왜 자꾸만 여기로 되돌아오는 걸까?' 세라피나는 생각했다.

브레이든을 그리워하며, 친구를 그리워하며, 누구라도 좋으니 이해하고 이해받을 수 있는 존재를 그리워하며 세라피나는 오래된 공동묘지를 지나 천사 조각상이 있는 빈터에 도착했다.

인간의 모습으로 돌아온 세라피나가 얼굴에 흐르는 빗물을 훔치며 머리 위로 우뚝 솟은 천사 조각상을 올려다보았다. 천사 조각상은 커다란 두 날개를 하늘 높이 펼치고 단단히 움켜쥔 장검을 머리 위로 치켜들고 있었다.

천사 조각상이 서 있는 단상에 새겨진 익숙한 문구가 눈에 들어왔다.

우리 인격을 결정짓는 것은

전투의 승패가 아니라

우리가 용감히 맞서 싸운 전투 그 자체이다.

세라피나는 손안에서 숨을 거둔 엠버와 차갑게 식어 바닥에 누워 있던 케터링 씨와 코베르 씨를 살해하던 밴더빌트 씨를 떠올렸다. 지금까지 보았던 모든 장면을 하나하나 다시 떠올렸다.

"어떡해야 하나요?" 세라피나가 눈물 자국이 난 천사 조각상의 얼굴을 올려다보며 울부짖었다. "도대체 어떻게 싸워야 하나요?"

세라피나가 천사 조각상 앞에 주먹을 들어 흔들었다. "공격할 상대가 없는데 이 발톱이 무슨 소용인가요? 물어뜯을 상대가 없는데 이 이빨이 무슨 소용인가요? 제 손으로 밴더빌트 씨를 죽이길 원하시나요? 이건 전투가 아니에요! 혼돈일 뿐이라고요!"

하지만 아무리 악을 써 보아도 천사 조각상에게선 아무런 반응이 없었다. 돌로 빚은 그 얼굴에서는 언제나처럼 아무 표정도 찾을 수 없었다.

지금까지 세라피나는 마음속 깊은 곳에서 천사 조각상이 조언자이며 길잡이이며 든든한 아군이라고 상상했다. 천사 조각상 안에는 신비한 힘이 깃들어 있는 것 같았다. 모든 생명에는 죽음이 있다는 순리마저 멈추게 하는 힘이 깃들어 있는 것 같았다. 이를 증명하듯 천사 조각상이 서 있는 빈터는 언제나 푸르렀고 천사 조각상이 치켜든 검은 언제나 날카로웠다. 하지만 지금은 모든 것이 생기를 잃고 죽음을 맞은 듯했다. 천사 조각상 안에 깃들어 있다고 믿었던 영혼마저 상상에 불과했던 게 아닌가 하는 의심이 들었다.

생각하면 할수록 화가 났다. 도대체 세라피나는 무엇을 위해서 싸우는 걸까? 빌트모어를 위해서? 세라피나의 동족을 죽이러 온 사냥꾼들에게 머물 곳을 제공해 주는 빌트모어를 위해서? 아니면 밴더빌트 씨를 위해서? 코베르 씨를 무자비하게 살해한 두 얼굴의 남자를 위해서? 이게 바로 이상향이라 불리는 빌트모어 대저택의 실체인가?

"다 필요 없어! 다 필요 없다고!" 세라피나의 절규가 숲속에 메아리쳤다.

세라피나는 이를 갈며 천사 조각상에게서 등을 돌렸다. 마침내 빗줄기가 가늘어지고 있었다.

비바람도 잦아들었다. 이제 벌거벗은 나뭇가지에서 빗방울만 똑똑 떨어졌다. 폭풍우가 한바탕 휩쓸고 지나간 숲 바닥에서는 아지랑이가 모락모락 피어올랐다.

마음이 조금 진정되고 머리가 맑아지자 아빠가 해 준 말이 떠올랐다.

'유일한 탈출구는 정면 돌파뿐이다.'

하지만 어떻게?

세라피나가 지금 늪에 빠졌다는 데는 의심의 여지가 없었다. 기운도 잃고 길도 잃고 희망도 잃었다.

그런데 어떻게 정면 돌파를 하란 말인가?

작년에야 비로소 지하실을 벗어난 세라피나는 자신의 본모습도 찾고 싸우는 법도 배워 전투에서 모든 적을 무찔렀다. 하지만 이번에는 달랐다. 이번에는 상대가 누군지 또는 무엇인지조차 알 수 없었다. 두 눈으로 보고 두 귀로 들은 것을 믿어도 되는지조차 알 수 없었다. 심지어 두 손으로 자신이 무슨 짓을 저질렀는지조차 확신할 수 없었다. 정말로 이 모든 게 다 사실일까? 그럴 리가 없었다. 하지만 사실이었다.

지금껏 세라피나가 지키고자 했던 모든 것이 지킬 가치조차 없는 것이라면? 빌트모어 자체가 악의 소굴이라면? 빌트모어와 그 주인이 물리쳐야 할 적이라면?

생각하면 할수록 두려움의 실체가 분명해졌다. 이번에는 세라피나가 사냥꾼이 아니었다. 사냥감이었다. 정체 모를 무언가가 은밀하게 마수를 뻗치고 있었다. 세라피나는 이성보다는 본능으로 반응했다. 본능으로 움직였다. 정체 모를 무언가를 찾아내 싸우고 싶은 마음은 어느 때보다 간절했지만 팔다리가 마음대로 움직이지 않았다. 앞이 보이지 않았다.

정체 모를 적이 어떤 짓을 꾸미고 있는지, 무엇을 원하는지 알아내야만 했다. 그래서 다음 행보를 예측해서 대비해야만 했다. 대층계 밑에 엎드려 있던 가엾은 케터링 씨의 시신을 발견했을 때 세라피나는 아무것도 할 수 없었다. 이미 추락해서 숨이 끊어져 버렸기 때문이다. 밴더빌트 씨가 코베르 씨를 살해하는 장면을 눈앞에서 보면서도 세라피나는 아무것도 할 수 없었다. 어떻게 할지 고민하는 사이에 밴더빌트 씨가 이미 쇠꼬챙이로 코베르 씨의 머리를 내리찍어 버렸기 때문이다.

어릴 때부터 아빠는 세라피나에게 감당하기 벅찰 만큼 여러 가지 일이 한꺼번에 일어날 때는 잠시 하던 일을 멈추고 가만히 앉아서 스스로에게 이렇게 질문해 보라고 가르쳤다. 가장 중요한 것을 하나만 꼽으라면 그건 무엇일까? 지금 반드시 해야 하는 일을 하나만 꼽으라면 그건 무엇일까? 이 질문에 답을 찾은 뒤에 거기에만 집중하라고 했다.

'가장 중요한 것 하나가 뭐지? 무슨 일이 있어도 내가 지금 반드시 해야 하는 일 하나가 뭘까?'

세라피나는 곰곰이 생각했다. 머릿속에서 답이 떠오르기까지는 그다지 오랜 시간이 걸리지 않았다.

'빌트모어에 있는 선량하고 죄 없는 사람들을 지켜야 해.'

아빠, 에시, 밴더빌트 부인, 세라피나가 숲속에 방치하는 바람에 실종된 불쌍한 제스, 그 밖에 선량하고 죄 없는 수많은 사람들을 지켜야만 했다. 무엇보다 아기 넬을 지켜야만 했다.

그러자 더 이상 언제 사냥당할지 몰라 두려움에 떠는 작은 생쥐처럼 자기 연민에 빠져 여기 공동묘지에 숨어 있을 수가 없었다.

아무리 두려워도 아무리 혼란스러워도 최선을 다해서 할 일을 해야만 했다.

선량하고 죄 없는 사람들을 지켜야만 했다.

빌트모어로 돌아왔을 때 해가 뉘엿뉘엿 기울고 있었다. 곧 다가올 밤의 어스름을 틈타 세라피나는 여기가 지금 하늘인지 땅인지 헷갈릴 정도로 낮게 걸린 구름 속을 미끄러지듯 통과했다.

아무도 신뢰할 수 없는 상황인지라 누구의 눈에도 띄지 않게 소리 없이 저택으로 접근했다.

대문으로 들어가면 집사나 손님이나 밴더빌트 씨를 마주칠 우려가 있었다. 그래서 세라피나는 숲을 빙 둘러 골짜기를 지나 저택 뒤편으로 갔다. 가파른 산등성이 위에 지어진 빌트모어 대저택 뒤편에는 주춧돌이 거대한 성벽처럼 우뚝 솟아 있었다.

세라피나는 벽에 몸을 바짝 붙이고 걸어갔다. 얼마 후 벽 아래쪽으로 직사각형 모양의 조그만 구멍이 나타났다. 세라피나는 구멍 위에 덮인 철망 사이로 몸을 욱여넣었다. 구멍 끝에는 10미터쯤 되는 환기구가 있었다. 세라피나는 한쪽 면에 등을 붙이고 다리로 반대쪽 면을 밀면서 애벌레처럼 꿈틀꿈틀 환기구 내벽을 타고 나아갔다.

화려한 위층 사람들에게 정체를 숨기고 지하실에서 살아가던 시절 자주 애용하던 비밀 통로였다.

빌트모어 대저택을 설계한 건축가 리처드 모리스 헌트 씨 덕분에 이 비밀 환기구를 타고 지하 2층에 있는 보일러까지 신선한 공기가 유입됐다. 이 비밀 환기구는 빌트모어 구석구석으로 뻗어 있는 어마어마한 환기 장치의 척추인 셈이었다.

환기구 끝에 다다른 세라피나가 머리 위에 있는 철망을 밀어 올리며 밖으로 나갔다. 지하 2층에 있는 창고가 나왔다. 미로 같은 기다란 구리관 사이를 능숙하게 빠져나왔다. 깜깜한 원시 동굴 속에 버려진 오래된 공룡 뼈 사이를 비집고 나오는 듯한 기분이 들었다.

벽돌로 만든 좁다란 계단을 올라 지하 1층에 도착한 세라피나는 행여나 늦은 밤 지하실을 돌아다니는 밴더빌트 씨나 그 수하들에게 발각될까 봐 으슥한 곳만 골라서 하인 전용 계단까지 이동했다. 그리고 쏜살같이 2층으로 뛰어 올라갔다.

하인 전용 계단은 밴더빌트 부인의 방 뒤편에 있는 복도로 이어졌다. 세라피나는 어둠 속에 몸을 감추고 들려오는 소리에 가만히 귀를 기울였다. 모두가 잠들었는지 2층 복도는 깜깜하고 조용했다.

세라피나는 최대한 소리를 내지 않고 모퉁이를 돌아 밴더빌트 씨의 침실을 지나쳤다. 어둡고 텅 빈 복도에서 지금 이 순간 가장 마주치고 싶지 않은 사람이 있다면 그게 바로 밴더빌트 씨였다.

복도에 난 창문 너머로 돔 모양 유리 지붕을 머리에 인 겨울 정원이 보였다. 창문 밖으로 달빛을 머금은 새하얀 안개가 두둥실 떠다녔다. 그 모양이 꼭 저택 안으로 들어올 기회만을 호시탐탐 노리는 유령 같았다.

저택 반대편으로 가려고 2층 응접실을 가로질러 걸어가는데 무언가가 세라피나의 발길을 붙잡았다. 불가능한 일이라는 건 알지만 창문 밖에서 떠다니던 안개가 어느새 응접실 안으로 들어와 있었다. 의자와 소파 위로 안개가 넘실댔다. 차갑고 창백한 달빛 속에 허수아비처럼 서 있는 철제 램프 주위로도 안개가 넘실댔다.

기시감이 들었다.

'달빛 때문에 생긴 착시 현상일 뿐이야. 안개가 저택 안으로 들어올 리 없잖아.' 세라피나가 혼잣말로 중얼거렸다.

대층계 난간을 지나 여러 침실을 지나 알파벳 T 모양으로 갈라지는 복도 끝에서 세라피나는 다시 걸음을 멈추었다. 어둠 속에는 적막과 고요만이 가득했다. 여기서 오른쪽으로 가면 브레이든의 방이 나왔다. 왼쪽으로 가면 아기방이 나왔다.

아기방에 들를 때마다 수백 번도 넘게 지나온 복도였건만 피부로 전해지는 오싹한 느낌에 세라피나는 벽면을 따라 드리운 그림자 속으로 몸을 움츠렸다.

'저기 뭔가 있어.' 모퉁이를 뚫어져라 쳐다보며 호흡을 가다듬었다.

'바로 저기 있어.'

맹렬하게 몸을 날리려는데 어디선가 나타난 스모크가 세라피나에게로 돌진해 왔다. 먼지떨이처럼 풍성한 꼬리를 가진 스모크가 세라피나 주위를 빙글빙글 맴돌았다.

세라피나는 무릎을 꿇고 겁에 질린 스모크를 안아 올렸다. 그러고 나서 다시 앞쪽에서 들려오는 소리에 귀를 기울였다.

모퉁이 바로 너머에서 무언가가 발톱으로 바닥을 긁으며 미끄러지듯 움직였다.

입이 바짝바짝 마르고 관자놀이가 쿵쾅쿵쾅 뛰었다. 분명히 저기에 무언가가 있었다.

날카로운 발톱 끝으로 나무를 긁는 듯한 소리가 들려왔다. 아기방 방문을 긁는 소리 같았다.

세라피나가 몸을 숙여 스모크의 귓가에 속삭였다. "아래층으로 내려가서 저택 밖으로 나가. 그리고 마구간에 숨어 있어!"

세라피나의 말이 떨어지기 무섭게 스모크가 바닥으로 폴짝 뛰어내렸다. 스모크의 폭신폭신한 발바닥이 타다닥 복도를

가로질러 계단으로 내려가는 소리를 들으며 세라피나는 속으로 중얼거렸다. *'멈추지 마, 스모크.'*

스모크의 발소리가 충분히 멀어지고 나서야 세라피나는 모퉁이 쪽으로 몸을 돌렸다.

쿵쾅대는 심장 소리를 들으며 세라피나는 천천히 앞으로 나아갔다.

끼익 끼익 끼익 방문 긁는 소리는 그칠 줄을 몰랐다. 넬이 잠들어 있는 방문에 구멍이라도 낼 기세였다.

세라피나는 천천히 소리 없이 모퉁이로 다가가 벽 너머로 슬며시 고개를 내밀었다.

세라피나는 보았다. 우락부락 근육질에 네발 달린 괴생명체가 발톱으로 방문 아래를 마구 긁어 대고 있었다. 구불구불 기다란 몸은 커다란 도마뱀을 연상케 했다. 네발로 쪼그려 앉은 모양새를 보면 포유류 같기도 했다. 짙은 회색 가죽 위로 기다란 척추가 툭 튀어나와 있었다. 목은 세라피나가 지금껏 본 어떤 야생 동물보다도 길었다. 뾰족한 귀와 둥그스름한 눈과 툭 튀어나온 주둥이와 겉으로 드러난 날카로운 송곳니 탓에 얼핏 보면 개라고 착각할 법도 했다. 킁킁 냄새를 맡으며 필사적으로 방문을 긁어 대는 움직임은 민첩했다. 마치 방문 너머에 무엇이 있는지 정확히 아는 눈치였다. 마치 먹잇감을 눈앞에 두고 이성을 잃은 채 입맛을 다시는 굶주린 야생 동물 같았다.

세라피나는 다시 벽 뒤로 몸을 숨겼다. 온몸의 근육이 움찔거리며 다가올 전투를 준비했다.

엠버와 케터링 씨를 죽음에 이르게 한 괴물과는 또 달랐다. 간밤의 그 괴물은 날개가 달려 있었고 머리 모양도 달랐다. 하지만 비슷했다. 현관 벽에 나 있던 발톱 자국, 테라 코타 화분 뒤편에 있는 구멍으로 뛰어들던 엠버, 숲속에서 보았던 새끼 흑곰의 사체가 차례로 머릿속을 스쳐 지나갔다. 이 무시무시하게 생긴 괴물들의 정체가 무엇이든지 간에 저보다 작은 동물을 죽이는 고약한 취미가 있는 게 틀림없었다. 이 괴물과 어떻게 싸워야 하는지는 알 수 없었지만 어떻게든 넬 근처에는 얼씬도 못 하도록 막아야 했다.

세라피나는 사람들에게 자신의 본모습을 드러내길 꺼렸다. 지금 빌트모어에 있는 그 누구도 흑표범으로 변신한 세라피나의 모습을 본 적이 없었다. 하지만 인간의 모습으로는 이 괴물과 싸워 이길 자신이 없었다. 상대는 아주아주 위험해 보였다.

이번만큼은 누군가의 눈에 띌 위험을 감수하기로 했다.

아기방이 있는 깜깜한 2층 복도에서 세라피나는 흑표범으로 변신했다.

갑자기 복도가 너무 비좁게 느껴졌다. 근육이 발달한 커다란 흑표범이 운신하기에 인간들이 지나다니는 복도는 지나치게 협소했다. 게다가 나무 바닥과 페르시아 양탄자에서 풍기는 특유의 냄새가 흑표범으로 변신한 세라피나의 코끝에는 지나치게 이질적이었다.

하지만 머뭇거릴 시간이 없었다. 새카만 털로 뒤덮인 기다란 몸을 바닥에 납작 엎드리다시피 낮춘 채 세라피나는 천천히 앞으로 나아가 모퉁이에 있는 그림자 밑으로 숨어들었다.

굽은 등을 무방비하게 노출시킨 채 방문을 긁느라 여념이 없는 괴물의 뒤로 세라피나는 소리 없이 접근했다. 상대가 눈치채지 못하도록 아주아주 천천히 다가갔다.

때로는 완전히 멈추어 서서 기다렸다. 그림자 속에 새카만 몸을 은닉한 채 숨죽이고 때를 기다렸다가 다시 한 발 한 발 천천히 다가갔다. 이제 세라피나와 괴물 사이의 거리는 고작 서너 걸음이었다.

바로 그때 등 뒤에서 세라피나의 기척을 느낀 괴물이 홱 몸을 돌려 날카로운 쇳소리와 함께 이빨을 드러냈다.

세라피나는 이때만을 기다렸다는 듯이 발톱을 세우고 달려들었다. 괴물이 벽면을 기어 올라갔다. 벽지가 찢어지고 벽에 붙어 있던 황동 촛대가 쨍그랑 소리를 냈다. 세라피나도 벽면으로 몸을 날렸다. 괴물이 이번에는 거미나 게 뺨치는 동작으로 천장으로 기어가 버렸다. 이에 질세라 세라피나는 발톱을 세우고 천장으로 몸을 날렸다. 하지만 괴물이 한발 빨랐다. 세라피나의 공격을 피해 괴물은 환기구 속으로 모습을 감췄다.

'*놓쳤어.*' 송곳니 사이로 거친 숨을 몰아쉬며 세라피나는 분통을 터뜨렸다.

다른 사람들 눈에 띄기 전에 재빨리 인간의 모습으로 돌아온 세라피나는 아기방 문에 등을 대고 깜깜한 복도를 뚫어져라 응시했다. 아기방으로 오려면 반드시 이 복도를 지나야 했다.

숨을 고르면서 세라피나는 방금 본 정체를 알 수 없는 괴생명체의 생김새를 다시 떠올렸다.

밴더빌트 씨가 이런 괴물들을 조종할 수 있는 마법사라도 되는 걸까? 아니면 숲속에서 먹잇감을 찾아 기어 나온 희귀한 야생 동물들일까? 북쪽 산등성이에서 죽은 네 사람은 누구 손에 죽은 거지? 그것도 밴더빌트 씨의 소행일까? 아니면 이 모든 사건의 배후에 밴더빌트 씨가 있는 걸까?

빌트모어에는 밴더빌트 씨의 명령이라면 무조건 복종하는 충성스러운 수하들이 많았다. 하지만 그들이 과연 대층계에서 케터링 씨를 살해하고 그 시체를 은닉했을까? 어제오늘 목격한 괴생명체 중에 하나가 케터링 씨의 시신을 어디론가 끌고 간 다음 핏자국을 깨끗이 핥아 먹었다는 이야기가 더 그럴듯했다.

어느 쪽이든 밴더빌트 씨에게는 공범이 있는 게 분명했다. 그것도 최소한 하나 이상.

가장 먼저 의심 가는 인물은 밴더빌트 씨가 불과 몇 주 전에 고용한 저택의 보안 책임자 도드먼 씨였다. 그토록 야성적인 남자가 빌트모어에 오기 전에 무슨 일을 했는지는 알 수 없었다. 경찰이었는지 군인이었는지 아니면 사기꾼이었는지 알 길이 없었다. 하지만 도드먼 씨라면 살인을 저지르고도 남을 만한 인물 같았다.

프랫 씨를 비롯한 집사들, 수석 집사, 이번에 새로 온 밴더빌트 씨의 시중을 드는 하인, 마구간지기 등 의심이 가는 사람은 이루 헤아릴 수 없이 많았다. 도대체 누구부터 시작해야 할지 알 수 없을 정도였다.

그런데 그때 킨슬리 대위가 세라피나의 머릿속을 스쳐 지나갔다. 킨슬리 대위는 밴더빌트 씨와 이야기할 때면 군대에서 직속 상관에게 명령을 하달받듯이 항상 경어를 쓰곤 했다. 게다가 밴더빌트 씨에게 *'평생 갚아야 할 큰 빚'*이 있다고 했다.

킨슬리 대위는 참 좋은 사람 같았다. 하지만 과연 겉모습만 보고 사람을 신뢰할 수 있을까?

귀를 쫑긋 세우고 눈을 부릅뜬 채 기나긴 복도를 바라보는데 또다시 어둠 속에 희부연 안개가 떠다니는 것만 같은 착각이 들었다. 세라피나는 더 이상 그림자를 믿지 않았다. 안개는 더더욱 믿지 않았다.

숲속에 들어간 뒤로 킨슬리 대위의 모습은 어디에서도 보이지 않았다. 그 말은 곧 아직도 숲속 어딘가에 있다는 뜻이었다. 하지만 왜? 나쁜 일이라도 생긴 걸까 아니면 나쁜 일을 꾸미고 있는 걸까? 어쩌면 킨슬리 대위가 이 괴물들을 조종하고 있는 걸지도 몰랐다.

밴더빌트 씨에게 정말로 공모자가 있는지 없는지는 알 수 없었다. 다만 한 가지 확실한 것은 밴더빌트 씨가 살인을 저질렀고 그에 대한 대책을 세워야만 한다는 사실이었다. 하지만 세라피나가 무얼 할 수 있을까? 누구에게 이 사실을 털어놓을 수 있을까?

'밴더빌트 부인, 좋은 아침이에요. 아기 넬도 오늘 하루 잘 지내길 바라요. 참, 그건 그렇고 부인 남편 되시는 분이 살인을 저질렀어요!' 밴더빌트 부인에게 털어놓는 상상도 안 해 본 건 아니었다.

그렇다면 도대체 왜 밴더빌트 씨가 세라피나를 루이 16세 방으로 불러들였는가 하는 의문이 남았다. 세라피나를 지하실 주방에서 멀리 떨어뜨려 놓고 자유롭게 코베르 씨를 살해하려고?

아니면 세라피나가 가족을 지켜 주길 바랐던 걸까? 밴더빌트 씨 스스로 자신이 위험하다는 사실을 알고? 불현듯 말도 안 되는 생각이 머릿속을 스쳐 지나갔다. 설마 밴더빌트 씨는 세라피나가 자신을 죽여 주길 원하는 걸까?

'그나저나 흰 사슴은 이 모든 일과 도대체 무슨 관계가 있는 거지?' 불쑥 또 다른 의문이 고개를 들었다.

논리적으로 따지면 따질수록 하나도 앞뒤가 맞지 않았다.

마치 빌트모어 전체가 저주에 씌어 사람들을 차례로 죽이는 듯한 느낌마저 들었다.

하지만 왜? 세라피나가 목격한 일련의 사건들 사이에 인과관계나 패턴이 있을까?

첫 번째 공격 대상은 브래딕 대령, 대령의 딸 제스, 대령의 친구 터너 씨, 또 다른 사냥꾼 서틀스턴 씨, 사냥개 조련사 이사랴 메이필드였다.

다음은 대층계 밑으로 떨어져 죽은 케터링 씨의 시체를 세라피나가 발견했다.

그다음, 밴더빌트 씨가 주방에서 코베르 씨를 살해하는 장면을 세라피나가 목격했다.

세라피나는 차근차근 생각을 해 보았다.

희생자들 사이에 어떤 공통점이 있을까?

일련의 사건들 사이에 어떤 패턴이 있을까?

'없어. 다들 공통점이라곤 없는 사람들이야. 그냥 묻지 마 살인이야.' 세라피나는 답답한 마음을 어찌지 못하고 아기방 방문에 쓰러지듯 등을 기댔다.

어떻게 싸워야 하지? 도대체 어떻게 맞서 싸워야 하는 거지?

날이면 날마다, 밤이면 밤마다 누군가 죽어 나갔다. 상황은 점점 더 나빠지고 있었다.

복도 끝에서 발톱으로 나무 긁는 소리가 났다.

세라피나는 몸을 움츠리며 언제라도 달려 나갈 만반의 준비를 했다.

소리의 근원지를 찾아 세라피나는 어둠 속을 노려보았다.

발톱 소리의 주인공이 이쪽으로 다가왔다. 정확한 방향을 가늠하려던 세라피나는 소리가 여러 방향에서 동시에 들려온다는 사실을 깨달았다. 모든 소리가 세라피나를 향해 다가오고 있었다.

세라피나는 싸울 준비를 했다. 심장이 요동쳤다.

수많은 발소리가 사방을 에워쌌다. 세라피나가 기대서 있는 방문 너머에는 넬이 잠들어 있었다.

여러 마리가 한꺼번에 포위망을 좁혀 오고 있었다.

세라피나의 눈동자가 적을 찾으려고 그림자와 그림자 사이를 필사적으로 오갔다. 하지만 아무것도 보이지 않았다.

불가능한 일이었다. 어떻게 보이지 않을 수가 있지?

발소리는 점점 더 가까워졌다.

발소리만 들으면 이제 적과 세라피나 사이의 거리는 고작 서너 걸음 남짓이었다. 하지만 여전히 아무것도 보이지 않았다. 투명 마술이라도 부리는 것 같았다.

바로 그때 달빛 사이로 천장에서 떨어져 허공을 부유하는 가느다란 먼지가 보였다.

적들은 세라피나의 머리 바로 위에 있었다!

적들은 환기구 안에 있었다!

세라피나가 복도를 지키고 있는 사이에 천장 안에 있는 환기구를 타고 아기방으로 잠입한 것이다. 거미처럼 넬이 잠들어 있는 요람 안으로 곧장 떨어져 내릴 계획인 것이다.

세라피나는 방문을 벌컥 열어젖혔다.

창을 가린 하늘하늘한 흰색 커튼을 뚫고 들어온 달빛이 방 안에 은은한 빛을 드리웠다.

세라피나는 재빨리 천장을 훑어보았다.

요람 옆에 놓인 기다란 소파 위에는 어젯밤과 마찬가지로 밴더빌트 부인이 잠들어 있었다. 면으로 된 잠옷을 입고 머리에 조그만 모자를 쓴 채 요람 안에서 곤히 잠들어 있는 아기 넬은 엠버보다 조금 큰 정도로, 새끼 곰이랑은 비교도 안 될 만큼 작았다.

'네 할 일은 하나야, 세라피나. 아기를 지켜야 해! 네가 반드시 해야 하는 일은 바로 그거야!' 세라피나는 마음을 굳게 다지며 천장을 다시 훑었다.

목구멍에서 분노가 치밀었다. 마른침을 삼켜 보았지만 목구멍은 오히려 타는 듯이 확확해졌다.

그때 머리 위에서 발톱으로 바닥을 긁는 소리가 들려왔다. 가느다란 먼지가 방 안으로 떨어져 내렸다. 적이 떼를 지어 몰려오고 있었다.

머릿속에 차마 실행에 옮기고 싶지 않은 계획이 떠올랐다. 생각만으로도 끔찍했다. 하지만 아무리 생각해도 반드시 해야만 한다는 결론이 나왔다.

잠든 밴더빌트 부인을 힐끔 쳐다본 세라피나는 요람 안으로 몸을 숙여 아기를 안아 올렸다.

넬을 보호해야만 했다.

넬을 데리고 여기를 떠나야만 했다.

지금 당장 떠나야 했다. 너무 늦기 전에.

칭얼거리는 넬을 품에 꼭 껴안은 채 세라피나는 살며시 방문을 닫고 복도로 나왔다.

누군가 혹은 무언가의 눈에 띌세라 세라피나는 좌우를 두리번거리며 복도를 달음질쳤다.

엄마에게서 아기를 훔쳤다고 생각하니 속이 울렁거렸다. 깜깜한 터널 속을 달리는 것처럼 시야가 흐릿해졌다. 하지만 무슨 일이 있어도 아기 넬을 지켜야 한다는 일념으로 세라피나는 멈추지 않고 달렸다.

온몸의 본능이 아까 그들이 *사냥하려는 건* 아기 넬이라는 사실을 말해 주고 있었다. 그러니 넬을 데리고 도망친 세라피나를 쫓아올 것이 분명했다.

그나마 유일한 위안이라면 아마도 그들은 밴더빌트 부인은 해치지 않고 내버려 두리란 사실이었다.

복도에서 두 번째 모퉁이를 도는데 심장이 너무 아파서 숨을 쉴 수가 없었다. 아기 넬을 꼭 껴안은 채 세라피나는 잠시 멈춰 서서 벽에다가 어깨를 바싹 붙였다.

잠시 숨을 고르고 밴더빌트 씨의 침실 앞으로 뛰쳐나가려는데 방문이 벌컥 열렸다.

밴더빌트 씨가 뚜벅뚜벅 걸어 나왔다.

세라피나는 공포에 휩싸였다.

복도에서 무언가를 찾는 듯 밴더빌트 씨가 주위를 두리번거렸다.

세라피나는 재빨리 모퉁이 뒤로 몸을 숨겼다. 속으로 제발 넬이 울거나 보채지 않길 간절히 기도했다.

마침내 밴더빌트 씨의 발소리가 멀어져 갔다. 대층계를 내려가는 소리가 들렸다.

그제야 세라피나는 다시 숨을 쉬었다. 오스스 소름이 돋은 피부 아래서 맥박이 요동쳤다.

기회는 한 번뿐이었다. 세라피나는 반대쪽으로 난 하인 전용 계단을 향해 전속력으로 질주했다. 한 번에 두 계단씩 달음질해 4층으로 올라갔다. 아기를 품에 안은 것만으로도 속도가 이렇게나 느려질 수 있다는 사실이 놀라웠다.

4층은 하녀들 전용 숙소였다. 깜깜한 복도를 지나 북탑으로 달려간 세라피나는 아무 망설임 없이 그 아래에 있는 조그만 비밀 통로로 들어갔다. 비좁은 비밀 통로를 낑낑거리며 통과한 다음 오른쪽에서 세 번째 방으로 직행했다.

"에시, 나 들어간다." 속삭임과 함께 방 안으로 들어서자 커다란 이불 뭉치가 눈에 들어왔다. "일어나, 에시. 제발 부탁이야. 깨워서 미안해. 하지만 일어나야 해." 세라피나가 이불을 돌돌 말고 곤히 잠든 에시의 어깨에 손을 올렸다.

"누구세요?" 에시가 반쯤 잠긴 목소리로 눈을 비비며 중얼거렸다. "저 늦잠 잤어요? 어머, 아가씨! 아가씨였군요! 여기는 어쩐 일이세요? 저택에 불이라도 났나요?"

"에시, 네 도움이 필요해." 세라피나가 말했다.

"언제든지 말씀만 하세요." 에시가 거의 넘어질 듯 휘청거리며 침대 밖으로 나왔다. "맙소사, 아기잖아요!" 마침내 세라피나 품에 안겨 있는 코넬리아를 발견한 에시가 비명을 질렀다. "아기를 데리고 어쩌시려고요? 설마…… 설마 그게 넬 아기씨는 아니겠죠? 네? 대체 어쩌시려고요?"

"에시, 빌트모어에 문제가 좀 생겼어. 넬을 데리고 여길 떠나야 해."

"세상에, 하느님 맙소사!" 에시의 목소리가 덜덜 떨렸다.

"지금 당장 마구간으로 달려가서 마차를 한 대 준비해 줘."

"지금 당장이요? 지금 아침이에요?" 에시가 모자를 뒤집어쓰며 물었다.

"아니야. 하지만 지금 당장 떠나야 해. 마구간에서 일하는 놀란이라는 아이가 있어. 말들이랑 같이 자고 있을 거야. 놀란한테 나를 위해 마차 한 대만 준비해 달라고 전해 줘. 그럼 뭐든 시키는 대로 할 거야. 이따가 마차 출입구에서 만나자."

"지금 바로 갈게요!" 에시가 서둘러 잠옷 위로 외투를 걸치며 허둥지둥 방문을 나섰다.

에시의 발소리가 멀어졌다. 깜깜한 방 안에는 또다시 침묵이 내려앉았다. 세라피나는 품에 안긴 아기를 내려다보았다. 넬이 두 눈을 동그랗게 뜨고 세라피나를 올려다보고 있었다. 그 순진무구한 눈동자를 마주한 순간 세라피나는 자신이 얼마나 엄청난 짓을 저질렀는지 깨달았다. 이대로 넬을 데리고 빌트모어를 떠나는 순간 모든 것은 돌이킬 수 없을 것이었다. 빌트모어 사람들은 결코 이해하지 못할 것이다. 세라피나를 결코 용서하지 않을 것이다. 너도나도 세라피나를 손가락질하며 저주를 퍼부을 것이다. 어쩌면 세라피나를 죽이려 들지도 모르는 일이었다.

시간이 허락한다면 지금 당장 아빠에게로 가서 무슨 일을 벌이려 하는지, 왜 이런 짓을 할 수밖에 없는지 이야기하고 싶었다. 하지만 그럴 여유가 없다는 건 세라피나가 가장 잘 알았다. 너무 위험했다. 한시라도 빨리 떠나야 했다.

이제 잠에서 깨어 품속에서 꼼지락거리는 넬을 안고 세라피나는 하인 전용 계단을 살금살금 내려갔다. 제발 들리지 않길 간절히 기도했던 바로 그 소리가 다시 들려오기 시작했다. 바로 등 뒤에서 적들이 쉭쉭거리며 쫓아오고 있었다.

세라피나는 어깨 너머 어둠 속을 힐끔거리며 허둥지둥 계단을 내려왔다.

여기서 아기를 품에 안은 상태로는 싸울 수가 없었다. 등 뒤를 쫓아오는 적은 최소 둘 이상이었다.

그때 벽 안쪽을 발톱으로 긁어 대는 소리가 들렸다.

적이 더 있었다.

마침내 1층에 다다른 세라피나가 어둠을 뚫고 마차 출입구로 질주했다. 제발 마차가 대기하고 있길 바랐다.

지금이라도 그만둘 수 있다면 그만두고 싶었다. 저택으로 돌아가 함께 달아나자고 밴더빌트 부인을 설득할 수만 있다면 그러고 싶었다. 하지만 적이 사방에 도사리고 있었고 죽음이 도처에 널려 있었다. 밴더빌트 씨조차 믿을 수 없는 마당에 도대체 누구를 믿을 수 있을까? 게다가 밴더빌트 부인은 남편이 살인자라는 말을 믿지 않을 게 뻔했다. 두 눈으로 직접 목격한 세라피나조차도 아직까지 그 사실을 믿을 수 없었으니까!

마차 출입구를 목전에 두고 아기 넬이 끙끙대며 보채기 시작했다. 불현듯 사악한 밤의 생명체가 포근한 엄마 품에서 자신을 몰래 훔쳐 내어 차디찬 어둠 속으로 데려가려 한다는 사실을 깨닫기라도 한 듯이.

동시에 세라피나를 뒤쫓는 어떤 남자의 발소리가 복도를 울렸다. 세라피나는 힐끔 뒤를 돌아보았다. 어두운 그림자 너머 좁은 창문으로 새어 나온 희미한 달빛이 복도 바닥에 드리웠다. 빛과 그림자 사이로 남자의 실루엣이 어른거렸다. 밴더빌트 씨였다. 음침한 표정으로 세라피나를 향해 곧장 걸어오고 있었다. 밴더빌트 씨의 두 눈은 세라피나에게 고정되어 있었고 손에는 기다란 쇠꼬챙이가 들려 있었다.

세라피나는 헉하고 숨을 들이켰다. 꼼지락거리는 넬을 품에 꼭 당겨 안은 채 바람처럼 내달렸다. 아무 생각도 나지 않았다. 넬이 조막만 한 손을 뻗어 세라피나의 뺨을 움켜잡았다. 눈앞에 문이 있었다. 자세를 바꿔 넬을 왼팔에 끼고 세라피나는 오른쪽 어깨로 문을 들이받았다. 문이 벌컥 열리면서 세라피나는 하마터면 앞으로 나동그라질 뻔했다.

"놀란, 출발해! 출발하라고!" 출입구에서 대기 중이던 마차로 돌진하며 세라피나는 마부석에 앉아 있는 비쩍 마른 열 살짜리 소년을 향해 소리를 질렀다.

깜짝 놀란 놀란이 이랴 하는 구령과 함께 고삐를 내리쳤다. 말 네 마리가 기다렸다는 듯이 일제히 앞으로 달려 나갔다.

"이쪽이에요!" 마차 문이 열리며 미리 타고 있던 에시가 소리를 질렀다. 세라피나는 몸을 날렸다. 아기 넬을 꼭 껴안은 채 마차 바닥으로 나동그라졌다. 넬이 응애응애 울음을 터뜨렸다.

"달려, 놀란! 달려!" 흔들리는 마차 안에서 넬을 안고 재빨리 몸을 일으킨 세라피나가 소리쳤다.

놀란이 힘찬 구령과 함께 채찍질을 하며 마차를 달렸다. 편자를 박은 말발굽이 조약돌을 깔아 놓은 산책로 위를 박차고 달릴 때마다 쨍그랑쨍그랑 소리가 요란하게 밤하늘을 울렸다.

마차가 앞뜰을 지나 저택 정문으로 거침없이 돌진했다. 마차 뒤편에 난 조그만 창문으로 세라피나는 힐끗 뒤를 돌아보았다. 저택 2층에 불이 들어오는 장면을 마지막으로 세라피나는 고개를 돌렸다. 뒤이어 날카로운 비명이 밤하늘에 울려 퍼졌다. 아기가 없어진 것을 알아차린 엄마의 절규였다.

말들이 달리는 속도를 이기지 못하고 마차가 요동쳤다. 울음은 그쳤지만 세라피나를 올려다보는 아기 넬의 눈빛은 불안했다.

"괜찮아, 넬." 세라피나가 부드러운 목소리로 속삭이자 넬이 알아들었다는 듯이 옹알이로 답했다.

"우리 지금 뭐 하는 거예요, 아가씨?" 맞은편 좌석에 앉아 세라피나를 바라보는 에시의 눈동자에는 불안이 가득했다.

"아기를 안전한 곳으로 피신시키는 중이야." 세라피나가 대답했다.

저택 진입로를 빠져나오자 구불구불한 숲길이 나타났다. 이대로 3킬로미터쯤 달리면 기차역과 조그만 집과 상점이 옹기종기 모인 빌트모어 마을이 나왔다. 어떻게든 빌트모어

마을까지만 가면 안전할 것 같았다.

"나는 빌트모어 마을 지리는 잘 몰라, 에시. 그래서 네 도움이 필요해." 세라피나가 말했다.

"하지만 밴더빌트 부인도 없이 저희끼리만요? 밴더빌트 부인이 시키신 일인가요?" 에시가 물었다.

"솔직히 말하면 그렇진 않아. 하지만 아기를 지키기 위해선 어쩔 수 없었어."

"막대기 같은 걸 들고 아가씨를 쫓아오던 남자는 누구였어요? 얼핏 보기에 밴더빌트 씨 같던데요."

"맞아, 밴더빌트 씨야." 아무리 에시라도 이해하기 어려운 상황이라는 사실을 누구보다 잘 아는 세라피나가 담담하게 대답했다.

에시가 마른침을 삼키며 잠시 세라피나를 바라보더니 다시 입을 열었다. "아가씨, 우리가 옳은 일을 하고 있는 거 맞나요?"

"나도 사실 잘 모르겠어." 세라피나가 순순히 인정했다. "하지만 누구와도 상의할 시간이 없었어. 한시라도 빨리 저길 빠져나와야 했어."

"하지만 우리 모두 돌아가긴 돌아가는 거죠? 제 말은, 아주 영영 떠나는 건 아니죠?" 에시가 물었다.

빌트모어를 영원히 떠나는 것은 상상할 수 없었다. 하지만 일단 빌트모어 마을에 도착하고 나면 다시 길을 떠나야 할 것이다. 되도록이면 빌트모어와 멀리멀리 떨어진 곳으로. 애쉬빌까지, 필요하다면 그보다 더 멀리 떠나야 할지도 몰랐다.

에시와 이야기를 하는데 마차 뒤편에 난 창문으로 무언가가 보였다. 세라피나는 몸을 숙여 창문 밖을 내다보았다. 저 멀리 마차를 뒤쫓아 오는 그림자 여러 개가 어른거렸다.

열 명 혹은 스무 명 남짓한 남자들이 맹렬한 기세로 마차를 쫓아오고 있었다.

세라피나는 옆 창문을 열고 놀란에게 소리쳤다. "말을 탄 사람들이 우릴 쫓아오고 있어! 잡히면 안 돼!"

"알겠습니다, 아가씨!"

곧바로 놀란이 고삐를 내리치며 이랴! 하고 소리를 질렀다. 말들이 속도를 높였다. 마차가 덜커덩거리며 엄청난 속도로 숲길을 질주하기 시작했다.

하지만 추격자들을 따돌리기에는 역부족이었다.

마차가 콸콸 흐르는 개울 위로 난 돌다리를 건너 급커브를 그리며 굽이진 산길로 들어섰다. 하지만 추격자들도 사정없이 말들을 채찍질하며 점차 거리를 좁혀 왔다.

"더 빨리, 놀란!" 세라피나가 한 번 더 소리를 질렀다.

"최선을 다하고 있어요, 아가씨!" 놀란이 다시 고삐를 내리치자 검은 말 네 마리가 일제히 고개를 앞으로 내밀며 전속력으로 질주하기 시작했다. 엄청난 속도에 마차가 앞으로 휙 쏠렸다. 앞뒤로 거칠게 흔들리는 마차 안에서 세라피나는 행여나 아기 넬을 놓칠세라 더욱 꽉 껴안았다. 처음 겪는 상황에 놀랐는지 넬이 눈을 동그랗게 뜨고 세라피나를 올려다보았다.

"하느님 맙소사, 제발 살려 주세요!" 에시가 비명을 질렀다.

"더 빨리, 놀란!" 그 긴박한 목소리에 결국 넬이 엄마를 찾아 울음을 터뜨렸다.

"저기 또 다른 마차가 있어요!" 놀란이 외쳤다.

잘못 들었나? 어떻게 다른 마차가 우리를 따라잡았지? 다음 순간 세라피나는 놀란이 말한 마차가 뒤가 아닌 앞에 있다는 사실을 깨달았다.

세라피나가 마차 밖으로 몸을 내밀어 앞쪽을 바라보았다. 검은색 마차가 반대편에서 빠른 속도로 달려오고 있었다. 놀란이 고삐를 당겨 옆으로 난 좁은 샛길로 급회전을 했다. 그 바람에 마차 전체가 금방이라도 옆으로 쓰러질 듯이 기울었다. 에시가 비명을 지르며 옆으로 손을 뻗었다.

"모두들 꽉 잡으세요!" 놀란이 소리쳤다.

세라피나는 무릎을 몸 쪽으로 당긴 다음 양팔로 넬을 단단히 감싸 안았다.

마차 바퀴가 길가로 끼익 미끄러지며 자갈을 물었다. 사방으로 흙먼지가 날리고 돌이 튀었다. 바퀴가 도랑에 빠지면서 굉음과 함께 마차가 그대로 전복되었다. 말들이 히히힝 울부짖으며 몸을 얽어맨 마구(말을 탈 때 쓰는 기구)에서 빠져나오려고 몸부림을 쳤다. 그 바람에 마차 옆구리가 바닥에 긁히면서

부서지기 시작했다.

그사이 마차 안에서 세라피나의 몸은 사방을 날아다녔다. 벽에 부딪쳤다가 천장에 부딪쳤다가 정신이 혼미한 와중에도 세라피나는 넬이 다치지 않도록 몸을 더욱 동그랗게 말았다.

마침내 마차가 움직임을 멈추었다. 세라피나는 재빨리 넬을 보듬어 안으며 속삭였다. "걱정 마. 우린 여길 안전하게 탈출할 거야. 지켜보기만 해."

하지만 현실은 녹록치 않았다. 마차 지붕은 완전히 내려앉았고 벽은 아코디언처럼 찌그러져 있었다.

밖에서 누군가 헉하고 놀란 숨을 들이켜는 소리가 들렸다. 이윽고 다급한 손길로 부서진 마차 파편을 치우는 소리가 이어졌다.

"서둘러! 밖으로 꺼내야 해!" 누군가가 외치자 다른 인물이 구조 작업에 합류했다.

하지만 누구지? 놀란이나 에시일 리는 없었다. 둘 다 세라피나와 넬과 마찬가지로 마차 더미 속에 파묻혀 있을 게 분명했다.

"다쳤어?" 누군가가 떨리는 목소리로 물었다. 걱정이 가득 담긴 목소리였다. "내 손을 잡아."

누군가 손을 내밀었다. 그 손을 맞잡는 순간 세라피나의 심장이 쿵 내려앉았다. 너무나도 익숙한 촉감이었다.

눈으로 보고도 믿기지가 않았다. 눈앞에 브레이든이 서 있었다.

"다쳤어? 코넬리아는 괜찮아?" 세라피나가 일어설 수 있도록 부축해 준 브레이든이 곧바로 걱정스러운 눈빛으로 사촌 코넬리아의 조그만 머리와 몸을 조심스레 쓰다듬었다.

"괜찮은 것 같아." 세라피나가 넬을 감싸 안으며 대답했다.

산산이 부서진 마차 더미로 시선을 옮겼다. 기다란 회색 코트를 입고 높은 모자를 쓴 마부가 얽히고설킨 고삐 뭉치와 산산조각 난 판자 더미 사이에서 놀란을 끄집어 올려 주었다. 그때 세라피나 바로 옆에 있던 또 다른 마차 더미가 꿈틀거리기 시작했다.

"다들 죽었나요?" 마차 더미를 헤치고 엉금엉금 기어 나온 사람은 에시였다.

"에시, 안 다쳤어?" 세라피나가 서둘러 에시에게로 달려가며 물었다.

"머리를 좀 세게 부딪쳤어요." 에시가 관자놀이를 문지르며 눈을 가늘게 떴다. "하지만 말짱해요."

브레이든이 세 사람을 차례로 둘러본 다음 세라피나를 바라보며 물었다. "다들 한밤중에 여기서 뭐 하는 거야? 넬까지 데리고서?"

"게다가 왜 그렇게 빠른 속도로 급회전을 하신 겁니까?" 브레이든이 타고 온 마차의 마부가 추궁하듯 물었다.

입을 열어 대답하려는 순간 추격자들이 들이닥쳤다.

"꼼짝 마!" 말에 올라탄 열두 장정이 굳은 표정으로 사방을 포위하며 세라피나에게 총을 겨눴다.

세라피나는 그대로 제자리에 얼어붙었다. 품에는 넬을 안고 있었고 주변에는 브레이든과 친구들이 있었다. 싸울 수도 없었고 도망칠 수도 없었다. 그야말로 독 안에 든 쥐였다.

추격자들이 말에서 내려 세라피나를 에워쌌다. 총구가 정확히 세라피나의 머리통을 겨냥했다.

"지금 뭐 하는 겁니까?" 난데없는 추격꾼들의 행동에 충격을 받은 브레이든이 고함을 질렀다.

"움직이지 마!" 도드먼 씨가 브레이든의 말은 무시한 채 세라피나에게 명령했다.

빌트모어의 보안 책임자인 도드먼 씨는 목이 굵고 체격이 좋은 남자였다. 굳은살이 박인 큼지막한 손에 들린 총이 정확히 세라피나의 얼굴을 겨냥했다. 실수로라도 세라피나의 품에 안긴 아기를 쏘는 일을 방지하려는 심산이었다.

손가락 하나만 까딱해도 목이 날아갈 수 있다는 걸 알기에 세라피나는 미동도 하지 않았다. 지금까지 살면서 단 하나의 총구도 자신을 겨냥하도록 허락한 적이 없었다. 그런데 지금 열두 개의 총구가 일제히 세라피나를 겨누고 있었다. 이 중에 한 사람이라도 방아쇠를 당긴다면, 혹은 실수로 재채기라도 한다면 세라피나는 끝이었다.

"그만해요!" 브레이든이 소리를 질렀다.

"물러나십시오, 브레이든 도련님." 도드먼 씨가 브레이든에게 명령했다.

"지금 도대체 뭐 하시는 거예요?" 브레이든의 분노가 폭발했다.

세라피나를 포위한 열두 명의 장정들 뒤로 말을 타고 다가오는 두 사람이 보였다.

급하게 말을 달려 온 밴더빌트 부부가 급정거를 했다. 두 사람을 다시 마주하자 세라피나는 위장이 배배 꼬이는 것 같았다.

밴더빌트 씨와 밴더빌트 부인이 재빨리 말에서 내려 고삐를 부하들에게 건넨 다음 부랴부랴 세라피나와 아기 쪽으로 다가왔다.

"세라피나, 지금 이게 뭐 하는 짓이니?" 밴더빌트 부인이 경악을 금치 못하겠다는 목소리로 세라피나를 다그쳤다.

"저는 그저 도움이 되고 싶어서……." 세라피나가 참지 못하고 울음을 터뜨렸다.

"그런데 코넬리아는 도대체 왜 데려간 거야?" 밴더빌트 부인이 소리를 질렀다.

이 모든 장면을 바라보는 브레이든의 표정은 혼란 그 자체였다.

"맹세코 아기를 해칠 생각은 없었어요. 넬을 지키려 했을 뿐이에요!"

밴더빌트 씨가 승마용 장갑을 벗으며 세라피나에게로 다가왔다. 새카만 눈동자가 분노로 일렁였다. 밴더빌트 씨의 수하들에게 포위당한 지금, 세라피나는 완전히 무방비한 상태였다.

"아기를 데려오게." 밴더빌트 씨가 차가운 목소리로 명령했다.

밴더빌트 씨의 명령이 떨어지기가 무섭게 도드먼 씨가 총을 거두고 쿵쿵거리며 다가와 세라피나의 품에서 빼앗다시피 아기 넬을 떼어 내 밴더빌트 부인에게 넘겼다. 넬이 자지러지게 울었다.

도드먼 씨가 그 두툼한 손으로 세라피나를 거칠게 땅바닥에 밀치며 고함을 질렀다. "엎드려! 당장!" 얼굴에 침이 튀었다. 세라피나는 아무런 저항도 하지 않았다.

"그만하세요!" 브레이든이 도드먼 씨를 저지하려고 소리를 지르며 달려왔다.

세라피나는 울거나 반격하지 않았다. 여기서 이 상태로 싸워 봤자 승산이 없었다.

세라피나는 순순히 땅바닥에 엎드렸다. 브레이든과 밴더빌트 부부와 밴더빌트 씨의 수하들을 올려다보았다. 직접 눈으로 목격한 모든 것을 여기서 이야기해 봤자 아무도 믿어 주지 않을 것이었다. 밴더빌트 씨가 살인자라고 증언해 봤자 아무도 믿어 주지 않을 것이 뻔했다.

마차 사고의 여파에다가 돌투성이 바닥에 부딪치면서 받은 충격까지 겹쳐 여기저기 안 아픈 곳이 없었다. 온몸이 상처투성이였다. 하지만 몸보다 마음이 더 욱신거렸다. 불쌍한 밴더빌트 부인에게 내가 무슨 짓을 저지른 걸까? 다른 사람들이 나를 어떻게 생각할까?

"에디스 숙모, 도대체 세라피나한테 왜 이러세요?" 브레이든이 나섰다.

"저 아이가 코넬리아를 납치했단 말이다!" 밴더빌트 부인이 브레이든에게 울부짖다시피 말했다.

"세라피나가 그런 짓을 할 때는 그럴 만한 이유가 있었겠지요. 가령 코넬리아의 목숨이 위험했다던지요. 모르시겠어요?" 브레이든이 딱 잘라 말했다.

세라피나가 시선을 들어 브레이든을 보았다. 가슴이 뭉클했다.

브레이든은 세라피나를 *믿고* 있었다.

세라피나는 한밤중에 몰래 넬을 데리고 빌트모어를 도망쳐 나왔다. 게다가 지금 모두가 총구를 겨누고 고함을 지르며 세라피나를 극악무도한 범죄자 취급하고 있었다. 눈앞의 모든 증거가 세라피나에게 불리했다. 그런데도 브레이든은 세라피나를 *믿었다.* 한 가닥의 의심이나 의문도 없이.

"삼촌, 세라피나가 빌트모어와 우리 가문의 수호자라는 사실은 삼촌도 잘 아시잖아요. 그런데 어떻게 세라피나를 의심하실 수가 있어요? 대체 왜요?"

"브레이든 너는 저택에서 지금 어떤 일이 벌어지고 있는지 몰라서 그러는 게다." 밴더빌트 씨가 대꾸했다.

"세라피나를 좀 보세요." 브레이든이 바닥에 엎드려 있는 세라피나를 가리키며 말했다. "세라피나가 지금 도망칠 능력이 없어서 저러고 있는 것 같으세요? 세라피나가 지금 여기 있는 모든 사람을 물리칠 수 있는 능력이 없어서 저러고 있는 것 같으세요? 마음만 먹으면 할 수 있다고요. 그런데 그러지 않는 이유가 뭐라고 생각하세요? 세라피나는 넬을 지키려는 거라고요!"

"하지만 도대체 코넬리아를 어디로 데려가려 했던 거니?" 밴더빌트 부인이 또다시 울부짖었다.

'부인의 남편 손이, 살인자의 손이 닿지 않는 곳으로요!' 세라피나도 똑같이 울부짖고 싶었다. 하지만 그럴 수는 없었다.

"세라피나가 생각하기에 코넬리아가 위험에 처했다면 그

런 코넬리아를 데리고 도망치는 건 세라피나 스스로를 위험에 빠뜨리는 일이기도 해요." 브레이든이 흔들림 없는 목소리로 말했다. "도대체 세라피나가 몇 번이나 우리 목숨을 구해 줘야 세라피나를 믿으시겠어요?"

"하지만 저 아이가 한밤중에 코넬리아를 몰래 데리고 나가 버렸잖니! 나한테는 말을 했어야지!" 감정이 주체가 안 되는지 밴더빌트 부인이 떨리는 목소리로 소리를 질렀다.

"시간이 없었겠지요. 그렇다고 해서 이렇게 바닥에 쓰러뜨리고 머리에 총을 겨눈다고요?" 브레이든의 목소리도 덩달아 격해졌다.

브레이든의 무례한 말투가 거슬렸는지 도드먼 씨가 위협적인 몸짓으로 브레이든에게 다가섰다. 특유의 걸걸한 목소리로 도드먼 씨가 물었다. "그나저나 도련님은 여긴 어떻게 오신 게요?"

브레이든이 몸을 돌려 도드먼 씨를 똑바로 마주 보며 말했다. "내가 여길 어떻게 왔냐고요?" 브레이든의 목소리에는 날이 서 있었다.

"한밤중에는 기차가 다니지 않는데 말이외다." 도드먼 씨가 지지 않고 맞섰다.

"제가 속한 가문이 그 철도와 기차를 소유하고 있다면 이야기가 다르겠지요, 도드먼 씨." 브레이든이 차갑게 쏘아붙이면서 세라피나를 일으켜 세웠다. "이제 다들 그 총 내려놓으시지요. 쓸데없는 짓 그만하시고."

그 순간 세라피나는 브레이든이 지금 여기 있는 게 우연이 아님을 깨달았다. 브레이든은 아무 이유 없이 빌트모어로 돌아온 게 아니었다. 서둘러 뉴욕에서 돌아온 데에는 이유가 있었다. 세라피나를 향한 브레이든의 무한한 신뢰가 다른 사람들의 마음을 누그러뜨리고 있었다.

"도대체 무슨 일이니, 세라피나? 무슨 일이길래 이런 일을 벌인 거야? 왜 나한테 먼저 상의하지 않았어?" 밴더빌트 부인이 물었다.

세라피나가 밴더빌트 씨 쪽을 쳐다보지 않으려고 노력하면서 밴더빌트 부인을 가만히 바라보았다.

"뭘 본 건지 말해." 도드먼 씨가 또다시 세라피나를 밀치며 추궁했다.

그 순간 기다란 흑표범의 송곳니로 도드먼 씨를 물어뜯고 싶은 충동이 일었다. 하지만 일단 이 상황을 모면하는 게 우선이었다. 브레이든과 단둘이 이야기할 기회를 만들어야 했다.

여전히 자신을 에워싼 도드먼 씨와 그 수하들을 둘러보면서 머릿속에 좋은 생각이 떠올랐다. 완전한 진실은 아니었지만 이 상황을 벗어나기에는 충분한 진실이.

"아주아주 징그럽고 괴상하게 생긴 생명체 두 마리를 목격했어요." 세라피나는 아직도 두려움이 가시지 않는다는 듯 일부러 목소리를 살짝 떨었다. "도마뱀처럼 생겼는데 이빨이 날카롭고 발톱이 길었어요. 한 마리는 숲속에서 곰을 죽였고 다른 한 마리는 제 고양이를 죽였어요. 그런데 그 괴물들이 아기방으로 들어가려는 모습을 제가 목격했어요."

세라피나의 이야기에 그 자리에 있던 모든 사람들이 충격에 빠졌다. 몇몇 장정들이 등 뒤로 어둠에 잠긴 숲속을 힐끔거렸다.

세라피나가 목소리를 낮추어 들릴락 말락 한 목소리로 덧붙였다. "밴더빌트 씨도 그 괴물들을 보셨어요."

"너 지금 뭐라고 했냐?" 도드먼 씨가 세라피나의 어깨를 잡아 흔들며 다그쳤다.

"밴더빌트 씨도 그 괴물들을 보셨다고 했습니다."

모든 사람이 일제히 밴더빌트 씨를 쳐다보았다.

빌트모어의 주인은 몇 초 동안 세라피나를 가만히 바라보았다. 괴생명체가 자신의 저택을 배회하고 있다는 이야기를 알리고 싶지 않았던 게 분명한 눈치였다. 하지만 이제 선택권이 없었다. 밴더빌트 씨가 주변을 한 바퀴 빙 둘러본 다음 마침내 입을 열었다. "사실이오. 그 괴물 같은 것을 나도 보았소."

"그중에 하나가 케터링 씨를 공격해 살해했습니다." 세라피나가 자신을 의심하던 사람들의 두려움을 자극하려고 한마디 덧붙였다. 아니나 다를까 그 말에 사람들이 주변 숲을 두리번거리기 시작했다.

"코베르 씨도 살해당했지." 밴더빌트 씨가 말했다.

밴더빌트 씨의 뻔뻔스러움에 충격을 받은 세라피나가 저도 모르게 숨을 들이켰다. 코베르 씨를 살해한 건 괴물들이 아니라 밴더빌트 씨였다!

어떻게 반응해야 할지 알 수 없었다. 하지만 원래 계획대로 밴더빌트 부인을 바라보며 하려던 말을 했다. "아기방으로 침입하려는 괴물들을 보고 거기서 최대한 빨리 넬을 데리고 나와야 했어요. 그런 식으로 코넬리아를 데려간 건 너무너무 죄송해요. 하지만 그럴 수밖에 없었어요!"

밴더빌트 부인은 할 말을 잃고 세라피나를 멍하니 쳐다보았다.

세라피나는 그 눈빛에서 자신을 향한 분노와 의심이 마침내 사그라드는 걸 보았다.

기회는 이때다 싶어 브레이든이 끼어들었다. "어딘가에 사악한 괴물이 돌아다니고 있을지도 모르니 다들 어서 안전한 곳으로 대피하는 게 좋겠어요." 브레이든의 말이 떨어지기 무섭게 다들 동의하듯 고개를 끄덕였다.

"다들 말에 오르시오. 집으로 갑시다. 돌아가면 내 아내와 딸아이가 있는 방 주변에 보초를 네 명 세우시오." 밴더빌트 씨가 명령했다.

"네, 알겠습니다." 몇몇 장정들이 동시에 대답했다.

"도드먼 씨, 빌트모어로 돌아가면 오늘 밤 아내와 딸아이는 아기방 대신에 내 방에서 머물 겁니다. 내 방 주변과 2층 전체에 추가 경비 인력을 배치해 주세요." 밴더빌트 씨가 보안 책임자를 따로 불러 말했다.

"네, 알겠습니다. 제가 책임지고 그렇게 하겠습니다." 도드먼 씨가 대답했다.

그 말을 듣는 순간 세라피나의 마음속에서는 걷잡을 수 없는 의심이 피어올랐다. 숲속을 벗어나는 건 좋지만 괴물은 저택 안에도 있었다. 어디에도 안전한 곳은 없었다. 밴더빌트 씨도 그 사실을 알고 있었다. 하지만 다들 머릿속에 빌트모어만큼은 안전하다는 생각이 뿌리박혀 다른 생각은 하지 못하는 듯했다.

어쩌면 그게 다가 아닐지도 몰랐다. 어쩌면 밴더빌트 씨는 한층 더 사악한 음모를 꾸미고 있을지도 몰랐다. 지금 빌트모어로 돌아가는 것은 제 발로 호랑이 굴에 들어가는 것일지도 몰랐다. 사람들에게 빌트모어 자체가 위험하다는 사실을 어떻게 알리지? 빌트모어의 주인이 가장 두려워해야 할 장본인이라는 사실을 어떻게 알리지?

지금 이 순간 확실한 건 세라피나에게는 여전히 해야 할 일이 있다는 사실뿐이었다. 코넬리아를 지켜야 했고 빌트모어에 있는 나머지 죄 없는 사람들을 지켜야 했다.

세라피나는 밴더빌트 부인이 에시에게 코넬리아를 잠시 건넸다가 말에 올라탄 다음 다시 받아 품에 안는 모습을 지켜보았다. 밴더빌트 부인에게 코넬리아 없는 빌트모어는 더 이상 빌트모어가 아니었다. 에시까지 누군가의 말에 오르고 나자 다들 말 머리를 돌려 빌트모어로 출발했다.

"브레이든." 밴더빌트 씨가 엄한 눈빛으로 조카를 바라보았다. "뉴욕에 있어야 할 네가 여기서 뭘 하고 있는 건지 모르겠다만 일단 네 이야기는 가서 듣는 걸로 하자."

"네, 삼촌. 저도 바로 따라갈게요. 가서 다 말씀드릴게요." 브레이든이 재빨리 대답했다. "하지만 그 전에 마차 사고로 다친 말들을 좀 살펴봐야 할 것 같아요." 부서진 마차 더미에서 말들을 구출 중인 놀란과 마부를 가리키며 브레이든이 말했다.

"그럼 상황이 정리되는 대로 돌아오너라." 밴더빌트 씨가 안장에 오르며 말했다.

"알겠습니다, 삼촌." 브레이든이 고개를 끄덕였다.

"그리고 세라피나 너도 돌아오면 나 좀 보자." 밴더빌트 씨가 몸을 돌려 세라피나를 똑바로 쳐다보며 명령조로 말했다.

밴더빌트 씨의 시선을 마주하는 순간 심장이 쿵쾅거렸다. 하지만 눈을 피하지는 않았다. 대답도 하지 않았다.

마침내 밴더빌트 씨가 말 머리를 돌려 먼저 출발한 사람들 뒤를 쫓아갔다.

저 남자와 단둘이 대면할 시간이 머지않았음을 세라피나는 직감했다. 그때는 누구도 물러설 곳이 없을 것이다.

삼촌이 떠나자마자 브레이든이 한시름 놓았다는 표정으로 세라피나를 쳐다보더니 허둥지둥 말들을 구하러 달려갔다.

놀란과 브레이든이 타고 온 마차의 마부가 칼을 꺼내 말들의 몸을 옭아맨 마구를 끊어 내는 동안 브레이든은 말들의 머리를 가만히 붙잡고 달래 주었다. "괜찮아. 이렇게 다 함께 있잖아."

몇 년 전 뉴욕에서 발생한 비극적인 화재로 브레이든은 집과 가족을 모두 잃었다. 그때 검정말 네 마리가 장례식에서 브레이든의 부모님과 형, 누나, 동생들의 시신이 든 관을 운구했다. 빌트모어로 이사 올 때 브레이든은 아무런 짐도 없이 달랑 검정개 한 마리와 검정말 네 마리만을 데리고 왔다. 검정개는 화재 당시 브레이든을 불길에서 구해 준 기디언이었고, 검정말은 화재 이후 가눌 길 없는 슬픔을 옆에서 위로해 준 바로 이 네 마리 말이었다.

마침내 자유의 몸이 된 말들이 놀란과 마부 손에 이끌려 도랑에서 숲길로 올라왔다.

"제가 빌트모어까지 데리고 갈게요, 도련님." 놀란이 안장도 없이 말 한 마리에 올라타며 말했다.

"우리도 곧바로 따라갈게. 조심해." 브레이든이 말했다.

말들을 이끌고 멀어지는 놀란의 뒷모습을 바라보며 세라피나가 말했다. "정말 미안해. 나 때문에 재네가 하마터면 큰일 날 뻔했네."

"그러게나 말이야. 자, 우리도 얼른 집에 가자." 브레이든이 자신이 타고 온 마차를 가리키며 말했다.

"이 부서진 마차 더미를 뚫고 갈 수 있겠어요, 존?" 마부석에 올라타던 마부에게 브레이든이 물었다.

"갈 수 있을 것 같습니다." 존이 짧게 고개를 끄덕였다.

브레이든이 마차 문을 열고 세라피나가 먼저 올라타도록 손을 잡아 주었다. 브레이든은 누구에게나 신사다웠다. 잘 차려입은 숙녀일 때보다 어둠 속을 배회하는 야생 고양이일 때가 더 많은 소녀에게조차 항상 이렇게 신사도를 발휘하곤 했다.

뒤이어 마차에 올라탄 브레이든이 맞은편 좌석에 앉더니 기나긴 한숨을 내쉬었다. 그제야 세라피나는 삼촌과 그 수하들에게 맞서 세라피나를 변호하고 나섰던 게 브레이든에게도 결코 쉽지 않은 일이었음을 깨달았다. 겉으로는 용감하고 한 치의 흔들림도 없어 보였지만 심장은 세라피나만큼이나 쿵쾅대고 있었으리라는 사실을 그제야 깨달았다.

"아까 날 믿어 줘서 고마워." 세라피나의 목소리가 떨렸다.

"네가 나라도 똑같이 했을 거잖아." 브레이든이 고개를 끄덕이며 말했다. 이번에도 브레이든에게선 한 점 의심도 찾아볼 수 없었다.

함께 마차를 타고 숲길을 달리고 있노라니 일 년 전 처음으로 함께 마차를 탔던 기억이 떠올랐다. 그때도 지금처럼 이렇게 어두운 숲길을 달렸다.

"널 다시 보니까 정말 좋아." 세라피나가 입을 열었다. 그리고 최대한 상냥한 목소리로 줄곧 마음에 담아 두고 있던 질문을 꺼냈다. "그날 밤 호숫가에서 말이야……. 그 뒤에는 어떻게 된 거야?"

브레이든이 바닥으로 시선을 떨구더니 천천히 고개를 흔들었다. "미안해, 세라피나." 브레이든의 목소리에는 정말로 미안함이 가득했다. "다음 날 새벽에 뉴욕으로 떠났어. 차마 얼굴 보고 작별 인사를 할 수가 없었어. 모닥불 옆에서 그렇게 말해 놓고선 차마 떠나야 한다는 말을 할 수가 없었어. 떠나야만 하는 상황이 너무 싫었어."

죄책감 섞인 브레이든의 목소리를 들으면서 세라피나는 마음이 누그러졌다. 세라피나는 다 이해한다는 듯이 고개를 끄덕였다. "돌아갔을 거라 짐작은 했는데 그래도 혹시나 하는 마음에 말이야." 세라피나는 혼자 불안과 공포에 떨며 노심초사했던 게 부끄러웠다. 하지만 브레이든은 진지하게 대답했다.

"내가 잘못했어. 널 찾아가서 인사를 하고 왔어야 했어. 내가 그래. 어쩔 때는 완전 비겁하다니까."

세라피나가 고개를 갸웃거리며 말했다. "네가 *완전* 비겁하진 않아. 너는 그냥 아주 평범하게 비겁한 정도지. 그냥 승마 좀 하고 기차에서 뛰어내리기도 하고 동물들도 치유하는 흔하디흔한 산골 소년 아니겠어. 그게 뭐 나쁜가. 그런 사람 한두 명쯤은 이 동네에 필요하다고."

브레이든이 살짝 웃었다. "고마워. 하지만 나 비겁한 거 맞아. 적어도 어쩔 때는 말이야."

"어쩔 때는 말이지. 하지만 진짜 중요할 때는 아니지. 아까만 봐도 그렇고. 날 믿어 준 사람은 너뿐이야." 세라피나가 말했다.

"그나저나 어떻게 된 일인지 말해 봐. 내가 가고 나서 무슨 일이 있었던 거야?"

"그보다 먼저 흰 사슴 얘기 좀 해 봐."

전혀 예상치 못한 세라피나의 질문에 브레이든이 미간을 찌푸렸다. "지난번 새끼 사슴 말이야?"

"응. 어떻게 됐어?"

"한숨 자고 일어나서 보니까 살아날 수 있을 것 같아 보이더라고. 그래서 숲속에 다시 놓아줬어. 잘 살고 있으면 좋겠는데. 혹시 그 뒤로 본 적 있어?"

세라피나는 어디서부터 이야기를 시작해야 할지 막막했다. 브레이든은 자신이 한 일이 어떤 결과를 불러왔는지 꿈에도 모르고 있었다.

"흰 사슴을 풀어 준 다음에 어떻게 했어?"

"아무도 내가 다녀간 사실을 알지 못하도록 모닥불 피웠던 자리를 깨끗하게 치웠어. 그러고 나서 마을로 돌아가서 바로 뉴욕행 기차를 탔어."

세라피나가 고개를 끄덕였다. 앞뒤가 모두 맞아떨어졌다. 사실이길 바랐던 가설 중에 하나였다. "그나저나 지금은 여기 어쩐 일이야? 학기 중이잖아. 왜 벌써 돌아온 거야?" 세라피나가 물었다.

브레이든이 아무 말 없이 세라피나를 쳐다보았다. 도통 의미를 알 수 없는 눈빛과 표정이었다. 내 질문이 너무 뜻밖이었나? 당황했나? 두려운가? 브레이든의 얼굴은 전에는 본 적 없는 감정을 담고 있었다.

"집에는 왜 온 거야?" 세라피나가 다시 물었다.

브레이든의 시선이 달리는 마차의 창밖을 향했다가 다시 바닥으로 떨어졌다. 브레이든이 입을 열었다. "여행을 너무 오래 했더니 그게 어젯밤인지 그저께 밤인지도 헷갈리네. 나는 기숙사 방에서 자고 있었어. 꿈을 꾼 것도 아니고 헛것을 본 것도 아니야. 그냥 어떤 느낌이 들었어. 누군가 나를 부르고 있다는 느낌." 마침내 브레이든이 고개를 들어 세라피나를 마주 보았다. "마치 *네가* 어디선가 나를 부르고 있다는 느낌이 들었어, 세라피나. 나는 일어나서 네 목소리에 귀를 기울였어. 네 목소리는 다시 들려오지 않았지만 난 여전히 너의 존재를 *느낄 수* 있었어. 무서웠어. 이게 무슨 일인가 싶었거든. 하지만 심장이 쿵쾅거렸어. 네가 지금 곤경에 빠졌고 내 도움이 필요하다는 사실을 직감적으로 알아차렸어."

세라피나는 놀라움을 감출 수가 없었다. 브레이든의 이야기를 듣는 내내 천사 조각상이 서 있는 단상에 어깨를 대고 누워 밤하늘을 바라보며 울부짖었던 장면이 겹쳐졌다.

"나는 지금 곤경에 빠졌고 네 도움이 필요해." 세라피나가 정신을 차리고 말했다.

"내 딴에는 최대한 빨리 집으로 돌아온 거야." 브레이든이 다정하게 말했다.

"기차까지 강제로 동원해서 말이지." 세라피나가 미소를 지으며 덧붙였다.

"뭐, 이럴 때 밴더빌트 가문 덕 좀 보는 거지." 브레이든의 얼굴이 붉어졌다가 금세 심각해졌다. "그런데 이게 다 어떻게 된 일이야? 삼촌이 화가 단단히 나셨던데. 숙모가 그렇게 새하얗게 질리신 것도 처음 봤어."

"그러실 만도 하지." 세라피나가 깜깜한 창문 밖을 내다보며 중얼거렸다. "네가 떠난 뒤로 사람들이 죽어 나가기 시작했어. 살인자가 누군지, 어떻게 하면 그 사람을 막을 수 있는지 밝혀내려고 혼자 이리 뛰고 저리 뛰었어."

브레이든의 눈이 휘둥그레졌다. “그 사람이라니? 아까 괴생명체를 봤다고 하지 않았어?”

“물론 괴생명체도 있었지. 하지만 살인자도 있었어. 내가 봤어.”

“얼굴을 자세히 봤어? 누구야? 가서 삼촌한테 말씀드리자.” 브레이든이 세라피나 쪽으로 몸을 숙이며 말했다.

“지금부터 내가 하는 이야기가 너한테는 조금 받아들이기 버거울 수도 있어, 브레이든.”

“그게 무슨 말이야? 말투가 왜 그래? 뭔데 그래?” 브레이든의 목소리에서 두려움이 묻어났다.

“너희 삼촌이야.” 브레이든의 눈을 조심스레 바라보며 세라피나는 머릿속으로 이 사실을 어떻게 납득시킬까 생각했다. 브레이든이 눈썹을 꿈틀했다.

“무슨 소리를 하는 건지 잘 모르겠는데. 갑자기 우리 삼촌이라니?”

“너희 삼촌이 코베르 씨를 죽였어.”

“말도 안 돼. 그럴 리가 없잖아.” 브레이든이 고개를 흔들었다. “그건 아니야.”

“내 눈으로 똑똑히 봤어.”

“우리 삼촌은 살인을 저지를 분이 아니야. 만에 하나 그게 사실이라도 정당방위였겠지. 상대방이 먼저 공격을 하니까 방어를 하려다가 어쩔 수 없이 그렇게 됐을 거야.”

“정당방위가 아니었어. 코베르 씨가 제발 멈추어 달라고 빌었는데도 쇠꼬챙이로 코베르 씨의 머리를 내리쳐서 죽음에 이르게 만들었어." 세라피나가 단호하게 말했다.

브레이든은 말이 없어졌다. 얼굴에 먹구름이 드리웠다. 한참 만에 브레이든이 입을 열었다. "하지만 만약 그게 사실이라고 해도 흰 사슴과 괴생명체는 이 모든 사건과 무슨 상관이야?"

"나도 모르겠어. 우리가 알아내야 할 게 바로 그거야."

세라피나와 브레이든이 심각하게 대화를 나누는 사이 마차는 덜거덕덜거덕 소리를 내며 산길을 천천히 달렸다. 수많은 사건 사고가 일어났고 아직도 영문 모를 일투성이였지만 오랜 친구가 옆에 있으니 마음이 든든했다.

얼마나 왔는지는 몰라도 창밖으로 보이는 풍경이 이제 숲에서 빌트모어의 농장으로 바뀌어 있었다. 겨울을 앞둔 농장은 황량했다.

창밖을 내다보던 브레이든이 갑자기 눈을 가늘게 떴다.

"저게 뭐지?"

세라피나가 브레이든의 시선을 쫓았다.

"마차를 멈추세요!" 세라피나가 다급하게 외쳤다.

밤하늘에 낮게 걸린 달이 텅 빈 들판에 은은한 달빛을 드리웠다. 그 위로 잿빛 안개가 두둥실 떠다녔다. 저 멀리서 금발에 엣된 얼굴을 한 남자가 들판을 가로질러 걸어오고 있었다. 금발은 달빛을 받아 거의 백발처럼 보였다. 한쪽 어깨에는 엽총을 메고 있었고 반대쪽 어깨에는 커다란 무언가를 짊어지고 있었다. 남자의 얼굴과 팔은 온통 피투성이였다. 절뚝거리는 걸음새가 한참을 걸어온 듯했다.

처음에 세라피나는 사냥한 사슴 사체를 어깨에 짊어지고 걸어오는 사냥꾼인 줄 알았다. 그런데 거리가 가까워지자 남자가 어깨에 짊어진 것이 사슴이 아니라 사람임을 깨달았다.

"저기 걸어오는 게 사람이야? 누구지?" 브레이든이 물었다.

"킨슬리 대위야!" 세라피나가 마차에서 내리며 소리쳤다. "가자! 대위님을 도와야 해!"

세라피나는 들판을 가로질러 달려갔다. 가을 추수가 끝나고 봄 농사를 위해 갈아엎어 놓은 밭이 폭신폭신했다.

가까이서 보니 킨슬리 대위의 행색이 말이 아니었다. 외투는 여기저기 찢어져 있었고 장갑 한쪽은 어디로 갔는지 사라져 버리고 나머지 한쪽마저 피투성이였다. 걷는 건 고사하고 서 있을 힘조차 없어 보였다.

킨슬리 대위가 고개를 들어 뛰어오는 세라피나를 발견했다. 얼굴 위로 퍼지는 안도의 빛과 함께 킨슬리 대위가 그 자리에 털썩 주저앉으며 어깨에 메고 있던 사람을 조심스레 땅바닥에 눕혔다.

"대위님!" 세라피나가 킨슬리 대위의 어깨를 붙잡아 세웠다.

"내가 찾았어요……." 너무나 지쳐 스러져 가는 정신을 겨우 붙잡으며 킨슬리 대위가 중얼거렸다.

바닥에는 소녀가 누워 있었다. 목은 진흙투성이였고 머리카락에는 나뭇가지가 엉겨 붙어 있었고 추위에 손가락이 곱아 언뜻 보면 시체 같았다. 하지만 소녀는 가슴 위로 팔짱을 낀 채 오들오들 몸을 떨고 있었다. 마침내 소녀가 고개를 들었다. 영롱한 사파이어색 눈동자가 제일 먼저 눈에 들어왔다.

"제스!" 세라피나가 제스를 와락 껴안았다.

"세라피나……." 제스의 목소리에는 힘이 하나도 없었다.

그제야 세라피나는 제스와 킨슬리 대위가 어떤 고초를 겪었는지 서서히 감이 왔다.

브레이든이 두 사람에게 가죽 주머니에 담긴 물과 뉴욕을 떠날 때 가방에 챙겨 온 비스킷을 먹였다.

"무슨 일이 있었던 거야, 제스?" 세라피나가 물었다.

"사냥개들이 퓨마 두 마리를 나무 위로 몰아넣었어……. 우리 아빠가 퓨마들에게 총을 쏘기 시작했어." 제스는 헛소리를 하는 건가 싶을 정도로 띄엄띄엄 말을 했다. "나는 지난 몇 년 동안 아빠에게 많은 걸 배웠어."

"뭘 배웠는데?" 세라피나가 제스의 팔을 붙잡으며 물었다.

"조준점 맞추는 법……." 제스가 세라피나를 올려다보며 말했다. "그날 밤 사냥을 나가기 전에 몰래 아빠 총의 조준점을 오른쪽으로 3, 아래쪽으로 5만큼 조절해 놓았어. 그래서 총이 자꾸 빗나가자 아빠는 당황하며 화를 냈어. 하지만 절대 퓨마를 맞출 수 없었지."

세라피나는 가슴이 뭉클했다. 그게 다 제스 덕분이었다니!

"그런데 갑자기 안개가 자욱해지더니 여기저기서 총성이 울리고 섬광이 번쩍였어. 그게 뭐였는지는 나도 모르겠어. 얼핏 금속 같은 게 보였고, 검은색 그림자 같은 게 보였어." 제스는 이제 눈을 동그랗게 뜨고 세라피나를 쳐다보고 있었다. "아빠 총에 함부로 손을 대는 게 아니었는데. 아빠는 끊임없이 총을 쐈지만 쏘는 족족 빗나갔어. 아빠는 방어 한번 제대로 하지 못하고 돌아가셨어. 나 때문이야. 우리 아빤 나 때문에 죽은 거라고!"

제스가 울음을 터뜨렸다.

"그런데 뭐가 널 공격한 거야, 제스?" 브레이든이 물었다. 목소리가 떨렸다.

"검은색 무언가가 옆쪽에서 나를 향해 달려들었어. 놀란 말이 뒷다리로 일어서는 바람에 나는 말에서 떨어졌어. 정신을 차리고 보니까 머리에서는 피가 흐르고 한쪽 다리가 꺾여 있었어. 아빠랑 다른 사람들은 다 죽어 있었어. 빌트모어로 돌아가야겠다고 생각했지만 말은 이미 사라진 지 오래였어. 한쪽 발로도 걸을 만하길래 빌트모어까지 혼자 찾아갈 수 있겠다고 생각했어. 그런데 가는 길에 흰 사슴을 봤어. 흰 사슴이 날 따라왔어. 마치 사냥감을 노리듯 거리를 점점 좁혀 왔어. 빌트모어로 돌아가는 길을 분명히 안다고 생각했는데 완전히 길을 잃고 말았어. 너무 추웠어. 곧 죽겠구나 생각했어. 바로 그때 킨슬리 대위님이 날 발견했어. 가지고 있던 음식과 물을 내게 다 주시고 입고 있던 외투를 벗어서 나한테 덮어 주셨어. 대위님 말을 타고 돌아오는데 또다시 그 흰 사슴이 나타났어."

"이야기는 그쯤 하도록 합시다." 킨슬리 대위가 갑자기 벌떡 일어서며 말했다. "여기서 이럴 시간이 없습니다. 한시라도 빨리 여기를 벗어나야 해요." 킨슬리 대위가 불안에 떨며 저 멀리 숲속을 훑어보았다.

"이제 안전해요. 조금만 더 가면 빌트모어예요. 여기서부턴 저희와 함께 가세요." 세라피나가 이제 그만 안심하라는 듯 킨슬리 대위의 어깨에 손을 얹었다.

"마차까지 제가 부축해 드릴게요." 브레이든이 킨슬리 대위의 팔을 잡으며 말했다.

"제 말을 이해 못 하시는군요!" 킨슬리 대위가 브레이든을 밀어내며 날카롭게 소리쳤다. "그놈이 아직 저기 있다고요!"

킨슬리 대위가 한없이 불안하고 초조한 눈빛으로 들판 너머에 있는 숲을 바라보았다. 엽총을 움켜쥔 창백한 손가락이 바들바들 떨리고 있었다. "포기라곤 모르는 놈이에요! 우릴 끝까지 쫓아올 거란 말입니다!"

공포에 질려 거의 이성을 잃은 킨슬리 대위에게서 세라피나는 자신의 모습을 보았다. 저를 둘러싼 세상이 갑자기 금이 쩍쩍 가며 갈라지기 시작하는 느낌. 거기서 더 나아가 맹수에게 쫓기는 사냥감이 된 느낌. 불현듯 예고도 없이 지하 작업실에 들이닥쳤던 밴더빌트 씨의 얼굴이 뇌리를 스치고 지나갔다. 그날 아침 밴더빌트 씨의 눈빛에서도 똑같은 혼란과 공포를 목격했었다.

"당장 떠나야 합니다!" 킨슬리 대위가 미친 듯이 사방을 두리번거리며 소리쳤다.

"대위님 말씀이 맞아요. 어서 가요." 세라피나가 제스를 일으켜 세우며 말했다.

네 사람은 재빨리 들판을 가로질러 마차로 다가갔다.

"빌트모어까진 어떻게 돌아온 거야?" 제스를 부축하며 세라피나가 물었다.

"늪을 건너는데 흰 사슴이 또 쫓아왔어." 제스가 말했다.

"겁을 주어 쫓아 버리려고 내가 총을 쐈지만 계속해서 우리를 따라왔습니다. 우리가 방향을 바꿀 때마다 그림자처럼 끈질기게 우리를 쫓아왔습니다." 킨슬리 대위가 말을 이었다.

"우리가 타고 있던 말이 이성을 잃고 질주했어. 그러다가 구멍에 발굽 하나가 끼이는 바람에 다리가 부러졌어. 대위님이 눈물을 머금고 고통을 끝내 주셨어." 걸음이 빨라지자 제스의 호흡이 거칠어졌다.

"내 사랑스러운 아라벨라가 죽었습니다. 내 손으로 아라벨라를 죽이고 말았습니다!"

"유감이에요, 대위님." 세라피나가 말했다. 드디어 네 사람은 마차 앞에 도착했다.

"이제 다 괜찮을 거예요." 브레이든이 마차 문을 열며 제스를 먼저 태웠다. "따뜻한 벽난로 앞까지 책임지고 모셔다 드릴게요. 가서 따듯한 차랑……."

브레이든이 말을 하다 말고 전방에 시선을 고정한 채 제자리에 얼어붙었다.

"돌아왔어요……." 브레이든이 말했다.

세라피나가 브레이든의 시선을 좇아 고개를 돌렸다. 가장 가까운 언덕 꼭대기에 흰 사슴이 서 있었다. 머리 위로 기다란 뿔이 우뚝 솟아나 있었다.

"저기 있다! 저놈은 저한테 맡기고 모두 마차에 타십시오!" 킨슬리 대위가 소리쳤다.

어디서 다시 그런 힘이 솟았는지 킨슬리 대위가 총을 들어 흰 사슴을 겨눴다.

"안 돼요. 쏘지 마세요." 반사적으로 그 앞을 막아선 브레이든이 총구를 손으로 잡고 내렸다.

킨슬리 대위가 브레이든을 밀쳤다. "모르면 가만히 계세요. 이대로 두면 저놈이 우릴 사냥할 겁니다!"

다시 흰 사슴을 조준한 킨슬리 대위가 방아쇠를 당겼다.

총구에서 뿜어져 나온 섬광이 어둠을 갈랐다. 고막을 찢을 듯한 그 소리보다 세라피나를 더 놀라게 한 건 총알이 날아간 방향이었다. 세라피나의 귓가를 아슬아슬하게 스친 총알이 뒤편에 있던 마차 창문을 와장창 박살 냈다.

"더 가까이 다가오지 못하도록 막아야 합니다!" 킨슬리 대위가 소리를 지르며 또다시 방아쇠를 당겼다. 총알이 이번에는 발밑에 떨어져 꽂혔다.

'총알이 마치 다이아몬드에 반사된 빛처럼 제멋대로 방향을 바꾸고 있어.' 세라피나는 생각했다.

킨슬리 대위가 또다시 총을 장전하고 방아쇠를 당겼다.

"안 돼요, 대위님! 그만 쏘세요!" 세라피나가 달려들어 막으려 했지만 한발 늦었다. 킨슬리 대위가 방아쇠를 당겼다.

"으악!" 다음 순간 킨슬리 대위가 고통에 찬 비명을 내지르며 총을 떨어뜨렸다. 총알이 킨슬리 대위의 팔을 관통한 것이다. 다른 손으로 총알이 관통한 부위를 감싸쥐고 뒷걸음질하던 킨슬리 대위가 땅바닥에 털썩 쓰러졌다.

"세상에, 이게 도대체 무슨 난리랍니까?" 겁에 질린 마부가 허둥지둥 달려와 허리에 차고 있던 칼을 꺼내 들었다. "저기 저게 뭡니까?"

흰 사슴이 이쪽으로 걸어오기 시작했다.

세라피나의 심장이 쿵쾅거렸다. 한 발을 떼자마자 밑에서 끌어당기듯 발바닥을 감싸 안는 부드러운 흙의 촉감이 느껴졌다.

그때 곁눈으로 무언가를 포착한 세라피나가 홱 돌아섰다.

"브레이든, 저게 뭐지?"

달빛을 품은 차가운 안개가 축축한 들판에서 피어올랐다. 빌트모어 쪽에서 나타난 희끄무레한 세 형체가 무서운 속도로 이쪽을 향해 돌진해 오고 있었다.

"저…… 저게……." 브레이든이 말을 더듬었다.

"도망가!" 킨슬리 대위가 피를 뚝뚝 흘리면서도 두 발로 일어서려고 안간힘을 썼다.

세라피나의 시선은 전방에 있는 세 형체에게 고정되어 있었다. 보고도 도저히 믿을 수 없는 장면에 세라피나는 두 눈을 의심했다.

중세 갑옷을 입은 젊은 여기사가 기다란 창을 휘두르며 돌격해 오고 있었다. 그 옆으로 거대한 아프리카 사자가 무서운 속도로 달려오고 있었다.

"모두 도망쳐!" 킨슬리 대위가 다시 외쳤다.

하지만 세라피나는 꼼짝도 하지 않았다.

눈앞의 장면이 도무지 이해가 되지 않았다. 하지만 세라피나가 당장 움직이지 않으면 친구들은 모두 죽은 목숨이었다.

"마차 안으로, 어서!" 세라피나가 브레이든과 제스의 등을 떠밀어 마차 안으로 집어넣고 문을 닫았다.

다가오는 적들을 마주 보고 돌아선 세라피나가 흑표범으로 변신했다.

세라피나 옆에서 칼을 휘두르며 서 있던 마부가 그 모습을 보고 비명을 질렀다. 중세 기사와 한 쌍의 아프리카 사자로도 모자라 이제는 눈앞에서 흑표범으로 변신하는 열세 살짜리 소녀까지, 감당하기 벅찰 만도 했다. 손에서 칼을 떨어뜨린 마부가 공포에 질려 걸음아 날 살려라 들판을 가로질러 달아나기 시작했다. 세라피나는 그 뒤를 쫓아가 해칠 생각이 없다고 알려 주고 싶었지만 그럴 시간이 없었다. 자신과 킨슬리 대위를 향해 무섭게 돌격해 오는 적들을 상대해야 했다. 둘이 함께 힘을 합치는 것만이 지금으로선 유일한 희망이었다.

세라피나가 으르렁 소리와 함께 날카로운 송곳니를 드러내며 킨슬리 대위 옆에 자리를 잡고 전투태세를 갖췄다. 킨슬리 대위가 휘둥그레진 눈으로 세라피나를 쳐다보며 외쳤다.

"이제야 많은 게 설명이 되는군요!"

그 한마디를 끝으로 킨슬리 대위도 총을 들어 중세 기사와 사자 두 마리를 조준했다.

킨슬리 대위에게선 일말의 두려움이나 망설임도 찾을 수 없었다. 사격 자세도 흔들림이 없었다. 하지만 방아쇠를 당기는 순간 개머리판이 부상당한 어깨를 건드리는 바람에 킨슬리 대위의 입에서 고통에 찬 신음이 새어 나왔다.

첫 번째 총알은 중세 여기사의 가슴에 명중했다. 하지만 갑옷을 맞고 도로 튕겨져 나왔다. 킨슬리 대위는 곧바로 두 번째 총알을 발포했다.

들판을 가로질러 달려오는 적들을 바라보며 세라피나는 몸을 낮추고 다가올 전투를 준비했다.

킨슬리 대위가 쏜 두 번째 총알은 여기사의 어깨를 맞췄다. 하지만 갑옷과 마찰하면서 불꽃만 일으켰을 뿐 아무런 피해도 입히지 못했다. 총알은 끊임없이 날아가 여기사에게 명중했지만 소용이 없었다. 여기사는 기다란 창을 휘두르며 흔들림 없이 돌진해 왔다. 그 모습에서 두려워하는 기색이라곤 찾을 수 없었다.

그때 사자 한 마리가 저 멀리 들판을 가로질러 달아나던 마부를 발견하고 갑자기 그쪽으로 방향을 틀었다. 세라피나의 심장이 덜컹 내려앉았다. 쫓아가서 구해 주고 싶었지만 이미 늦었다.

마부의 비명이 들판을 가득 메웠다. 갈기를 휘날리며 순식간에 목표물에게 다가간 맹수가 뒤를 덮쳤다. 바닥에 쓰러진 마부가 필사적으로 팔다리를 움직여 두 발로 일어섰다. 하지만 사자는 숨 돌릴 틈도 주지 않고 달려들어 무자비하게 발톱으로 휘갈겼다.

세라피나는 지금 눈앞에서 일어나는 장면이 도무지 믿기지가 않았다. 어떻게 이런 일이 있을 수가 있지? 어떻게 중세 기사와 아프리카 사자 두 마리가 여기에 있을 수가 있지?

킨슬리 대위가 또다시 방아쇠를 당겼다. 이제 적은 코앞에 있었다.

부상을 입은 마부가 오직 살고자 하는 일념으로 주먹질과 발길질을 하며 땅바닥을 굴렀다. 맹수의 손아귀에서 가까스로 벗어나자마자 벌떡 일어나 절뚝거리며 달아나기 시작했다. 사자가 그 앞을 막아섰다. 앞발로 먹잇감을 붙잡아 온몸의 무게를 실어 쓰러뜨린 다음 망설임 없이 거대한 송곳니를 목덜미에 박아 넣었다. 비명이 멎었다.

불쌍한 마부의 숨통을 끊자마자 사자가 벌떡 일어나더니 세라피나와 킨슬리 대위가 있는 쪽으로 달려오기 시작했다. 그 모습에 세라피나는 당황했다. 먹잇감을 죽이자마자 내팽개치고 다른 싸움에 합류하는 포식자는 일찍이 듣도 보도 못했다. 그런데 지금 그런 상식을 벗어난 일이 눈앞에서 벌어지고 있었다.

강인한 흑표범의 심장이 쿵쾅거렸다. 근육이 움찔거렸다. 마침내 거대한 사자 두 마리가 중세 여기사의 양옆에서 공중으로 뛰어올랐다. 동시에 세라피나의 새카맣고 기다란 몸도 공중으로 뛰어올랐다.

혼자서 사자 두 마리와 동시에 싸울 수는 없었다. 세라피나는 젖 먹던 힘을 다해 더 가까운 쪽에 있는 사자를 먼저 공격했다. 둘이 힘을 합치기 전에 재빨리 한 놈을 처치하고 다른 한 놈을 상대할 계획이었다.

그런데 200킬로그램이 넘는 거구의 맹수가 뒷다리로 일어나 세라피나에게 달려들었다. 사자가 곰처럼 앞발을 들고 세라피나를 휘감았다. 등허리로 날카로운 발톱이 깊숙이 들어오더니 세라피나의 몸이 붕 떠올랐다가 패대기쳐졌다. 묵직한 한 방에 정신이 혼미했다. 사자가 거대한 턱으로 목덜미를 짓눌렀다. 세라피나의 네 다리가 허공에서 허우적거렸다. 어쩌면 모든 것이 가을 안개 속 자신의 불안한 마음이 만들어 낸 허상일지도 모른다는 생각이 싹 가셨다. 질식하기 일보 직전이었다.

육중한 사자 몸에 짓눌린 채 세라피나는 길고 유연한 척추를 반으로 구부려 발톱을 세운 네발로 사자의 얼굴을 잡고 끌어 내렸다. 피부와 근육을 파고들어 뼈를 긁는 흑표범의 발톱에 사자의 입에서 고통에 찬 울부짖음이 터져 나왔다. 사자가 빠져나오려고 몸부림을 쳤다.

그 틈을 타 네발로 딛고 일어선 세라피나가 사자의 등을 발톱으로 가격했다. 사자가 몸을 비틀어 발톱을 꺼내 들고 세라피나에게로 곧장 달려들었다. 무시무시한 발톱을 피해 뒤로 펄쩍펄쩍 물러나던 세라피나의 등 뒤를 또 다른 사자가 기다렸다는 듯이 습격했다.

날카로운 발톱 네 개가 세라피나의 뒷다리를 긁었다. 피가 흘렀다. 흘긋 곁눈질을 하니 기다란 엽총으로 있는 힘껏 중세 여기사를 내리치는 킨슬리 대위가 보였다. 회심의 일격이었지만 여기사는 완갑(팔꿈치를 보호하기 위해 두르는 갑옷)을 찬 팔로 가볍게 막아 냈다. 그러고 나서 다른 손에 들고 있던 창끝을 킨슬리 대위의 복부에 찔러 넣었다. 고통에 찬 울부짖음과 함께 킨슬리 대위가 창 손잡이를 움켜쥐었다.

머릿수로 보나 전력으로 보나 열세인 상황에서 세라피나의 유일한 무기이자 생존 수단은 속도와 민첩성뿐이었다. 세라피나가 사자 한 마리를 발톱으로 휘갈긴 뒤 다른 사자를 향해 달려들었다. 머리를 물어뜯고 옆으로 빠졌다가 다시 재빨리 몸을 돌려 다른 사자의 얼굴을 휘갈겼다. 이빨로 물어뜯고 발톱으로 휘갈기며 동에 번쩍 서에 번쩍 쉬지 않고 공격을 퍼부었다.

그러나 사자들은 포기하지 않았다. 웬만한 고양이라면 물러나고도 남았을 세라피나의 공격 세례에도 전혀 굴하지 않았다. 사자가 아니라 차라리 살인 기계라는 표현이 더 정확했다.

세라피나가 앞으로 돌진했다. 이십 보쯤 달려 나가다가 홱 뒤를 돌았다. 사자 두 마리가 동시에 달려들었다. 아까처럼 뒷발로 일어선 사자가 앞발로 세라피나를 휘감고 무게로 짓누르려 했다.

하지만 세라피나는 아까와 달리 무게와 힘으로 맞서지 않았다. 힘으로 이기려 들지 않았다. 아프리카 수사자가 싸우는 방식으로는 아프리카 수사자를 이길 수 없었다. 대신에 세라피나는 바닥에 몸을 밀착한 채 노출된 사자의 옆구리에 발톱을 깊게 찔러 넣어 내리 긁었다.

가죽이 갈라지면서 피가 쏟아졌다.

첫 번째 사자가 쓰러져 죽는 순간 두 번째 사자가 달려들었다. 흑표범 한 마리와 아프리카 사자 한 마리가 이빨과 송곳니를 드러낸 채 한 덩어리가 되어 땅바닥을 데굴데굴 굴렀다.

맞서 싸우는 대신 세라피나는 일단 몸을 비틀어 옆으로 빠져나왔다. 그러고 나서 곧바로 허공으로 몸을 날려 사자의 등 위로 무겁게 착지했다.

세라피나의 송곳니가 사자의 척추를 관통했다. 사자의 몸이 경련을 일으키더니 축 늘어졌다.

두 번째 사자의 죽음을 확인하자마자 세라피나는 곧바로 방향을 틀어 중세 여기사에게로 달려들었다. 이미 부상을 입은 킨슬리 대위 위로 여기사의 무자비한 세 번째 창 공격이 이어지고 있었다.

분노에 찬 세라피나가 허공으로 몸을 날렸다. 발톱이 갑옷에 부딪쳐 쨍그랑 소리가 났다.

여기사의 등을 타고 한 덩어리가 되어 바닥을 굴렀다. 물어뜯고 할퀴었지만 갑옷을 뚫을 수는 없었다. 발톱으로 계속 갑옷만 긁고 있는 사이에 여기사가 금속 장갑을 낀 주먹으로 세라피나의 옆구리를 연타했다.

힘으로는 안 된다는 걸 깨달은 세라피나가 오른쪽 발톱을 꺼내 어깨를 감싼 갑옷 안쪽에 고리처럼 걸고 잡아당겼다. 상대방의 목이 노출되는 순간 세라피나는 때를 놓치지 않고 여기사의 목덜미에 송곳니를 박아 넣었다.

상대가 도망가지 못하도록 육중한 몸무게로 내리눌렀다. 송곳니 아래로 적의 생명이 꺼져 가는 게 느껴졌다. 중세 여기사는 죽어 가면서도 끝까지 싸웠다. 마지막 순간까지 세라피나에게 조그마한 상처라도 입히려고 기를 쓰고 싸웠다. 그러나 무엇보다 신경에 거슬렸던 사실은 따로 있었다. 상대는 살고자 싸우지 않았다. 목숨을 부지하고자 싸우지 않았다. 마지막 순간이 닥쳤을 때 살고자 하는 본능이 빚어내는 최후의 발악 같은 것이 없었다. 아까 사자들과 싸우면서도 느꼈지만 그저 적을 죽이는 게 최우선이고 자신이 사는 건 뒷전인 것처럼 느껴졌다.

세라피나의 송곳니에 목덜미를 꽉 물린 채 중세 여기사의 폐가 쪼그라들고 심장 박동이 멈추고 혈액의 흐름이 그쳤다.

마침내 여기사가 숨을 거두었다.

역설적이게도 적의 죽음은 세라피나로 하여금 그 어느 때보다도 살아 있음을 느끼게 했다.

혹시 모를 또 다른 공격을 대비해 세라피나는 몸을 낮추고 발톱을 꺼낸 채 주변을 살피며 바닥에 쓰러져 있는 킨슬리 대위에게로 다가갔다. 어깨 너머로 흘긋 보니 브레이든과 제스는 무사했다. 둘은 창문 너머로 새하얗게 질린 얼굴을 내밀고 세라피나와 킨슬리 대위 쪽을 살피고 있었다. 세라피나는 저 멀리 언덕 꼭대기와 그 너머에 있는 숲으로 시선을 돌렸다. 하지만 더 이상 적은 보이지 않았다. 흰 사슴도 사라진 뒤였다.

인간의 모습으로 돌아온 세라피나가 킨슬리 대위 옆에 무릎을 꿇고 앉아 멍하니 그를 바라보았다.

킨슬리 대위의 몸은 얼굴이 하늘을 향한 채 흙 속에 거의 파묻혀 있었다. 호흡이 거칠었다. 얼굴은 핏기라곤 찾아볼 수 없이 창백했다. 킨슬리 대위가 세라피나를 올려다보았다. 이럴 순 없었다! 함께 힘을 합쳐 적을 무찔렀건만 여기 이렇게 치명상을 입고 쓰러져 있는 킨슬리 대위에게 세라피나가 해 줄 수 있는 일은 아무것도 없었다!

"조금만 버티세요, 대위님. 저희가 꼭 살려 드릴게요!" 세라피나가 흐느껴 울었다.

하지만 사실 세라피나는 어떻게 하면 킨슬리 대위를 도울 수 있는지 알지 못했다. 어떻게 하면 킨슬리 대위를 살릴 수 있는지 알지 못했다.

피가 멈추지 않는 상처를 두 손으로 꾹 눌렀다. 손가락 사이를 비집고 따듯한 피가 흘러나왔다.

세라피나는 상처 부위를 두 손으로 지혈하면서 킨슬리 대위에게 조금만 더 버티라고, 희망의 끈을 놓지 말라고 속삭였다. 하지만 킨슬리 대위는 마지막으로 세라피나를 올려다본 다음 두 눈을 감았다. 거친 숨과 함께 몸이 축 늘어졌다.

죽었는지 살았는지 단정 지을 수는 없었지만 마음이 아려왔다. 킨슬리 대위는 그저 밴더빌트 씨에게 부끄럽지 않은 친구가 되길 바랐다. 그저 주변 사람들에게 도움이 되길 바랐다. *'저녁 식사 때 봅시다!'* 지난번에 킨슬리 대위가 숲속으로 들어가면서 세라피나에게 했던 말이 아직도 귓가에 쟁쟁했다.

"브레이든! 제스! 얼른 이쪽으로!" 세라피나가 마차를 향해 소리 질렀다.

브레이든이 달려 나왔다. 그 뒤를 제스가 비틀거리면서 따라 나왔다.

"킨슬리 대위님이 창에 찔렸어." 눈물이 그렁그렁한 눈으로 세라피나가 말했다. 브레이든이 무릎을 꿇고 앉아 손가락 두 개를 킨슬리 대위의 목에 갖다 댔다. 브레이든에게는 동물을 치유할 수 있는 능력은 있었지만 인간을 치유할 수 있는 능력은 없었다. 그 사실을 알면서도 세라피나는 한 가닥 헛된 희망을 걸어 보았다.

"맥박이 안 느껴져." 브레이든이 고개를 가로저었다.

풀 죽은 브레이든의 목소리에 세라피나의 심장이 가라앉았다.

"살아 있어." 뒤에 서 있던 제스가 불쑥 말했다.

세라피나와 브레이든이 동시에 고개를 돌렸다.

"어깨에 난 총상을 자세히 봐 봐. 피가 아직 솟아나고 있잖아. 만약에 대위님이 죽었다면 심장이 멈췄을 테고 그러면 피가 다 몸 아래로 쏠릴 거야."

제스의 말에 안도감이 밀려왔다. 세라피나는 제스를 바라보며 고개를 끄덕였다. 천리안을 가진 친구가 돌아왔다.

"바로 의사 선생님에게 가자." 브레이든이 말했다. 세 사람은 힘을 합쳐 의식을 잃은 킨슬리 대위를 마차로 옮겼다.

킨슬리 대위를 마차에 태우고 세라피나는 저 멀리 들판에 누워 있는 마부의 시체를 슬픈 눈으로 응시했다. 시신은 나중에 돌아와서 수습하기로 했다.

"최대한 빨리 빌트모어로 돌아가." 마부석에 올라 고삐를 쥐는 브레이든에게 세라피나가 당부했다.

"너는?" 당연히 세라피나도 같이 돌아갈 거라 생각했던 브레이든이 깜짝 놀라며 되물었다.

"나도 곧 따라갈게." 세라피나가 대답했다.

브레이든이 고삐를 잡자 말들이 속도를 내기 시작했다. 마차가 떠나자 세라피나는 킨슬리 대위가 부상을 입은 채 누워 있던 자리로 다시 뛰어갔다.

바닥에 쓰러져 있는 중세 기사의 시신을 관찰했다. 열여섯 혹은 열일곱 살쯤 되어 보이는 소녀는 키가 크고 체격이 좋았다. 얼굴은 잘생겼고 피부는 석고상처럼 새하얬다. 찌그러진 채 옆에 나뒹굴고 있는 창에는 흰색과 금색이 섞인 삼각형 모양의 깃발이 달려 있었다. 창은 유난히 길었다. 마치 어둠과 혼돈이 가득한 전장에서 소작농과 기사와 고대 왕들이 서로 뒤엉켜 싸우던 시절, 멀리서도 잘 보일 수 있도록 만들어진 창처럼. 소녀는 가짜라거나 마법으로 만들어 낸 존재 같지는 않았다. 목에는 심지어 금으로 만든 십자가 같은 것이 걸려 있었다. 게다가 갑옷 안에는 작은 쇠사슬로 만든 갑옷도 입고 있었다.

그 순간 세라피나는 동작을 멈추었다.

'쇠사슬로 만든 갑옷이라…….'

천천히 무릎을 꿇고 앉아 시신으로 손을 뻗었다. 떨리는 손가락으로 죽은 소녀의 뺨을 가만히 쓸었다.

차가웠다.

그리고 *딱딱했다.*

조금 전까지만 해도 소녀의 얼굴에는 생기가 넘쳤다. 하지만 지금은 온기가 전혀 남아 있지 않았다. 심지어 사람의 피부 같지가 않았다. 오히려 *돌의 감촉*에 가까웠다.

'게다가 그냥 돌도 아니야. 석회암이야.' 석회암이라면 세라피나에게는 너무나도 익숙했다. 빌트모어 전체가 석회암으로 지어졌기 때문이었다.

차마 믿기 힘든 생각이 머릿속을 스쳐 지나갔다.

세라피나는 죽은 사자 두 마리가 있는 곳으로 달려가 그 사체를 만졌다. 석회암이 아니었다. 하지만 사자도 아니었다. 차갑고 딱딱했다. 매끄러운 표면은 붉은빛을 띠고 있었다.

"이탈리아 로즈 대리석이야." 세라피나가 믿을 수 없다는 표정으로 중얼거렸다.

머릿속에서 댐이 무너지고 막혀 있던 물길이 터지는 듯한 기분이 들었다.

흑표범으로 변신한 세라피나는 먼저 떠난 마차를 쫓아 달려 나갔다.

열세 살 소녀가 제아무리 빨라도 달리는 말을 따라잡을 수는 없었다. 하지만 흑표범이라면 가능했다.

세라피나는 빌트모어 저택으로 이어지는 진입로를 달음질쳐 마차 뒤를 바짝 쫓았다. 그날 밤따라 눈가리개를 하지 않은 말들이 곁눈질로 세라피나를 발견하고야 말았다. 잔뜩 겁을 집어먹은 말들이 흑표범에게서 벗어나려고 전속력으로 질주하기 시작했다.

세라피나가 바라던 바였다. 킨슬리 대위를 살리려면 일분일초가 급했다.

세라피나도 속도를 높이다가 몸을 날려 흔들리는 마차 지붕에 올라탔다. 인간의 모습으로 변신해 마부석에서 마차를 몰고 있는 브레이든의 옆자리에 앉았다.

"왔구나! 다행이다!" 브레이든이 세라피나를 힐끔 보며 쏜살같이 마차를 몰아 빌트모어 정문을 통과해 안뜰로 들어섰다.

"프랫 씨!" 브레이든이 대문 앞에서 급정거를 하며 프랫 씨를 소리 높여 불렀다. "킨슬리 대위가 많이 다쳤어요. 당장 안으로 모시고 가서 의사를 불러 주세요."

"알겠습니다, 도련님." 프랫 씨가 다른 집사 서너 명을 더 불러 마차 문을 열고 킨슬리 대위를 꺼냈다.

"세라피나 양, 밴더빌트 씨가 두 분이 도착하는 즉시 집무실로 불러 달라고 하셨습니다." 마부석에서 내리는 세라피나를 바라보며 프랫 씨가 말했다.

"알겠어요." 세라피나가 마차에서 나오는 제스를 부축하며 말했다. "브래딕 양도 잘 부탁드려요, 프랫 씨. 물과 음식을 준비해 주시고 체온을 올릴 수 있도록 신경 써 주세요."

"네, 알겠습니다. 걱정 마시고 저희에게 맡겨 주세요." 프랫 씨와 다른 몇몇 집사들이 제스의 팔을 부축해 저택 안으로 데리고 들어갔다.

믿고 도움을 받을 수 있는 사람이 있다는 사실이 새삼 감사하게 느껴졌다.

제스와 킨슬리 대위가 집사들의 도움을 받아 저택 안으로 안전하게 들어가는 모습을 보자마자 세라피나는 브레이든과 눈을 맞추었다.

"서둘러. 할 일이 있어." 세라피나가 앞장서서 테라스로 올라가며 말했다.

“삼촌은 어쩌고?” 브레이든이 물었다. 하지만 세라피나만큼이나 밴더빌트 씨를 만나고 싶지 않은 목소리였다.

“먼저 알아볼 게 있어.” 브레이든을 잡아끌던 세라피나가 갑자기 한 손으로 브레이든을 제지했다. 그리고 나머지 한 손으로 정문 바로 옆을 가리키며 말했다. “저기 좀 봐! 이상한 거 모르겠어? 사라졌어. 사자 조각상이 사라졌다고!”

제멋대로 어긋나 있던 우주의 행성들이 이제야 제자리를 찾는 듯한 느낌이었다. 빌트모어 정문 양옆을 지키고 서 있던 사자 조각상이 사라지고 없었다.

브레이든이 방금 전 전투가 벌어졌던 들판 쪽을 멍하니 바라보며 말했다. “사라졌을 뿐만 아니라…… 죽었지.”

마침내 흩어져 있던 퍼즐 조각이 하나둘 맞춰지기 시작했다. 서서히 가닥이 잡히기 시작했다.

“가자.” 두 사람은 테라스를 따라 성큼성큼 걸어갔다.

세라피나는 안쪽으로 대층계와 맞닿아 있는 건물 외벽으로 난 창문을 올려다보았다.

정면에서 바라보는 빌트모어의 외관은 장엄하기 이를 데 없었다. 게다가 가고일 석상을 비롯해 외벽을 장식한 갖가지 조각들은 정교하기 이를 데 없었다. 여기서 한두 개 사라진다 한들 눈치챌 사람은 거의 없었다. 하지만 외벽을 훑어보던 세라피나의 눈에 예전과 달라진 점이 발견되었다.

“저기 있다!” 세라피나가 우뚝 솟은 탑 모서리를 가리키며 의기양양하게 소리쳤다.

브레이든이 세라피나가 가리키는 쪽을 바라보았다.

2층에서 3층으로 이어지는 대층계와 맞닿은 외벽 모서리를 장식하고 있던 잔 다르크 조각상이 사라지고 없었다.

텅 빈 그 자리에는 원래 머리부터 발끝까지 갑옷을 두른 프랑스의 영웅이 위용을 뽐내며 서 있었다.

"내가 잔 다르크를 죽였어." 마치 꿈을 꾸는 듯한 목소리로 세라피나가 중얼거렸다.

"성 루이도 사라졌어!" 브레이든이 옛 프랑스 왕의 조각상이 있던 자리를 가리키며 외쳤다.

세라피나는 투구를 쓰고 쇠사슬로 만든 전신 갑옷을 입은 채 기다란 검을 들고 있던 성 루이 조각상을 기억해 냈다.

"기다란 검이라……." 북쪽 산등성이에서 벌어진 전투가 머릿속을 스쳐 지나갔다. 숲 바닥에 엎드려 죽어 있던 터너 씨의 가슴에는 일자로 그은 기다란 상처가 나 있었다. 그날 밤 안개 속에서 들려오던 짤랑짤랑 금속성 소리도 떠올랐다.

"저택이야. 저택이 살아나고 있어." 세라피나가 믿을 수 없다는 듯 중얼거렸다.

브레이든이 입을 벌리고 잔 다르크 조각상과 성 루이 조각상이 있던 빈 자리를 쳐다보았다. "어떻게……." 한동안 말을 잇지 못하던 브레이든이 정신을 차리고 세라피나를 쳐다보며 말했다. "사라진 건 사자랑 잔 다르크, 성 루이 조각상이 다야? 아니면 더 있어?"

세라피나가 뒤로 한 걸음 물러나 고개를 들어 위를 보았다. 빌트모어 대저택이 어마어마한 위용을 뽐내며 세라피나를 굽어보고 있었다. 엄습하는 불안감에 입술이 바짝바짝 말랐다. 세라피나는 찬찬히 외관을 살폈다. 오거(서양 전설에 등장하는 거인의 형상을 한 괴물_옮긴이), 하피(여자의 머리와 몸에 새의 날개와 발을 가진 괴물_옮긴이), 미노타우로스(사람의 몸에 소의 머리를 한 괴물_옮긴이), 사티로스(사람의 몸에 염소의 다리와 뿔을 가진 괴물_옮긴이)를 비롯해 신화 속에 등장하는 수많은 괴물들이 저택 외벽을 장식하고 있었다.

바로 그때 세라피나는 보았다.

저 높이 가고일 석상이 있어야 할 자리가 텅 비어 있었다.

굽은 등에 거대한 박쥐 날개를 달고 도마뱀 같은 네 다리와 툭 불거진 눈알과 날카로운 이빨을 가진 징그러운 괴물 조각상이 사라지고 없었다.

세라피나가 불현듯 몸을 돌려 산책로 너머 저택 바로 맞은편에 우뚝 솟아 있는 디아나 언덕 꼭대기를 바라보았다.

"저기로 가자." 세라피나가 말했다.

"저기엔 뭐가 있는데?" 브레이든이 세라피나를 따라나서며 물었다.

"내 짐작이 맞다면 저기에 있던 뭔가도 *사라지고* 없을 거야."

디아나 언덕 꼭대기에 도착한 세라피나와 브레이든은 사냥의 여신 디아나 조각상과 마주했다.

"이건 그대로 있네. 사라졌을 거라 생각했는데." 브레이든이 혼란스러운 듯한 목소리로 말했다.

"아랫부분을 자세히 봐 봐." 세라피나가 단서를 주었다.

"사라졌네." 브레이든이 말했다.

"디아나 조각상 옆에는 사슴 조각상이 서 있었어." 세라피나가 말했다.

"*흰 사슴*이구나……." 브레이든이 넋이 빠진 사람처럼 중얼거렸다.

"맞아."

"그런데 이게 무엇을 의미하는 걸까?" 브레이든이 물었다.

"전부 다." 안도감이 물밀듯이 밀려왔다. 끔찍한 악몽에 시달리다 깨어난 기분이었다. "가자." 세라피나가 명랑한 목소리로 말했다. "마지막으로 확인할 곳이 있어. 이게 가장 중요해."

세라피나와 브레이든은 디아나 언덕을 달음질쳐 산책로를 따라 저택으로 내달렸다. 순식간에 대문 앞에 다다른 두 사람이 헐떡이며 숨을 골랐다.

"세라피나 양." 프랫 씨가 문밖으로 나와 두 사람을 맞이했다. "밴더빌트 씨가 지금 당장 보자고 하십니다."

"알겠어요. 금방 갈게요." 세라피나가 대답했다.

현관을 지나 로비로 들어선 세라피나는 오른쪽으로 방향을 틀었다. 겨울 정원을 옆에 끼고 죽 이어진 복도를 따라 걸어 내려갔다. 당구실을 지나 대연회장으로 향했다.

그리고 세라피나는 보았다. 한쪽 모퉁이가 휑했다.

그 유명한 코모도어 코닐리어스 밴더빌트 경의 손자이자 빌트모어 대저택의 주인인 조지 워싱턴 밴더빌트의 청동 조각상이 사라지고 없었다.

밴더빌트 씨가 사라지고 없었다.

세라피나가 간절히 바라던 대로.

입술을 비집고 나오는 미소를 참을 수가 없었다. 이제 밴더빌트 씨가 살인자가 아니라는 사실이 확실해졌다. 세라피나는 춤이라도 추고 싶은 심정이었다. 당장 달려가서 밴더빌트 씨를 껴안고 싶은 심정이었다. 하늘에다가 대고 환호성이라도 지르고 싶은 심정이었다.

*'네가 아는 진실'*을 믿으라던 아빠 말씀이 떠올랐다. 믿음을 가지려고 했지만 엄청나게 흔들렸었다. 의식을 잃은 킨슬리 대위와 목숨을 잃은 수많은 사람들이 떠올랐다. 빌트모어의 조각상들이 살아나 이 모든 짓을 저질렀다니 정말 상상조차 하지 못했다. 하지만 마침내 하나둘 제자리를 찾아 가는 퍼즐 조각에 세라피나의 마음은 한껏 들뜨기 시작했다.

"이해가 안 돼." 그때 브레이든이 불쑥 의문을 제기했다.

"멀쩡하던 조각상들이 왜 갑자기 살아나기 시작한 거지? 도대체 원인이 뭘까?"

"마법사의 짓일지도 몰라. 어쩌면 저택 안에 사악한 침입자가 있을지도 몰라." 세라피나가 말했다.

"그렇지만 왜? 왜 죄 없는 사람들을 아무 이유도 없이 죽이는 걸까?"

"죽은 사람들 사이에 뭔가 연결 고리가 있을 거야. 일종의 패턴 말이야."

"이 모든 일이 브래딕 대령이 죽은 그날 밤부터 시작됐다고 했지? 제일 처음 공격당한 사람이 브래딕 대령이었어?" 브레이든이 물었다.

"응. 이어서 터너 씨와 서틀스턴 씨, 이사랴 메이필드와 제스가 차례로 공격당했어."

"그다음은 누구였어?"

"케터링 씨가 계단 아래로 추락사했어. 그다음에 코베르 씨가 부엌에서 살해당했고."

세라피나는 살해당한 사람들을 차례차례 떠올렸다. 살인 패턴이 존재할까? 살해 동기는 무엇일까?

"희생자들 사이에서 발견할 수 있는 공통점이 뭘까?" 세라피나가 물었다. 전에도 스스로에게 물었지만 아직 답을 찾지 못한 질문이었다.

"어쩌면 아무런 공통점이 없다는 게 단서일지도 몰라." 브레이든이 말했다.

"그게 무슨 뜻이야?"

"언뜻 보기에 서로서로 너무 다른 사람들이라 우리가 놓치고 있는 게 있을 수도 있다는 뜻이야."

"브래딕 대령, 터너 씨, 서틀스턴 씨, 이사랴 메이필드, 제스 브래딕, 케터링 씨, 코베르 씨……." 세라피나가 죽은 사람들의 이름을 되뇌었다.

"부유하거나 가난하거나……"

"남자거나 여자거나……"

"북부 출신이거나 남부 출신이거나……"

"빌트모어 사람이거나 외부인이거나……"

"죽임을 당한 방식도……"

세라피나가 갑자기 말을 멈췄다.

"잠깐! 모두가 다 죽진 않았어!" 브레이든이 외쳤다.

"맞아. 이 모든 일이 시작됐던 그날 밤 제스는 죽지 않았어." 세라피나가 말했다.

"그냥 운이 좋았던 걸까?" 브레이든이 물었다.

"패턴이 있어. 적어도 그날 밤 죽임을 당한 사람들에게는 공통점이 있어……." 세라피나가 생각을 정리하느라 말꼬리를 흐렸다. 서서히 윤곽이 잡히기 시작했다.

흥분을 가라앉히며 두 사람은 서둘러 복도로 나갔다.

"사건이 벌어지고 나서 며칠 밤 사이에 죽은 희생자들 사이에 공통점은 뭐지? 죽지 않은 제스와 나머지 사람들 사이에 차이점은 뭘까?"

대연회장을 가로질러 '신사 전용 별관'이라 불리는 뒤편 복도를 걸어가는 내내 세라피나의 머릿속에서는 온갖 의문이 소용돌이쳤다. 부유하거나 가난하거나, 남자거나 여자거나, 북부 출신이거나 남부 출신이거나, 빌트모어 사람이거나 외부인이거나…….

"희생자들은 하나같이 너무나도 다른 사람들이야." 브레이든이 말했다.

"하지만 분명히 어떤 연결 고리가 있을 거야." 세라피나가 말했다.

복도에서 세라피나는 갑자기 걸음을 멈추었다. 저녁 만찬 자리에서 총 자랑을 하던 브래딕 대령 모습이 떠올랐다. 퓨마 남매를 추격하면서 사납게 짖어 대던 사냥개들의 소리가 떠올랐다. 새로 이사 간 방에서 창문 너머로 보았던, 새벽 사냥을 마치고 돌아오던 케터링 씨의 모습이 떠올랐다.

등골이 서늘했다. 북쪽 산등성이에서 한바탕 전투가 끝나고 안개와 어둠을 헤치며 제스를 찾아다닐 때 느꼈던, 무언가에게 사냥당하고 있는 듯한 느낌이 떠올랐다. 들판에서 사자와 싸우기 직전 공포에 질려 이성을 잃은 것처럼 보였던 킨슬리 대위의 모습도 떠올랐다. 킨슬리 대위도 무언가에게 사냥당하고 있는 듯한 느낌이 든다고 말했다.

정신을 차리고 보니 총기실 바로 앞이었다.

세라피나와 브레이든은 총기실 안으로 들어갔다. 전면이 유리로 된 장식장 안에는 소총과 엽총이 빼곡히 전시되어 있었다. 벽면에는 사냥 대회에서 딴 트로피들이 줄지어 서 있었고 박제된 수많은 사슴 머리와 뿔이 걸려 있었다.

밴더빌트 씨는 사냥을 즐기지 않았다. 박제된 사슴 머리와 사슴뿔은 모두 빌트모어를 지을 당시 총기실에 걸맞게 사들인 장식품들이었다.

세라피나는 또다시 죽은 사람들을 떠올렸다. "패턴이 바로 여기에 있었네."

"하지만 코베르 씨는?" 세라피나의 머릿속을 들여다보기라도 하듯 브레이든이 잽싸게 반박했다. "코베르 씨는 사냥꾼이 아니잖아. 사냥이랑은 전혀 관계가 없는 사람이야."

"대신에 도축을 하고 고기를 요리하지." 로티세리 주방 바닥에서 죽어 가던 코베르 씨의 모습을 떠올리며 세라피나가 말했다. "코베르 씨는 사냥꾼들과 낚시꾼들이 잡아 온 수확물의 요리 담당이었잖아. 송어, 칠면조, 토끼……."

"그리고 사슴도 말이지." 브레이든이 세라피나의 말을 낚아챘다.

"바로 그거야. 그날 밤 이후로 유일하게 살아남은 제스와 나머지 죽은 사람들 사이에는 분명한 차이점이 있어."

"사냥이구나." 브레이든이 말했다.

"맞아." 마침내 사건의 실마리를 찾아냈다는 기쁨으로 심장이 콩닥거렸다. "제스는 사냥꾼들을 방해하려고 했어. 그날 밤 제스만 유일하게 살아남은 건 결코 우연이 아니야. 죽은 사람들 사이에 사냥이라는 분명한 연결 고리가 있는데도 내가 놓쳤던 거야."

"하지만 사냥과 관련된 사람들을 골라서 죽이는 거라면 우리 모두 죽는 거 아냐? 여기 사는 사람들 전부 다!" 브레이든이 말했다.

브레이든의 말에 세라피나는 미간을 찌푸리며 손으로 입 주변을 문질렀다. 어떤 행위를 묵인하는 것도 그 행위를 저지르는 것과 똑같은 무게를 지닌 죄일까? 헷갈렸다. 하지만 아직 퍼즐이 완성되지 않았다는 것만은 분명했다. 살인 패턴이 허물어지고 있었다. 적의 공격은 갈수록 흉포해지고 있었고 이제 대상을 가리지 않았다. 통제할 수 있는 수준을 벗어나고 있었다. 넬이 잠들어 있는 아기방도 공격당했다. 새끼 곰과 마부도 살해당했다.

"이 모든 문제의 시작이 언제일까?" 세라피나가 물었다.

"브래딕 대령과 그 무리가 퓨마를 사냥하러 나갔던 밤이지."

브레이든의 대답에 세라피나가 멈칫했다. "혹시 그 전날 밤에 시작된 건 아닐까? 흰 사슴이 총에 맞았던 그날 밤 말이야."

"그러니까 네 말은 흰 사슴이 이 모든 사건의 원흉이라는 거야? 아니면 흰 사슴은 우리 편인가?"

"저택이야." 세라피나의 생각이 다시 원점으로 돌아갔다. "저택이 조각상들에게 생명을 불어넣고 있는 거야. 흰 사슴은 그저 그 첫 번째 타자일 뿐이고."

"하지만 왜 지금 와서? 삼촌은 해마다 사냥철이면 손님들을 초대하셨는걸."

"혹시 열세 대의 마차가 빌트모어에 도착한 날부터 시작된 게 아닐까? 손님 중에 이 모든 일을 벌인 장본인이 숨어 있는 걸지도 몰라."

브레이든과 대화를 나누면서 일련의 장면들이 세라피나의 머릿속을 주마등처럼 스쳐 지나갔다. 그날 밤 테라스에 서 있는데 브레이든이 유령처럼 나타났다. 호숫가에 나란히 누워서 밤하늘의 별을 바라보았고, 그때 흰 사슴을 처음으로 목격했다. 숲속에서 달려 나와 별빛 아래 온몸에서 빛을 뿜던 어린 암사슴은 마법처럼 아름다웠다. 그저 바라보는 것만으로도 마음에 기쁨과 평안이 차올랐다.

그러나 브래딕 대령과 그 무리는 그토록 아름답고 신비한 생명체를 마주하고도 망설임 없이 총을 쏘았다. 희귀한 야생동물을 사냥하고 수집해서 한낱 자랑거리로 삼으려 했다. 어쩌면 그저 심심풀이였는지도 몰랐다. 아니면 작은 목표물을 누가 빨리 맞추나 내기를 했는지도 모른다. 어쨌거나 그들은 총을 쏘았다.

또다시 브레이든과 호숫가에 누워 있던 장면이 떠올랐다. 마음속에서 몽글몽글 피어오르던 처음 느껴 보는 낯선 감정이 떠올랐다. *'그날이야. 이 모든 일은 그날 밤에 시작됐어.'* 세라피나는 비로소 확신이 들었다.

정답에 점점 가까이 다가가고 있는 듯한 확신이 들었다.

그런데 그때 수많은 발소리가 복도를 울렸다. 도드먼 씨와 그 수하들이 총으로 무장한 채 총기실로 들이닥쳐 세라피나와 브레이든을 포위했다.

그 뒤를 따라 밴더빌트 씨가 총기실로 뚜벅뚜벅 걸어 들어왔다.

밴더빌트 씨를 보자마자 세라피나의 얼굴이 환해졌다. 살인자인 줄 알았던 사람이 살인자가 아니란 걸 알게 됐을 때 그 사람에 대한 감정이 손바닥 뒤집히듯 바뀔 수 있다는 사실이 새삼 놀라웠다.

세라피나는 넘치는 감정을 주체하지 못하고 저도 모르게 달려가 밴더빌트 씨를 껴안았다.

예상치 못한 격한 포옹에 밴더빌트 씨가 움찔했지만 피하지는 않았다.

"코넬리아를 데려간 건 정말 죄송해요. 적이 누군지 너무 헷갈려서 그랬어요." 밴더빌트 씨의 품에서 떨어지며 세라피나가 말했다. “하지만 이제 더 이상 헷갈리지 않아요.”

“지금 무슨 얘길 하는 거니?” 밴더빌트 씨가 물었다.

“아직도 숲속에서 맹수나 제스를 찾아 헤매는 사람들이 있다면 당장 불러들여야 해요. 그리고 누구든 흰 사슴을 보면 도망가야 해요.”

밴더빌트 씨와 다른 사람들의 귀에는 세라피나가 하는 말이 헛소리로 들릴 게 뻔했다. 하지만 세라피나는 단호하고 당당했다.

“흰 사슴이라니…….” 도드먼 씨의 목소리에는 의심이 가득했다.

세라피나가 도드먼 씨와 그 수하들을 쳐다보며 말했다. “누구든지 정체를 알 수 없는 동물이나 사람을 보거든 즉시 도망치세요.”

그런 세라피나를 가만히 응시하던 밴더빌트 씨가 도드먼 씨에게로 시선을 옮기며 명령했다. “지금 당장 수색대 파견을 보류하고 모든 사냥을 중지하라 이르시오. 그리고 모두에게 흰 사슴을 조심하라 전하고 저택 안으로 안전하게 대피시키시오.”

“잠깐만요.” 세라피나가 끼어들었다. “사람들을 저택 안으로 불러들이시면 안 됩니다. 저택 밖으로 내보내셔야 해요. 손님들, 하인들, 가족들 전부 당장 짐을 싸서 마차를 타고 떠나셔야 해요. 엄청난 위험이 닥칠 거예요. 싸울 수 있는 사람들만 남기고 다들 떠나셔야 합니다.”

세라피나의 말에 충격을 받았는지 총기실 안에는 한동안 정적만이 감돌았다.

"말도 안 되는 소리입니다. 아무런 근거도 없이 그런 과잉 대처를 할 수는 없습니다." 정적을 깨뜨린 건 도드먼 씨였다.

하지만 밴더빌트 씨는 아랑곳하지 않고 세라피나에게 질문했다. "빌트모어를 버리란 말인가?"

"네, 그렇습니다. 선택의 여지가 없습니다."

"세라피나 말이 맞아요, 삼촌. 여기 있는 모든 사람이 위험해요." 브레이든이 거들었다.

"그 흰 사슴이란 게 그렇게 위험하다면 총으로 쏴서 죽여 버리면 그만이잖습니까." 도드먼 씨가 또다시 반기를 들었다.

"안 됩니다. 그런 행동은 상황을 악화시킬 뿐이에요. 이 모든 일이 아주 사소한 사건에서부터 시작돼서 점점 눈덩이처럼 커지고 있어요. 폭력은 폭력을 불러올 뿐이에요. 총으로는 더 이상 흰 사슴에게 조그만 상처도 입힐 수 없어요. 흰 사슴이 가진 마법의 힘은 점점 더 커지고 있어요. 앞으로 나타날 새로운 존재들은 총으로 물리칠 수 있을지 몰라도 흰 사슴은 아니에요. 킨슬리 대위도 그래서 다쳤고요. 제스를 보호하려고 흰 사슴과 맞서 싸우다가요."

믿기도 힘들고 이해하기도 힘든 세라피나의 이야기에 다들 표정이 멍멍했다.

비록 세라피나는 무슨 일이 일어나는지도 모르고 무슨 일을 해야 하는지도 모른 채 몇 날 며칠을 혼돈 속에 흘려보냈지만 이제는 알았다. 적어도 몇 가지 사실만큼은 확실히 알았다. 그렇게 알아낸 사실을 최대한 사람들이 이해할 수 있도록 간단명료하게 전달해야 했다.

밴더빌트 씨는 세라피나의 이야기를 하나라도 놓칠세라 귀담아들었지만 여전히 눈빛에서는 망설임이 읽혔다.

"조각상들이 범인이에요." 결국 세라피나가 말했다.

"무슨 말인지 모르겠구나. 조각상이 범인이라니?" 밴더빌트 씨가 물었다.

"조각상들이 살아나서 우리를 죽이려 하고 있어요." 세라피나가 밴더빌트 씨를 똑바로 바라보며 최대한 무덤덤한 목소리로 말했다.

밴더빌트 씨의 표정이 굳었다. 눈썹이 꿈틀했다. 세라피나도 자신의 말이 얼마나 터무니없게 들릴지 알았다. 그런데 그 안에 깃든 진심이 통한 모양이었다. 밴더빌트 씨가 생각에 잠겼다.

"가고일이었구나……." 밴더빌트 씨가 믿을 수 없다는 듯 중얼거렸다.

"맞아요." 세라피나가 이를 놓칠세라 맞장구를 쳤다.

"저택 안에는 내 조각상도 있고 말이지……." 밴더빌트 씨의 목소리는 들릴락 말락 해서 혼잣말에 가까웠다. "그래서 세라피나 네가 나에게 말도 없이 코넬리아를 데려간 거였어."

세라피나는 기나긴 안도의 한숨을 내쉬었다. "밴더빌트 씨를 닮은 사람이 코베르 씨를 살해하는 장면을 목격했어요." 마침내 세라피나가 진실을 털어놓았다. "저도 처음에는 믿기지가 않았어요. 조각상이 살아나다니 말이 안 되잖아요! 하지만 이미 살아 움직이는 조각상이 한두 개가 아니고 앞으로 더 많은 조각상이 살아날 거예요."

그 순간 방 안의 공기가 바뀌었다. 어리벙벙한 표정으로 두 사람 사이에 오가는 대화를 듣고 있던 사람들에게 밴더빌트 씨가 명령했다.

"잘 들으시오. 지금부터 세라피나가 말한 대로 모두를 대피시키시오. 내 아내와 딸아이를 포함해 여자들과 아이들 먼저 마차에 태우시오. 마차마다 무장한 남자들을 두 명씩 동승시켜 한 사람도 빠짐없이 저택 밖으로 대피시키시오."

"네, 알겠습니다." 도드먼 씨와 그 수하들이 한목소리로 대답한 후 일사불란하게 움직이기 시작했다.

"저희는 지금 해야 할 일을 하고 있는 거예요. 후회하지 않으실 거예요." 세라피나가 말했다.

"끔찍한 사건들이 연이어 일어나는데 내가 할 수 있는 일이 없어서 내내 답답했다. 나는 명사수도 아니고 군인도 아니지만 이렇게라도 보탬이 될 수 있어 다행이구나." 밴더빌트 씨가 말했다.

'보탬이라…….' 아빠도 똑같은 단어를 사용했었다. 게다가 밴더빌트 씨의 목소리에서는 세라피나가 며칠 전 느꼈던 것

과 똑같은 불안감이 묻어났다. 권력과 연륜을 두루 갖춘 밴더빌트 씨도 무력감에 시달린다는 사실은 정말이지 뜻밖이었다.

밴더빌트 씨가 대피를 진두지휘하기 위해 자리를 뜨자마자 세라피나가 브레이든의 팔을 잡아끌었다.

“우리는 이 모든 일의 원흉을 파헤치러 가야 해.”

“무슨 계획이라도 있어?”

“모든 건 그날 밤 호숫가에서 시작됐어. 우리 둘이 누워서 밤하늘의 별을 올려다봤던 거 기억해? 네가 나한테 별자리를 설명해 줬잖아. 그러고 나서 흰 사슴이 숲속에서 달려 나왔고…….”

“원인이 별자리라고 생각하는구나? 지금은 도서관에 가려는 거고?” 브레이든이 감탄했다.

“네가 모르면 도서관이 우리의 유일한 희망이야.”

세라피나와 브레이든은 로비를 가로질러 도서관으로 내달렸다. 수십 명의 손님들이 짐을 싸려고 허둥지둥 방으로 달려갔다. 짐은 포기하고 곧바로 마차에 타기 위해 대문 앞에 줄을 서서 대기하고 있는 손님들도 있었다.

기다란 태피스트리 갤러리를 통과하는데 하인들과 집사들이 창문 가리개를 내리고 피아노를 닫고 비싼 가구에 덮개를 씌우느라 이리 뛰고 저리 뛰며 야단이었다. 태피스트리 갤러리에는 폭이 6미터에 달하는 실크와 양털로 짠 플랑드르 양탄자도 세 개나 걸려 있었다. 워낙 희귀품인지라 여러 명이 붙어 서서 덮개를 씌우고 있었다.

등 뒤로 밴더빌트 씨의 호통이 아스라이 들려왔다. “그러고 있을 시간이 없다. 당장 그만두고 대피하도록!”

저택이 온통 들썩들썩했다. 이렇게 거대한 저택에 최소한의 인원만 남기고 거의 모든 사람을 대피시키는 광경은 세라피나의 인생에서 다시없을 진풍경이었다.

세라피나와 브레이든은 도서관으로 들어갔다. 책장에 줄지어 늘어선 금박을 입힌 책에 기다란 황동 램프의 호박색 불빛이 반사되어 반짝거렸다. 벽난로 안에서는 모닥불이 타닥타닥 소리를 내며 타고 있었다. 비록 밖에서는 한바탕 법석이 일고 있었지만 도서관 안은 평화롭기 그지없었다. 시간이 얼마나 허락될지는 알 수 없었다. 하지만 많지 않은 것만큼은 분명했다. 도서관을 가득 메운 책을 올려다보니까 눈앞이 까마득했다. 여기 도서관 책장에 꽂혀 있는 책만 해도 만 권이 넘었다. 저택 곳곳에 흩어져 있는 책까지 헤아리면 빌트모어가 보유한 장서 수는 이만이천 권에 달했다. 이런 곳에서 과연 원하는 답을 찾을 수 있을까?

"천문학." 브레이든은 한 치의 망설임도 없이 철제 난간이 있는 나선형 계단 근처에 놓인 책장으로 다가갔다. 계단은 도서관 2층으로 이어져 있었다. 고개를 갸웃거리며 책장을 훑어보던 브레이든이 표지가 검은색 가죽으로 된 책 한 권을 뽑아 들었다.

책장을 휙휙 넘기던 세라피나의 눈에 그리스 신화에 나오는 올림포스의 신들과 티탄족과 영웅들의 이야기가 눈길을 사로잡았다.

"별자리에 얽힌 신화와 전설은 수없이 많지만 흰 사슴에 얽힌 이야기를 읽은 기억은 없는데……." 브레이든이 중얼거렸다.

"그날 밤 네가 나한테 말해 준 별자리는?"

"그날 밤이라면 오리온자리랑 알파성 알데바란이랑 플레이아데스성단이랑 그리고……."

"나한테 플레이아데스성단에 얽힌 이야기를 들려줬잖아. 일곱 개의 별 말이야. 기억 안 나? 유난히 밝았던 일곱 개의 별."

"삼촌한테 들었는데 그 일곱 개의 별이 된 일곱 자매는 님프 플레이오네가 낳은 딸들이래."

브레이든의 이야기에 귀를 기울였지만 빌트모어에서 지금 일어나고 있는 일이랑은 상관이 없어 보였다. "성경 구절도 말해 줬잖아. '욥아, 네가 북두칠성을 묶을 수 있느냐? 네가 오리온자리를 묶은 띠를 풀 수 있느냐? 네가 때에 따라 별자리를 낼 수 있느냐? 곰자리와 그 별들을 인도할 수 있느냐?'

그건 기억나? 일곱 개의 별에 얽힌 전설은 전 세계 거의 모든 문화권마다 있다는 얘기도 했잖아."

그때 저 멀리 저택 반대편에서 유리가 와장창 박살 나는 소리가 들려왔다. 세라피나와 브레이든이 동시에 벌떡 일어났다. 하지만 세라피나는 지금 하고 있는 일에 집중하기로 결심했다.

브레이든이 서둘러 벽난로 근처에 있는 책장으로 달려가 두 번째 책을 꺼내 왔다. "이 책에는 마오리족이 숭배했던 타네라는 신이 어떻게 일곱 개의 별을 수집해서 하늘에 흩뿌렸는지가 나와 있어. 신들이 사는 하늘을 장식하려고 말이야."

"그 이야기도 흰 사슴이랑은 별로 관련이 없을 것 같은데." 세라피나가 말했다.

"그럼 이거." 브레이든이 훨씬 두꺼운 책 한 권을 가져왔다. 별자리 도감이었다. 백조자리며 황소자리며 오리온자리며 책장마다 별자리 그림이 빼곡했다.

푸르스름한 빛을 내뿜는 성단 그림이 그려진 책장을 그냥 넘기려던 브레이든의 손을 세라피나가 재빨리 붙잡았다. "일곱 개의 별이야."

두 사람은 머리를 맞대고 책장에 적힌 글을 읽어 내려갔다. 켈트족 신화와 드루이드교 사제들에 관한 이야기, 켈트족이 부리던 마법과 잊힌 지 오래된 설화에 관한 내용이 적혀 있었다.

이제 밖에서는 사람들이 서로에게 고함을 지르는 소리가

들려왔다. 당장이라도 달려가서 도와주고 싶었다. '*한가로이 앉아서 책이나 읽을 때가 아닌데…….*' 그때 한 단락이 세라피나의 눈길을 사로잡았다.

> 계절마다 특징이 있지만 가을은 특히 변화와 재앙의 계절이다. 매년 가을 일곱 개의 별이 가장 먼저 중천에 떠오르는 밤이면 현실 세계와 마법 세계를 가리는 장막이 가장 얇아진다. 이때 일곱 개의 별이 현실 세계에 투영하면 그 안에 깃든 마법도 함께 투영된다고 전해진다. 동시에 거울이 거울을 비추듯 우리가 사는 현실 세계도 그 마법 속에 투영된다. 바로 그 순간 일곱 개의 별이 투영하는 현실 세계가 어떤 모습이든지 간에 (선이든 악이든 유쾌한 것이든 불쾌한 것이든 간에) 그대로 마법이 되어 현실 세계에 나타난다.

그 단락을 읽는 순간 세라피나의 머릿속에 번쩍 불이 들어오는 듯했다.

"호수 표면에 비쳤던……." 세라피나가 나지막이 중얼거렸다.

"유성우가……." 브레이든이 숨을 삼켰다.

"그날 밤 시작된 게 틀림없어."

"하지만 흰 사슴에 관한 이야기는 여기 없잖아." 브레이든이 말했다.

둘은 재빨리 다음 단락을 읽었다.

드루이드교 사제들을 비롯한 사람들은 어떤 해에는 일곱 개의 별에 죽은 자를 산 자의 세계로 불러들이는 힘이 깃든다고 믿었다. 역사가들은 오랫동안 이를 오늘날 핼러윈의 기원으로 추정해 왔다. 또 어떤 해에는 일곱 개의 별에 영혼이 없는 것에 영혼을 불어넣는 힘이 깃든다고 믿었다. 시대마다 지역마다 조금씩 차이가 있지만 공통적으로 전해지는 이야기는 다음과 같다. 현실 세계에 투영한 일곱 개의 별이 사라지면 그 마법도 함께 사라지며 현실 세계도 원래대로 돌아온다.

"아무래도 이건 아닌 것 같아." 브레이든이 말했다. "여기에도 흰 사슴 이야기는 없잖아. 게다가 일곱 개의 별에 깃든 마법의 힘 때문에 이 야단이 난 거라면 그날 밤에 호수에 비친 일곱 개의 별이 사라질 때 끝났어야 하잖아."

총성이 허공을 가르며 텅 빈 저택 안에 메아리쳤다. 밖에 있는 사람들이 위험에 처했다는 사실을 세라피나는 직감적으로 알아차렸다. 하지만 마음을 단단히 먹어야 했다.

브레이든은 일곱 개의 별과 지금 빌트모어에서 일어나고 있는 일 사이에 관련이 있을 가능성은 지워 버린 듯했다. 하지만 세라피나는 그날 밤 숲속에서 달려 나오던 투명에 가까운 흰 사슴과 며칠 뒤 자신들을 공격하던 잔 다르크와 생명력을 얻어 살아 움직이던 수많은 조각상들을 생각했다.

"*영혼이 없는 것에 영혼을 불어넣는 힘이라…….*" 세라피나는 머릿속으로 생각을 정리해 보려고 노력했다. "아무래도 일곱 개의 별에 깃든 마법이 빌트모어를 휘감은 것 같아."

브레이든이 세라피나를 바라보았다. "그게 무슨 뜻인지는 알지? 일곱 개의 별이 우리 세계에 투영하는 순간 우리 세계의 모습이 마법에 투영한다고 했어. 바로 그 순간 사냥꾼들이 흰 사슴을 쏜 거야!"

"빌트모어 전체가 그 마법에 걸린 거야. 저택뿐만 아니라 주변 숲까지 *통째로!* 게다가 밤이면 밤마다 저택 안에 깃든 사악한 힘이 점점 더 커지고 있어." 세라피나가 말했다.

"아니, 우리 안에 깃든 사악함이겠지. *우리의 사악함*이라고! 모르겠어? 거울이 거울을 비추듯이라고 했어. 우리의 사악함이 *우리에게 반사되어* 돌아온 거라고! 그날 밤 사냥꾼들이 드러낸 폭력성과 잔혹함이 도로 그들에게 반사된 거야! 작고 힘 없는 동물을 죽인 죗값을 치른 거야. 그동안 사냥을 하던 입장에서 사냥당하는 입장이 얼마나 끔찍한지 몸소 체험하게 된 거야!"

옆방 창문이 와장창 깨지는 소리가 들려왔다.

"게다가 투영하면 할수록 그 힘은 걷잡을 수 없이 커지고 있어." 세라피나가 한마디 거들었다.

"우리가 맞서 싸우면 싸울수록 말이지. 킨슬리 대위가 그랬던 것처럼."

"하지만 현실 세계에 투영한 일곱 개의 별이 사라지면 그 마법도 함께 사라진댔는데."

"내 말이. 왜 아직도 여기 남아 있는 거지? 도대체 왜 사라지지 않는 거야?" 브레이든이 되물었다.

불현듯 어떤 생각이 머릿속을 스치고 지나갔다. 생각만으로도 괴로웠다. 세라피나의 생각을 읽었는지 브레이든의 안색이 급격히 어두워졌다.

"왜 그래? 뭐가 잘못됐어?" 브레이든이 물었다.

"그날 밤 흰 사슴이 죽었어야 했나 봐." 세라피나가 힘겹게 말을 꺼냈다.

"무슨 뜻이야? *죽었어야* 했다니?" 세라피나의 말에 브레이든이 경악했다.

"사냥꾼들 총에 죽었어야 했다거나 죽어야 마땅했다는 뜻이 아니야. 하지만 호수 수면에 비친 일곱 개의 별이 사라졌을 때 흰 사슴의 마법도 함께 사라졌어야 했어. 흰 사슴도 죽거나 다시 돌이 되었어야 했어."

"그런데 왜 아직도 살아 있는 거야?" 브레이든이 되묻다가 멈칫했다. "내가 살려 주는 바람에 살아 있는 거구나. 내가 가진 치유력으로 다시 생명을 불어넣는 바람에……. 내가 이 모든 일의 원흉이었어!"

"브레이든, 너도 몰랐잖아. 네 잘못이 아니야. 흰 사슴을 쏜 건 네가 아니야."

그보다 이 커다란 도서관을 천장까지 가득 메운 책들을 바라보며 세라피나는 이 속에 그토록 찾아 헤매던 수수께끼에 대한 답이 있었다는 사실에 새삼 감탄했다. 세라피나의 추리는 정답에 꽤 가까웠다.

별이 쏟아질 듯한 밤하늘을 바라보며 탄성을 지른 날은 셀 수 없이 많았지만 브레이든이 별자리에 관한 이야기를 들려주기 전까지는 플레이아데스성단이나 일곱 개의 별에 관해선 들어 본 적도 없었고 머리 위로 쏟아지는 유성우에 관해서도 자세히 알진 못했다.

만약 브래딕 대령이 흰 사슴을 쏘면 안 된다는 사실을 알았더라면? 만약 브레이든이 흰 사슴을 살려 주면 안 된다는 사실을 알았더라면? 만약 제스를 보호하고자 흰 사슴과 용감히 맞서 싸운 킨슬리 대위가 그러면 안 된다는 사실을 알았더라면?

순간 세라피나는 멈칫했다.

만약 세라피나가 이 사실을 하나라도 미리 알았더라면? 그랬다면 사태가 여기까지 오는 걸 막을 수 있었을 것이다.

하지만 다시 생각해 봐도 다들 으레 하던 대로 했을 뿐이었다. 죽이고 살리고 보호하고 싸우고…….

로비에 비명이 울려 퍼졌다. 사람들이 공포에 질려 달아나고 있었다. 시간이 얼마 없었다. 그때 스치는 생각이 있었다.

"브레이든, 혹시 잔 다르크 조각상에 얽힌 어두운 역사 같은 게 있어?"

"아니, 삼촌이 저택을 지으실 때 만들어 달라고 주문했어. 그저 오래된 동상일 뿐이야." 브레이든이 대답했다.

"실제 잔 다르크는 사악한 인물이었어?"

"삼촌 말씀으로는 잔 다르크는 갑옷을 입고 검을 들고 전장에 나가긴 했지만 실제로는 프랑스 군대의 사기를 북돋우는 영적 지도자에 더 가까웠대. 내 생각에 잔 다르크는 평화를 원했던 것 같아."

"우릴 죽이려 들 때 보니까 그다지 평화를 원하는 것 같진 않던데. 게다가 그 사자들도 행동하는 게 진짜 사자들이랑은 달랐어. 일곱 개의 별에 깃든 마법의 힘으로 살아 움직이게 된 것들이니까. 하지만 도대체 어떻게 맞서 싸워야 하지?" 시간에 쫓기는 와중에도 세라피나는 집중하려고 노력했다. 빨리 대책을 세워야 했다. "적어도 몇몇은 무기랑 발톱으로 싸워서 물리칠 수 있다는 사실을 확인했지만 현실 세계의 힘과 마법 세계의 힘이 섞이면 어떤 일이 일어나는지도 우리 눈으로 목격했잖아."

브레이든이 고개를 끄덕였다. "내 덕분에 흰 사슴은 거의 무적이 됐어."

공기 중에 매캐한 연기 냄새가 진동했다. 양털로 짠 양탄자가 타는 냄새가 코를 찔렀다.

"흰 사슴이랑 대화를 시도해 봐야 할 것 같아." 브레이든이 진지한 눈빛으로 말했다. "어떻게든 설득해야 해. 흰 사슴을 치료해 준 사람이 나니까 아마 날 알아볼 거야. 내가 해치지 않는다는 것도 알 거야. 나를 믿어 줄 거야. 흰 사슴이 폭력성을 그대로 투영하는 존재라면 애초에 투영할 수 있는 폭력성을 내보이지 않으면 그만이야."

"내 생각에는 설득이 통할 것 같지 않아. 사냥꾼들이 살해당한 날 밤에 내가 이미 대화를 시도해 봤어. 하지만 아무런 반응이 없었어. 게다가 우리 상대는 흰 사슴뿐만이 아니야. 저택이며 정원이며 호숫가며 빌트모어 안에 있는 모든 조각상을 상대해야 하는데……."

도서관 바로 밖에서 커다란 화분이 와장창 소리를 내며 바닥으로 떨어져 박살이 났다. 무언가 다가오고 있었다. 도서관 안으로 들이닥치는 건 시간문제였다.

"저택 전체를 상대로 어떻게 싸우겠다는 거야?" 브레이든이 답답해하며 말했다.

"못 싸우지. 다른 방법을 생각해 내야 해." 세라피나가 말했다.

"시간이 더 필요해. 답이 여기 어딘가에 있을 거야!" 브레이든이 수많은 책들을 올려다보며 말했다.

타박 타박 타박……

끝이 갈라진 발굽 소리가 마룻바닥을 울리며 도서관 쪽으로 다가오고 있었다.

세라피나의 목덜미에 난 털이 쭈뼛 곤두섰다.

"뭐지?" 브레이든이 물었다.

경험으로만 알 수 있는 것들이 있었다. 하지만 책을 읽고 질문을 하고 대화를 하며 알 수 있는 것들도 있었다. 세상에는 다양한 형태의 스승이 존재했다. 다만 지금껏 세라피나는 주의를 기울이지 않았을 뿐이다.

세라피나가 돌아서서 도서관 입구를 바라보았다. 살인마가 곧 모습을 드러낼 것이다. 세라피나가 말했다. "시간이 다 됐어."

타박 타박 타박……

조그만 발소리가 점점 더 커졌다.

"물러서." 세라피나가 쌍여닫이로 된 도서관 문 너머 아치형 구조물을 내다보며 브레이든에게 속삭였다.

복도처럼 길게 뻗은 태피스트리 갤러리는 그림자 속에 잠겨 있었다. 좁고 기다란 창문에 걸린 하늘하늘한 커튼 사이로 희미한 달빛만이 새어 들었다.

태피스트리 갤러리 맨 끝에 흰 사슴이 서 있었다. 구슬 같은 새카만 눈동자가 세라피나를 뚫어져라 쳐다보았다. 머리 위로 왕관처럼 우뚝 솟은 뿔은 날카로워 자칫 찔리면 치명상을 입을 듯했다.

세라피나도 가만히 호흡하며 흰 사슴의 눈을 뚫어져라 쳐다보았다.

“브레이든…….” 세라피나가 고개는 돌리지 않고 나지막이 브레이든을 불렀다. “남쪽 테라스로 이어지는 뒤쪽 유리문으로 나가. 내가 최대한 시간을 끌어 볼게.”

“아니, 내가 흰 사슴이랑 이야기해 볼게.” 브레이든이 앞으로 성큼성큼 걸어 나가며 말했다.

“브레이든, 안 돼!” 세라피나는 비명을 질렀다. 하지만 늦었다. 이미 태피스트리 갤러리로 들어선 브레이든이 흰 사슴을 향해 다가갔다.

용감하다고 해야 할지 무모하다고 해야 할지 모르겠지만, 어쨌든 브레이든은 의지가 확고했다. 곧장 흰 사슴에게로 다가간 브레이든이 아무 무기도 없다는 듯이 양손을 펼쳐서 들어 보였다.

“우리는 두려워하지 않아도 돼. 아무것도 없어.” 겁먹은 말들을 달랠 때처럼 브레이든의 목소리는 한없이 부드럽고 다정했다.

흰 사슴은 고개를 갸웃하며 브레이든을 쳐다볼 뿐 아무 소리도 내지 않았다. 도저히 표정을 읽을 수 없었다.

“듣고 있지 않아, 브레이든. 진짜 동물이 아니라고. 말해 봤자 소용없어. 제발 돌아와. 겁주지 말고 화나게 하지 말고 그냥 돌아와.” 세라피나가 어르고 달래듯 속삭였다.

그러나 브레이든은 한 발짝 더 다가갔다.

“우리는 널 해칠 생각이 없어. 이 세상에 적응하도록 도와

줄게. 우리가 지금까지 저지른 죗값은 어떻게든 보상할게. 노력하면 평화롭게 어울려 살아갈 수 있어."

흰 사슴이 브레이든을 빤히 쳐다보며 한 걸음 다가갔다.

"그래, 착하지." 브레이든이 속삭였다.

흰 사슴이 여전히 브레이든에게 시선을 고정한 채 한 걸음 더 다가갔다.

'진짜로 통하는 것 같네.' 놀라움 반 기대 반으로 세라피나는 그 모습을 지켜보았다.

그런데 브레이든이 흰 사슴 쪽으로 천천히 몸을 움직이는 순간 뱀이 목을 휘감고 조이는 듯한 감각이 세라피나를 관통했다. 말을 할 수 없었다. 숨을 쉴 수 없었다.

'함정이야! 가지 마, 브레이든! 돌아와!' 속수무책으로 브레이든을 바라보며 세라피나가 소리 없이 절규했다. 마음속에서 분노가 끓어올랐다. 세라피나는 이를 갈며 흰 사슴의 시야에서 벗어나려 발버둥을 쳤다.

그 순간 흰 사슴이 콧구멍을 벌렁거리며 분노를 표출했다. 앞발을 쿵 내리치자 마룻바닥에 쩍 금이 갔다.

세라피나는 당장이라도 흰 사슴에게 달려들고 싶었지만 몸이 말을 듣지 않았다. 흰 사슴의 저주에 걸려 꼼짝없는 먹잇감 신세가 되고 말았다.

"브레이든, 그래 봤자 소용없어!" 알 수 없는 힘에 꽉 막힌 기도 사이로 세라피나가 악을 쓰고 소리를 질렀다. 쉭쉭거리는 소리만 새어 나왔다. 들었는지 못 들었는지 브레이든은 아랑곳하지 않고 한 걸음 더 다가섰다.

"걱정 마, 아무도 널 해치지 않아." 브레이든이 속삭였다.

흰 사슴의 등 뒤로 조그맣게 보이는 로비에서 사람들의 비명이 천장을 울렸다.

여전히 브레이든에게 시선을 고정한 채 흰 사슴이 뿔을 살짝 앞으로 숙이더니 고개를 한 번, 두 번 흔들었다. 다시 고개를 든 흰 사슴이 콧김을 요란하게 내뿜으며 위협적으로 발을 굴렀다. 경고의 몸짓이었다.

"다 괜찮을 거야. 아무도 널 해치지 못하게 할게." 공포에 대한 감각이 마비된 사람처럼 브레이든의 목소리는 여전히 다정했다.

로비에서 들려온 어떤 여인의 끔찍한 비명이 도서관까지 울려 퍼졌다. 신사 숙녀 아이 할 것 없이 모두가 대문으로 달려 나갔다. 황동 용수철이 담긴 커다란 나무 상자 같은 것이 바닥에 쓰러져 산산조각 나는 소리가 들려왔다. 아마도 로비에 있던 커다란 괘종시계가 넘어진 듯했다. 반격을 하려는지 남자들 사이에 고성이 오갔다. 다른 사람들은 공포에 질려 달아나기 바빴다. 신화 속에 등장하는 괴물의 포효 같은 것이 저택의 석회암 벽을 쩌렁쩌렁 울렸다. 가구 타는 냄새와 연기가 공기를 가득 메웠다. 넬이 울음을 터뜨렸다. 밴더빌트 부인이 비명을 질렀다. 현관으로 말발굽 소리가 들이닥쳤다. 그야말로 아비규환이었다.

세라피나는 당장이라도 흰 사슴 너머로 눈에 빤히 보이는 저 혼란의 도가니 속으로 뛰어들어 불쌍한 영혼들을 도와주고 싶었다. 하지만 몸이 꼼짝도 하지 않았다.

브레이든을 뚫어져라 쳐다보는 흰 사슴의 새카만 눈동자에 사악한 빛이 번뜩였다. 그때 흰 사슴 뒤로 그림자가 드리웠다. 남자의 구둣발 소리가 들려왔다. 이윽고 모습을 드러낸 그는 흰 사슴을 그대로 지나쳐 브레이든과 세라피나가 있는 쪽으로 뚜벅뚜벅 걸어왔다. 검은 머리에 검은 수염, 밴더빌트 씨였다!

죽어 있는 그의 눈동자를 마주하는 순간 두려움이 온몸을 훑고 지나갔다.

현관에서 프랫 씨가 밴더빌트 씨를 발견하고 황급히 달려왔다.

"조심하세요, 프랫 씨! 저건 밴더빌트 씨가 아니에요!" 세라피나가 소리를 질렀지만 이미 늦었다.

밴더빌트 씨의 등 뒤로 다가간 프랫 씨가 가볍게 그의 팔에 손을 올렸다. 그 순간 밴더빌트 씨의 도플갱어가 홱 몸을 돌려 한 치의 망설임도 없이 들고 있던 쇠꼬챙이로 프랫 씨의 정수리를 내리찍었다.

프랫 씨가 얼빠진 표정으로 비틀거리며 밴더빌트 씨를 붙잡으려는 듯 허공에서 팔을 허우적거렸다. 머리에서 흘러내린 피가 그의 시야를 가렸다. 종아리가 협탁에 부딪치며 깨진 유리 조각 위로 털썩 쓰러졌다. 프랫 씨의 머리 밑으로 피가 고였다.

눈앞에서 프랫 씨가 죽어 가는 모습을 보고도 세라피나가 할 수 있는 일은 아무것도 없었다. 하지만 설사 흰 사슴의 저주를 풀고 움직일 수 있었다고 해도 브레이든을 내버려 두고 프랫 씨에게 달려갈 순 없었을 것이다. 브레이든은 여전히 흰 사슴과 대치 중이었다. 세라피나는 속으로 제발 브레이든의 간절함이 통하기를 바랐다. 브레이든이 어떻게든 흰 사슴과 소통할 수 있는 방법을 찾아내길 바랐다. 그래야만 했다. 그러나 흰 사슴은 여전히 의미를 알 수 없는 눈빛으로 브레이든을 빤히 쳐다볼 뿐이었다. 브레이든도 흰 사슴에게 시선을 고정한 채 얼어붙은 듯 가만히 서 있었다. 밴더빌트 씨의 도플갱어가 갑자기 방향을 틀어 브레이든에게로 달려들었다.

"도망쳐, 브레이든!" 세라피나가 비명을 질렀다. 밴더빌트 씨의 도플갱어가 쇠꼬챙이를 높이 치켜들었다.

하지만 브레이든은 도망치지 않았다. 최면에라도 걸린 듯 석고상처럼 미동도 없이 흰 사슴의 눈동자만 쳐다보고 있었다. 브레이든은 시선을 돌리지 않았다. 팔을 들어 쇠꼬챙이 공격을 막지도 않았다.

오히려 한 발짝 더 앞으로 다가섰다. 죽음을 향해.

그때 무언가가 세라피나의 귓가를 스쳐 지나가 도플갱어의 이마에 명중했다. 둔탁한 파열음과 함께 도플갱어가 마치 끈 떨어진 꼭두각시 인형처럼 바닥에 풀썩 쓰러졌다.

"거기 두 사람! 이제 그만 좀 움직여 줄래?" 등 뒤에서 날 선 소녀의 목소리가 날아들었다. 손전등 불빛에 놀라 제자리에 얼어붙어 버린 한 쌍의 사슴처럼 꼼짝도 않고 서 있는 세라피나와 브레이든이 영 못마땅한 말투였다.

확장된 동공이 서서히 원래대로 돌아오는 것을 느끼며 세라피나가 고개를 좌우로 흔들었다.

마비가 풀리자마자 세라피나는 브레이든의 팔을 낚아채 도서관 안으로 홱 잡아당겼다. 얼마나 세게 잡아당겼는지 브레이든의 몸이 허공에 거의 들리다시피 했다. 다행히 흰 사슴의 최면에서 풀려났다.

두 사람을 도와준 건 다름 아닌 제스였다. 찢어진 이마에는 피딱지가 앉아 있었지만 깨끗한 옷으로 갈아입고 엽총을 손에 든 제스는 이제 멀쩡해 보였다.

"다시 만나서 무진장 반가워, 제스. 이대로 널 영영 못 보는 건 아닌지 걱정했어." 세라피나가 책장 뒤로 몸을 숨기며 말했다.

"밴더빌트 씨가 킨슬리 대위님을 비롯해 부상자들은 전부 애쉬빌에 있는 병원으로 실어 보냈어. 하지만 나는 어떻게든 보탬이 될 수 있을 것 같아 여기 남았어."

"네가 있어서 천만다행이야." 브레이든이 안도의 숨을 내쉬며 말했다.

하지만 머뭇거릴 시간이 없었다. 비명을 지르며 탈출하려는 사람들로 저택 로비는 그야말로 아수라장이었다. 게다가 이제는 정체불명의 괴물들이 태피스트리 갤러리까지 들이닥쳐 난장판을 만들고 있었다.

벽에 걸린 진귀한 플랑드르 양탄자에 불이 붙었다. 불길이 아름답고 섬세한 그림이 그려진 천장 대들보를 향해 혀를 날름거렸다. 대들보에 그려진 금색 나뭇잎이 불길 속에서 반짝거렸다.

이 아수라장을 뚫고 커다란 백조 한 마리가 태피스트리 갤러리 천장을 미끄러지듯 지나 세라피나 쪽으로 날아오고 있었다. 우아하게 날개를 펄럭일 때마다 화재로 피어오르던 연기가 이리저리 방향을 바꾸었다. 백조의 깃털이 어찌나 새하얀지 밤하늘에서 가장 밝게 빛나는 별빛만큼이나 눈부시게 빛났다.

그 모습을 세라피나는 넋을 놓고 지켜보았다. 순식간에 백조가 세라피나의 머리 위로 날아들었다. 그 날갯짓이 일으키는 바람에 세라피나의 머리카락이 나풀거렸다.

바로 그때 사자 몸통에 독수리 머리와 날개를 단 그리핀이 부리를 한껏 벌린 채 도서관 안으로 들이닥쳤다. 그리핀은 앞뒤 재지 않고 세라피나에게로 곧장 달려들었다. 신화에나 등장하는 이 괴물은 세라피나를 쳐서 쓰러뜨린 후 위협적인 날갯짓과 함께 브레이든에게 돌진했다. 무자비하게 브레이든을 넘어뜨린 그리핀이 무시무시한 발톱으로 브레이든을 바닥에 질질 끌고 갔다.

제스가 엽총을 발사했다. 날카로운 총성이 도서관을 울렸다.

그러자 그리핀은 쇳소리를 내지르며 독기를 품고 제스에게로 돌진했다. 제스는 재빨리 뒤로 물러났지만 손에서는 절대 총을 놓지 않았다. *탕 탕 탕.* 근접 거리에서 사격이 이어졌다. 마침내 그리핀이 쓰러졌다.

"두 마리 더 온다!" 도서관으로 날아드는 그리핀 한 쌍을 발견한 세라피나가 소리를 질렀다. 그 거대한 날갯짓에 책과 종이가 사방으로 휘날렸다.

세라피나가 브레이든을 부축해 일으켜 세운 뒤 남쪽 테라스로 이어지는 유리문 쪽으로 잡아끌었다. 그러나 근처에 가기도 전에 유리창 너머로 도서관 안을 기웃거리는 가고일 수십 마리를 발견했다.

세 사람은 이제 독 안에 든 쥐였다.

거대한 도마뱀처럼 생긴 가고일 수십 마리가 유리창을 깨고 도서관 안으로 기어 들어오는 사이 브레이든이 얼굴에서 흐르는 피를 닦으며 소리쳤다. "그쪽으로는 못 나가!"

그리핀 한 마리가 제스의 총에 맞아 또 쓰러졌다. 숨 돌릴 틈도 없이 제스는 번개 같은 동작으로 총을 장전하고 다시 쏘았다. 나머지 한 마리도 근처에 얼씬도 못 하게 할 기세였다.

브레이든이 도서관 깊숙한 곳으로 뛰어 들어가며 소리를 질렀다. "모두들, 이쪽이야!"

제스와 세라피나가 재빨리 그 뒤를 따랐다. 저 멀리서 온갖 소음이 뒤섞여 들려왔다. 목숨을 건 전투가 벌어지고 있는 건 이쪽이나 저쪽이나 마찬가지였다.

어디선가 또 다른 그리핀이 나타났다. 날카로운 발톱에 페르시아 양탄자가 갈기갈기 찢어졌다. 날카로운 부리에 황동 램프가 바닥으로 넘어지면서 유리로 된 갓이 박살 났다. 배럴 통만 한 명나라 청자도 바닥으로 굴러떨어져 산산조각 났다. 시커먼 가죽을 가진 가고일 열두 마리가 꿈틀거리며 유리문을 깨부수고 도서관 안으로 쏟아져 들어왔다.

세라피나와 제스를 유리문과 반대편 끝에 있는 벽난로 쪽으로 데리고 온 브레이든이 앞장서서 도서관 2층으로 이어진 나선형 계단으로 올라갔다.

“여기로 나가자.” 벽난로 윗부분에는 숨겨진 비밀 문이 있었다. 위층으로 연결된 비밀 통로가 나왔다.

제스를 먼저 비밀 통로로 들여보낸 뒤 세라피나가 말했다.

“가서 다른 사람들을 도와줘. 나는 이 괴물들을 저택 밖으로 유인할게.”

“알겠어.” 제스가 대답하고 서둘러 발걸음을 옮겼다.

“나는 너랑 함께 갈게, 세라피나.” 브레이든이 말했다.

“꽉 붙잡아야 할 거야.” 세라피나가 고개를 끄덕였다.

그 말과 함께 세라피나가 흑표범으로 변신했다. 브레이든이 세라피나의 등에 올라탔다. 동시에 날카로운 발톱을 꺼내든 세라피나가 포효와 함께 가고일이 득시글거리는 아래층으로 몸을 날렸다.

"으아아아악!" 세라피나가 브레이든을 등에 태우고 허공으로 날아올라 도서관 바닥에 사뿐히 착지했다. 브레이든이 워낙 승마에 뛰어난지라 균형을 잘 잡으리라 예상은 했지만 방금 그 비명인지 함성인지 모를 소리로 미루어 짐작건대 달리는 흑표범의 등에 올라탄 건 처음인 듯했다.

세라피나가 앞발로 바닥을 차며 가고일 사이로 몸을 날려 도서관 입구를 가로막고 서 있는 그리핀에게로 곧장 달려들었다. 엎치락뒤치락 치열한 전투가 벌어졌다. 이빨과 발톱이 오고 갔다. 독수리의 머리와 발톱을 가진 괴수가 마침내 바닥에 쓰러졌다.

태피스트리 갤러리에 있는 흰 사슴을 발견한 세라피나가 망설임 없이 그쪽으로 돌진했다. 어찌나 빠른지 거대한 총알이 날아가는 듯했다. 아무런 해를 입힐 수 없을지도 모른다는 사실은 이미 알고 있었지만 주의를 끌어야 했다. 흰 사슴에게로 몸을 날리며 세라피나가 앞발을 들어 그 옆구리를 강타했다. 치명적인 공격이었다. 그러나 발톱 끝이 마치 유리 표면을 긁은 듯 미끄러져 내렸다. 바로 뒷벽에 걸린 값비싼 그림만 찢어져 바닥으로 나동그라졌다. 세라피나의 갑작스런 공격에 흰 사슴이 넘어질 듯 아슬아슬하게 옆으로 몸을 비켰다. 세라피나가 바로 이어서 공격하리라 예상한 흰 사슴이 몸을 돌려 발굽으로 바닥을 쿵 내리쳤다. 하지만 세라피나는 흰 사슴을 그대로 지나쳐 앞으로 달려 나갔다.

'폭력은 폭력을 불러올 뿐이야. 그러니 와서 날 잡아 보시지!'

세라피나는 기다란 복도처럼 생긴 태피스트리 갤러리를 달음질쳐 내려갔다. 찢어진 소파와 부서진 식탁을 뛰어넘고 그랜드 피아노의 잔재를 피하고 불타는 램프와 박살 난 창문을 넘어 로비에 이르렀다.

로비는 화염에 휩싸여 있었다. 석회암 바닥에는 가구와 짐가방들이 아무렇게나 널브러져 있었다.

빌트모어 안팎에 있는 모든 동상과 조각들이 살아나고 있었다. 아름다운 고대 미술, 오페라, 발레, 고전 문학 작품에 대한 밴더빌트 씨의 애정이 끔찍한 악몽이 되어 살아나고 있었다.

손전등을 든 집사들과 하녀들이 사방팔방으로 뛰어다녔

다. 잠옷을 입은 손님들이 연기와 어둠 속에서 서로의 이름을 애타게 불렀다.

현관문을 향해 달리던 세라피나의 시야에 아빠와 에시가 포착됐다. 두 사람은 허둥지둥 대층계를 내려오고 있었다.

온 저택에 불어닥친 혼란의 소용돌이 속에서도 아빠는 세라피나를 찾으러 루이 16세 방에 올라갔다 온 게 분명했다. 하지만 그곳에는 세라피나 대신 에시가 있었고 결국 두 사람은 서로를 의지하며 살아남기 위해 고군분투했다.

"거의 다 왔다." 함께 대층계를 뛰어 내려오며 아빠가 에시를 안심시켰다. 두 사람의 옷은 여기저기 찢어져 있었고 온몸은 상처투성이에 멍투성이였다. 위층에서 끔찍한 괴수의 공격을 받고 대피 중인 게 분명했다.

마침내 1층으로 내려온 두 사람을 맞은 건 샛노란 눈동자를 가진 거대한 흑표범이었다. 아빠와 에시의 얼굴이 공포로 새하얗게 질렸다. 온갖 고초 끝에 겨우 살았다고 한숨 돌리려는 순간 눈앞에 도저히 싸워 이길 수 없는 상대가 나타났으니 그럴 만도 했다.

처음에 두 사람은 흑표범의 등에 매달린 소년의 존재조차 알아차리지 못했다. 그저 흑표범의 새카만 몸과 커다란 머리와 날카로운 송곳니와 샛노란 눈동자에만 시선을 고정한 채 제자리에 얼어붙어 있었다.

그때 브레이든이 세라피나의 등에서 몸을 일으켜 세우며 소리를 질렀다. "엎드려!"

아빠가 잽싸게 에시의 목덜미를 잡아 바닥에 납작 엎드렸다. 동시에 세라피나가 두 사람의 머리 위로 뛰어올라 바로 뒤에 있던 날개 달린 사자를 덮쳤다. 세라피나와 브레이든과 날개 달린 사자가 한 덩어리가 되어 계단에서 굴러떨어졌다. 아빠와 에시가 벌떡 일어나 몸을 피했다. 커다란 고양이 두 마리가 저택이 떠나가라 울부짖었다. 이빨과 이빨이, 발톱과 발톱이 허공에서 맞부딪쳤다.

세라피나의 등에 매달려 있던 브레이든이 기회를 틈타 옆으로 뛰어내렸다. 그리고 재빨리 두 사람이 있는 곳으로 달려갔다.

아빠의 시선이 세라피나를 향하고 있었다. 흑표범과 날개 달린 사자가 맞붙어 싸우는 진귀한 광경을 아빠가 넋을 놓고 쳐다보았다. 그때 대층계 꼭대기에 있는 돔 지붕이 와지끈 소리를 내며 균열을 일으켰다. 그 위로 하늘을 나는 거대한 괴수가 내려앉은 탓이었다. 동시에 돔 지붕에서 1층까지 드리운 철제 샹들리에를 고정하고 있던 나사못이 떨어져 나왔다. 770킬로그램에 달하는 샹들리에를 어떻게 설치했는지 아빠가 자세히 설명해 준 기억이 났다. 그 철제 샹들리에가 지금 눈앞에서 추락하고 있었다. 4층을 지나, 3층을 지나, 2층을 지나…… 아빠의 머리 바로 위로 추락하고 있었다. 날개 달린 사자를 밀치면서 세라피나가 아빠를 향해 몸을 날렸다.

육중한 흑표범이 온몸의 무게를 실어 아빠를 덮쳤다. 아빠와 세라피나는 한 덩어리가 되어 바닥을 굴렀다. 철제 샹들리에가 세라피나를 뒤쫓아 달려오던 날개 달린 사자 위로 추락했다. 귀를 찢는 듯한 굉음과 함께 샹들리에가 산산조각 났다.

불과 몇 걸음 떨어지지 않은 곳에 흑표범과 인간이 부둥켜안고 누워 있었다. 둘은 정신을 차리고 몸을 떼어 내며 서로의 얼굴을 마주 보았다. 인간의 갈색 눈동자와 흑표범의 노란색 눈동자가 허공에서 얽혔다.

세라피나는 아빠의 눈빛에서 공포와 충격을 예상했다. 하지만 예상은 빗나갔다. 아빠의 눈빛은 그 무엇도 아닌 딸을 바라보는 눈빛이었다.

이 순간을 상상할 때마다 초자연적인 존재에 대한 혐오감과 지금까지 자신을 속인 딸에 대한 배신감으로 일그러진 아빠의 얼굴이 떠오르곤 했었다. 그러나 지금 아빠의 눈에 담긴 건 순수한 놀라움이었다. 작고 여린 줄만 알았던 딸아이에 대한 자랑스러움이었다. 아빠에게 정체를 숨기고 너무 먼 길을 혼자 왔다. 외로웠고 그래서 방황했다. 그리고 드디어 아빠 앞에 세라피나의 본모습이 드러난 지금, 이 혼란의 소용돌이 가운데에서도 안도감이 물밀듯이 밀려왔다. 자신이 어떤 모습이라도 변치 않는 아빠의 사랑을 확인하니 세라피나는 가슴이 벅차올랐다.

"서둘러, 세라피나! 흰 사슴이 오고 있어!" 브레이든이 달려와 다시 세라피나의 등에 올라탔다.

아빠와 잠시 눈을 맞춘 뒤 세라피나는 저택 밖으로 달려나갔다.

보이지 않는 강력한 힘이 저택 밖에 줄지어 서 있던 마차의 문을 열어젖혔다. 나무로 된 바퀴 살과 쇠로 된 바퀴 테가 찌그러졌다. 마구에 매인 말들이 마차가 부서진 줄도 모르고 조약돌이 깔린 길을 따라 마차를 질질 끌고 움직였다. 차축이 조약돌과 바로 마찰하면서 사방에서 불꽃이 튀었다.

빌트모어의 보안 책임자인 도드먼 씨가 아직 멀쩡한 마차 안으로 나이가 많은 애스콧 부인과 다른 여섯 명의 손님들을 한꺼번에 밀어 넣었다. 마차 문을 닫으며 겁에 질린 마부에게 큰 소리로 지시를 내리는데 어디선가 날아든 화살이 도드먼 씨의 심장을 관통했다.

화살을 부여잡은 채 거구의 도드먼 씨가 바닥에 쓰러져 그 자리에서 즉사했다.

세라피나의 눈이 화살이 날아온 방향을 급히 좇았다. 사냥의 여신 디아나가 맹렬한 기세로 달려들고 있었다.

밴더빌트 씨가 정신없이 달려와 아내와 딸을 다음 마차에 태우려고 했다. 밴더빌트 씨의 목과 얼굴에서도 피가 흐르고 있었다.

밴더빌트 부인이 우는 코넬리아를 품으로 당겨 안았다. 근처에서는 기디언과 세드릭이 가고일 무리와 맞서 싸우고 있었다.

디아나가 활에 두 번째 화살을 잿다. 화살촉이 밴더빌트 부인을 정확히 겨냥했다. 사냥의 여신이 활시위를 당겼다.

세라피나가 밴더빌트 부인에게로 몸을 날렸다. 갑자기 달려든 흑표범의 무게를 이기지 못하고 밴더빌트 부인이 중심을 잃고 말의 옆구리에 부딪쳤다. 바로 그 순간 화살이 윙 소리를 내며 스쳐 지나갔다.

세라피나는 곧바로 몸을 일으켜 디아나를 향해 돌진했다. 사냥의 여신이 세 번째 화살을 재는 시간보다 자신의 네발이 더 빠르기를 속으로 간절히 기도했다.

세라피나가 디아나를 덮치는 순간 세 번째 화살이 날아갔다. 브레이든이 비명을 질렀다. 브레이든의 팔을 스치고 날아간 화살이 그 뒤에 있던 어느 집사의 가슴에 박혔다.

그 와중에도 코넬리아를 놓치지 않은 밴더빌트 부인이 공포에 질려 날뛰는 브레이든의 말들을 피해 비틀거리며 앞으로 걸음을 옮겼다. 밴더빌트 씨가 부인의 손을 잡아끌어 딸 아이와 함께 마차에 태웠다.

마구간지기 놀란이 재빨리 마부석에 올라타 고삐를 잡았다.

"출발! 출발!" 브레이든이 고함을 질렀다. 브레이든의 음성을 알아들은 말들이 앞으로 달려 나갔다.

저택을 벗어나기도 전에 가고일 두 마리가 마차 위로 날아들었다. 마차 지붕 위를 엉금엉금 기어 놀란의 뒤로 몰래 다가갔다. 놀란은 마차를 모는 데 집중하느라 미처 가고일을 보지 못했다.

가고일 떼가 더 맹렬한 기세로 기디언과 세드릭을 공격했다. 세라피나가 그 사이로 뛰어들어 발톱을 휘둘렀다. 그 틈을 타 기디언과 세드릭이 밴더빌트 부인과 코넬리아가 탄 마차를 쫓아갔다. 마차에 올라탄 가고일 두 마리는 기디언과 세드릭의 몫이었다.

마차가 더 남아 있었다. 아직 탈출하지 못한 사람들이 더 남아 있었다. 하지만 브레이든이 외쳤다. "계속 달려야 해, 세라피나!"

세라피나가 고개를 돌려 뒤를 보았다. 저택 밖으로 모습을 드러낸 흰 사슴이 도망치는 인간들을 무감각한 표정으로 훑었다. 흰 사슴이 세라피나를 찾고 있었다. 감히 자신의 옆구리에 발톱 자국을 낸 흑표범을 찾고 있었다. 마침내 세라피나를 발견한 그 새카만 눈동자가 움직임을 멈추었다.

"주의를 끄는 데 성공한 것 같아!" 브레이든이 소리쳤다.

세라피나는 당장이라도 흰 사슴에게 달려들어 이빨과 발톱으로 끝장을 내고 싶었다. 하지만 싸움은 아무런 도움이 되지 않았다. 폭력을 쓰면 쓸수록 흰 사슴은 더욱더 강해질 뿐이었다. 흰 사슴은 킨슬리 대위가 쏜 총알에도 끄떡없었고 세라피나의 발톱에도 끄떡없었다. 공격을 받으면 받을수록 더욱더 강해질 뿐이었다.

세라피나에게는 묘안이 있었다. 세라피나가 방향을 틀어 달리기 시작했다. 세라피나는 숨지 않았다. 숨을 생각 따윈 없었다. 세라피나는 그저 멀리멀리 달아났다. 빌트모어에서 멀리, 아빠와 에시에게서 멀리, 밴더빌트 부부와 코넬리아에게서 멀리, 모두에게서 멀리.

편평하고 탁 트인 산책로가 나왔다. 세라피나는 스스로를 밀어붙였다. 잔디밭을 가로질러 내달렸다.

'어디 한번 달리기 시합을 해 볼까!' 세라피나가 속도를 높였다.

저택에서 충분히 멀리 왔다는 확신이 들 때쯤 세라피나는 흰 사슴이 자신의 뒤를 바짝 쫓아오고 있길 바라며 어깨 너머를 흘깃 보았다.

그 순간 전혀 예상치 못한 광경에 흑표범의 심장이 철렁 내려앉았다.

흰 사슴은 여전히 빌트모어 대저택에 있었다. 아까 그 자리에 그대로 서서 세라피나와 브레이든을 가만히 내려다보고 있었다. 새하얀 머리 위로 새하얀 뿔이 멀리서도 또렷이 보였다. 흰 사슴이 추격을 포기했나 하는 생각이 들려던 찰나 괴수 수백 마리가 저택에서 검은 폭포수처럼 쏟아져 나오기 시작했다. 벌집에서 쏟아져 나오는 말벌 떼처럼 저택의 모든 문과 창문이 괴수들을 토해 내기 시작했다.

독사의 머리에 이글거리는 눈을 가진 악귀, 뒤틀린 인간의 형상을 한 오거, 갈고리 모양의 주둥이를 가진 하이에나, 굽은 등에 날카로운 발톱을 가진 가고일 수백 마리가 떼를 지어 세라피나와 브레이든 쪽으로 몰려오고 있었다.

"여길 벗어나는 게 좋겠어!" 브레이든이 말했다.

세라피나가 디아나 언덕 꼭대기를 향해 전속력으로 질주했다. 몸 안에서 강인한 흑표범의 심장이 요동쳤다. 강인한 흑표범의 폐가 한껏 부풀어 올랐다. 강인한 흑표범의 네 다리가 거침없이 오르막길을 뛰어올랐다.

세라피나는 빨리, *아주 빨리* 뛸 수 있었다. 하지만 저 괴수들이 충분히 따라잡을 수 있도록 적당히 빨리 뛰었다.

언덕 중턱에 이르렀을 때 박쥐의 날개를 가진 가고일 두 마리가 세라피나와 브레이든을 덮쳤다. 브레이든이 한 손으로 세라피나의 등덜미에 매달린 채 다른 한 손으로 주먹을 휘둘렀다.

가고일 한 마리가 발톱으로 세라피나의 뒷다리를 움켜잡고 경사면 아래로 끌어당겼다. 다른 가고일이 세라피나의 앞다리를 움켜잡았다.

또 다른 가고일이 날아와 세라피나의 척추에 발톱을 박아 넣고 이빨로 브레이든을 공격했다. 세라피나가 고통에 찬 울부짖음을 내뱉었다. 브레이든이 발로 그 주둥이를 차서 떨어뜨리려고 시도했지만 도리어 어깨를 물리고 말았다. 브레이든이 비명을 질렀다.

세라피나가 발톱을 세워 한 마리를 겨우 떼어 냈지만 두 마리가 더 합류했다. 어떻게든 언덕 꼭대기까지 달려가려고 했지만 가고일 네 마리의 무게가 세라피나를 짓눌렀다. 갈수록 더 많은 가고일들이 날아들었다.

총성이 울렸다. 세라피나의 어깨와 머리 위로 피가 쏟아졌다. 브레이든이 총에 맞은 줄 알고 세라피나는 숨을 쉬는 것도 잊은 채 고개를 돌려 뒤를 보았다. 다행히 브레이든은 세라피나의 등에 꼭 매달려 있었다. 브레이든 역시 휘둥그레진 눈으로 얼굴에 묻은 피를 닦아 냈다. 총에 맞아 죽은 건 브레이든의 어깨를 움켜잡고 있던 가고일이었다.

또다시 총성이 울렸다. 세라피나의 앞다리에 달라붙어 있던 가고일이 나가떨어졌다. 세라피나가 고개를 돌려 저택 쪽을 바라보았다. 지붕에서 세 번째 총알이 뿜어져 나왔다.

누군가 브레이든과 세라피나에게 총을 쏘고 있었다.

하지만 세 번째 총알 역시 세라피나의 뒷다리에 매달려 있던 가고일에게 명중했다.

누군지는 몰라도 지붕 위의 사수가 노리는 건 브레이든과 세라피나가 아니었다. 가고일들이었다.

“제스야!” 브레이든이 들뜬 목소리로 외쳤다.

사격에는 젬병이라던 소녀는 사실 명사수였다. 쏘기만 하면 백발백중이었다.

제스는 산책로가 훤히 내려다보이는 탑 꼭대기에 자리를 잡고 총을 쏘았다. 총성이 울릴 때마다 가고일이 하나둘 나가떨어졌다.

또 다른 총알이 옆을 스쳐 지나갔다. 세라피나에게 달려들던 가고일이 언덕 아래로 굴러떨어졌다.

세라피나와 브레이든에게 달아날 수 있는 시간을 벌어 주고자 제스는 최선을 다하고 있었다. 그 사실을 깨닫자 어디선가 새로운 힘과 의지가 솟아났다. 몸을 흔들어 등과 다리에 붙어 있는 가고일의 사체를 떨어냈다. 세라피나가 다시 도약할 준비를 했다.

“우린 할 수 있어, 세라피나!” 브레이든이 덩달아 몸을 낮추며 세라피나의 사기를 북돋웠다.

마지막으로 벌 떼처럼 달려드는 가고일들 쪽으로 힐끔 눈길을 던진 뒤 세라피나는 젖 먹던 힘까지 쥐어짜 앞으로 달려 나갔다.

등 뒤에서 총성이 울릴 때마다 가고일이 하나둘 나가떨어지는 소리가 들려왔다. 그 소리를 들으며 세라피나는 속도를 높였다. 세라피나 옆으로 가고일 한 마리가 달려왔다. 입을 벌리고 세라피나에게로 달려들기가 무섭게 총알이 날아와 명중했다.

깊은 숲속으로 들어가면 들어갈수록 가고일과 제스의 총소리가 멀어져 갔다. 하지만 세라피나는 멈추지 않고 계속 달렸다.

마침내 속도를 늦추자 저 멀리 등 뒤에서 흰 사슴의 발소리가 들렸다.

'완벽해.'

그런데 낯선 발소리가 하나 더 있었다. 거대한 고양이의 발소리였다. 다만 사뿐사뿐 가벼운 진짜 고양이의 발소리와는 달리 쿵쿵 육중한 발소리였다.

'이번에는 또 어떤 사악한 괴수가 살아난 거지?'

강줄기가 흐르는 낮은 협곡으로 내려가 비바람에 쓰러진 나무 밑을 통과해 아로니아 덤불을 헤치고 달렸다.

어느새 세라피나는 늪지대를 지나고 있었다. 앙상한 층층나무 가지에는 고사리가 주렁주렁 걸려 있었고 우둘투둘한 향나무 밑동에는 이끼가 촘촘히 자라 있었다. 얕은 호수를 첨벙첨벙 건너는데 머리 위로 새카만 밤하늘이 펼쳐졌다. 호수 위로 반사된 수천 개의 별빛이 아름답게 반짝였다.

어깨 너머로 온몸이 멍투성이에 피투성이가 된 브레이든이 보였다. 옷은 찢어지고 얼룩져서 너덜너덜했다. 게다가 온몸이 젖어 완전히 물에 빠진 생쥐 꼴이었다. 이마는 아까 튄 가고일의 피와 진흙으로 얼룩덜룩했다. 지칠 대로 지친 팔다리가 가늘게 떨리고 있었다. 피곤하기는 세라피나도 마찬가지였다. 온종일 싸우고 달렸더니 이제 숨 쉴 때마다 폐가 아팠고 움직일 때마다 온몸의 근육이 아팠다.

'유일한 탈출구는 정면 돌파뿐이야.' 세라피나는 마음을 다잡았다.

이를 악물고 전진하다 보니 오르막길이 나왔다. 브레이든을 등에 태우고 빽빽한 덤불숲을 헤치고 나오니 드디어 수백 개의 묘비가 눈앞에 나타났다. 오랜 세월에 닳고 닳은 묘비들은 대부분이 기울어지거나 땅속에 파묻혀 있었다.

"왜 여기야? 왜 하필 이 공동묘지야?" 세라피나의 등에서 내려서며 브레이든이 물었다. 두려움으로 목소리가 벌벌 떨렸다.

인간의 모습으로 변신한 세라피나가 브레이든 옆으로 다가와 섰다.

"천사 조각상이 있는 빈터로 가야 해. 여기서 멀지 않아."

세라피나가 고개를 돌려 방금 지나온 늪지대 쪽을 바라보았다. 여기는 빌트모어에서 수 킬로미터 떨어진 곳이었다.

두 눈을 감고 고개를 옆으로 살짝 숙인 채 어둠 속에서 들려오는 소리에 귀를 기울이고 있노라니 킨슬리 대위의 목소리가 귓가에 울리는 듯했다. *'포기라곤 모르는 놈이에요! 우릴 끝까지 쫓아올 거란 말입니다!'*

예상했던 대로 가느다란 네 다리가 물살을 헤치며 천천히 다가오는 소리가 희미하게 들려왔다.

"흰 사슴이 여전히 우릴 쫓아오고 있어." 세라피나가 브레이든에게 속삭였다.

"그러면 얼른 여길 벗어나야겠네." 도망갈 곳을 찾아 두리번거리는 브레이든의 팔을 세라피나가 꽉 잡았다.

"아니, 우리는 공동묘지 더 깊숙이 들어갈 거야." 너 자신을 믿고 네가 아는 진실을 믿으라던 아빠의 말을 떠올리며 세라피나가 단호한 목소리로 말했다. "천사 조각상이 있는 빈터로 가야 해."

그런데 바로 그때 덤불 속에서 흰 사슴이 모습을 드러냈다.

고양이의 발을 한 신화 속 동물을 데리고 나타날 줄 알았는데 세라피나의 예상은 완전히 빗나갔다.

세라피나는 고개를 들어 흰 사슴 옆에 있는 그것을 올려다보았다. *'돔 지붕에 올라타 철제 샹들리에를 박살 낸 장본인이 여기 있구나.'*

용처럼 생긴 어마어마하게 큰 날개가 달린 괴물이 단검 같은 발톱을 앞세워 하늘에서부터 세라피나와 브레이든을 덮쳤다. 세라피나가 재빨리 브레이든의 어깨를 잡아 땅바닥으로 밀쳤다.

온몸이 비늘로 뒤덮인 괴물은 삐죽한 주둥이와 거대한 뒷다리와 박쥐 같은 날개를 가지고 있었다.

일곱 개의 별에 깃든 뒤틀린 마법이 *와이번*을 현실로 소환하고야 말았다.

머리 위로 우거진 나무를 뚫고 내려온 와이번의 발톱에 세라피나와 브레이든이 나동그라졌다.

사정없이 내리찍는 발톱을 이리 구르고 저리 구르며 간신히 피했다. 어마어마한 괴물의 발톱이 숲 바닥을 내리찍을 때마다 나무들이 뿌리째 뽑혀 나갔다.

"달려, 브레이든!" 세라피나가 벌떡 일어나 브레이든을 잡아끌었다. "묘지 깊숙한 곳으로!"

와이번이 거대한 날갯짓과 함께 밤하늘로 날아올랐다. 허공에서 방향을 틀어 쇳소리를 내지르며 브레이든과 세라피나를 향해 급강하했다. 와이번은 빠르고 민첩한 비행사였지만 울창한 숲은 세라피나와 브레이든에게 유리했다. 세라피나가 커다란 나무 뒤로 몸을 날리는 순간 와이번의 발톱에 바로 머리 위에 있는 나뭇가지들이 우수수 잘려 나갔다. 가까스로 공격을 피했다고 생각하던 찰나 거대한 날갯짓과 함께 빙그르르 돌아선 와이번이 발톱으로 세라피나의 어깨를 정확히 움켜잡았다. 고통으로 눈앞이 번쩍했다. 몸이 허공으로 들렸다. 비명을 지르며 손을 뻗어 나뭇가지를 잡은 덕분에 겨우 와이번의 손아귀에서 벗어난 세라피나의 몸이 땅바닥에 세게 부딪쳤다.

갈비뼈가 으스러지는 듯한 고통을 느끼는 와중에도 세라피나는 재빨리 바닥을 기어 전진했다. *'몸을 낮춰, 몸을 낮춰.'* 수리부엉이의 발톱을 피해 달아나는 작은 족제비처럼 세라피나는 엉금엉금 기어서 덤불숲으로 들어갔다. 그런데 브레이든은 어디 있지?

머리 위에서 와이번이 원을 그리며 맴돌았다. 세라피나는 옹이투성이 고목 둥치에 몸을 웅크리고 앉아 숨을 고르며 브레이든의 행방을 좇았다.

"나 여기 있어!" 브레이든이 젖은 나뭇잎을 배로 밀며 세라피나 옆으로 다가왔다. 안도감이 물밀듯이 밀려왔다.

몇 초쯤 시간적 여유를 벌었다고 생각하는 찰나 덤불에서 무언가 부스럭거리며 다가오는 소리가 들렸다. 빠르고 강한 고양이의 발소리였다.

덤불숲을 헤치고 사악한 괴물들이 모습을 드러냈다. 상반신은 인간 여자의 형상이었고 하반신은 사자의 형상이었다. 빌트모어 입구를 장식하고 있던 스핑크스였다. 한때 아름다운 조각상이었던 이들이 지금은 날카로운 이빨과 발톱을 가진 사악한 괴물로 변해 있었다.

몸을 한껏 낮추고 침을 뚝뚝 흘리며 으르렁대는 스핑크스는 사자나 인간이라기보다는 공수병에 걸린 하이에나에 가까워 보였다.

스핑크스 두 마리가 세라피나와 브레이든에게 각각 달려들었다. 세라피나는 일단 몸을 숙여 공격을 피한 다음에 눈여겨봐 둔 나무둥치 뒤로 몸을 날렸다. 하지만 브레이든은 다른 스핑크스에게 목덜미를 물린 채 발버둥을 치며 질질 끌려가고 있었다. 세라피나가 달려들어 브레이든을 떼어 냈지만 곧바로 스핑크스가 세라피나를 공격했다. 브레이든이 커다란 나뭇가지를 집어 들어 스핑크스를 내리쳤다.

그 순간 와이번이 숲 지붕을 뚫고 세라피나와 브레이든의 눈앞에 쿵 착륙했다. 숲 전체를 울리는 포효와 함께 와이번이 두 사람에게로 달려들었다.

"좋은 생각이 있어." 브레이든이 거대한 괴수의 공격을 피해 바닥을 구르며 소리를 질렀다. 다음 순간 갑자기 브레이든이 고개를 젖히고 밤하늘을 향해 인간이 내는 소리라고는 믿을 수 없을 정도로 이상한 소리를 내질렀다. "지금이야! 뛰어! 천사 조각상이 있는 빈터로 가!" 브레이든이 세라피나에게 소리를 지르고 벌떡 일어나 와이번을 향해 돌진했다.

"뭐 하는 짓이야? 브레이든, 안 돼!" 세라피나가 깜짝 놀라 소리쳤다.

그 순간 하늘에서 솟았는지 땅에서 솟았는지 어디선가 수천 마리의 검은색 새 떼가 날아들었다.

브레이든은 와이번과 정면으로 맞서 싸울 생각인 듯했다. 숲속에서 소환한 수천 마리의 검은색 새 떼와 함께 브레이든이 와이번을 향해 달려들었다.

그러나 눈 깜짝할 새에 발톱으로 브레이든을 움켜잡은 와이번의 거대한 몸이 날갯짓 한 번에 하늘로 날아올랐다.

브레이든의 비명이 밤하늘에 울려 퍼졌다.

그 믿을 수 없는 광경에 세라피나가 브레이든을 구하러 달려 나갔다. 하지만 와이번은 이미 세라피나의 손이 닿을 수 없는 저 하늘 높은 곳으로 날아가 버린 뒤였다.

"브레이든!" 세라피나가 절규했다.

거대한 맹수의 발톱에 붙들린 채 멀어져 가는 브레이든의 모습을 세라피나는 손 놓고 지켜볼 수밖에 없었다. 하늘에서 브레이든의 핏방울이 똑똑 떨어졌다. 고통에 찬 비명이 밤하늘을 울렸다. 허공에서 브레이든의 팔다리가 나부끼고 있었다.

브레이든을 발톱으로 움켜쥔 채 높이높이 날아오르던 와이번은 어느새 점이 되어 어둠 속으로 사라졌다.

"브레이든!" 피맺힌 세라피나의 비명이 또다시 밤하늘에 울려 퍼졌다.

브레이든이 어떻게든 와이번의 손아귀에서 벗어나 세라피나의 이름을 목 놓아 부르는 소리가 들려오길 세라피나는 간절히 바라고 기다렸다.

그러나 더 이상 아무런 소리도 들려오지 않았다.

브레이든이 사라졌다.

온몸이 욱신욱신했다. 심장이 덜덜 떨렸다.

'어떻게 이런 일이 벌어질 수 있지? 브레이든은 도대체 왜 와이번에게 그렇게 달려든 거야?'

슬픔이 북받쳤다. 하지만 지금 이 순간 생각이나 감정은 둘 다 사치였다. 스핑크스 두 마리가 이빨을 드러낸 채 으르렁거리며 다가오고 있었다. 어느샌가 숲속에서 쏟아져 나온 가고일 떼가 머리 위에서, 발밑에서 세라피나를 향해 다가오고 있었다.

맞서 싸워야 했다. 하지만 맞서 싸울 방법이 없었다.

브레이든을 쫓아가야 했다. 하지만 쫓을 방법이 없었다.

아빠의 목소리가 귓가에 울렸다. 가장 중요한 것을 하나만 꼽으라면 그건 무엇일까? 지금 반드시 해야 하는 일을 하나만 꼽으라면 그건 무엇일까? 가야 했다. 천사 조각상이 있는 빈터로 가야 했다. 이제 세라피나가 가진 패라곤 그곳에서 흰 사슴을 대면하는 것뿐이었다.

세라피나는 몸을 돌려 언덕길을 뛰어오르기 시작했다. 부서진 묘비와 기울어진 십자가 사이를 지나 끝없이 이어진 공동묘지를 내달렸다.

마침내 뒤를 돌아보았을 때 거기에 흰 사슴이 있었다. 흰 사슴이 세라피나의 뒤를 쫓아 천사 조각상이 있는 빈터로 들어서고 있었다.

'제발 내 작전이 통하길.' 천사 조각상의 발치로 허둥지둥 다가서며 세라피나는 속으로 기도했다.

흰 사슴이 무시무시한 속도로 세라피나를 뒤쫓아 왔다. 그 움직임이 사슴이라기보다는 전갈에 가까웠다. 스핑크스와 가고일이 일제히 세라피나에게로 달려들었다. 땅속에 파묻혀 있거나 쓰러져 있던 묘비가 공중으로 붕 떠올라 일제히 세라피나에게로 날아들었다.

땅속에서 엄청난 소용돌이가 일었다. 온갖 쓰레기와 세라피나에게 날아들던 묘비들이 모조리 그 소용돌이 안으로 빨려 들어갔다.

세라피나는 천사 조각상이 서 있는 단상 뒤에 몸을 웅크리고 숨어서 다가올 총공세를 기다렸다. 그런데 첫 번째 가고일이 세라피나를 그냥 지나쳐 날아갔다. 두 번째 날개 없는 발 여섯 개 달린 괴물은 세라피나를 발견하고 달려들다가 갑자기 옆으로 물러났다. 공중에서 날아오던 묘비는 땅바닥으로 나동그라졌다.

천사 조각상이 있는 빈터 안에서는 그 누구도 풀잎 하나 건드리지 못했다.

모든 스핑크스와 가고일과 괴물들이 세라피나에게로 달려들었다. 수백 개의 묘비가 세라피나에게로 날아들었다. 하지만 천사 조각상의 발치에 매달려 있는 한 세라피나의 털끝 하나 건드릴 수 없었다.

하지만 평생 여기 머물러 있을 수만은 없었다. 세라피나는 포위당했고 탈출구는 없었다. 싸울 도리가 없었다. 적을 물리칠 도리가 없었다.

흰 사슴과 스핑크스와 수많은 가고일이 천사 조각상이 있는 빈터를 빙 둘러싼 채 세라피나를 뚫어져라 쳐다보고 있었다. 어쩌면 저들 손에 브레이든은 이미 죽었을지도 몰랐다. 이제 다음 순서는 세라피나였다. 세라피나가 죽을 때까지 저들은 결코 멈추지 않을 것이다.

"어디 한번 덤벼 보시지! 사냥꾼들도 죽였잖아! 킨슬리 대위도 공격했잖아! 덤벼! 덤비라고! 지금 당장!" 세라피나가 흰 사슴과 다른 괴물들을 향해 바락바락 악을 썼다.

흰 사슴은 그 새카만 눈동자로 세라피나를 빤히 바라만 볼 뿐이었다.

'넌 날 죽여야 해. 그리고 지금 날 죽일 수 있는 방법은 하나뿐이야.' 세라피나가 속으로 생각했다.

"덤벼!" 세라피나가 또다시 고함을 질렀다. 그리고 땅바닥에서 주먹만 한 돌멩이를 집어 들어 흰 사슴에게 던졌다. 돌멩이가 흰 사슴의 옆구리를 명중했다. *'폭력은 폭력을 불러온다.'* "덤비라고!"

드디어 흰 사슴이 빈터 한가운데에 서 있는 천사 조각상으로 시선을 돌렸다.

'바로 그거야. 계속해, 계속해!' 세라피나가 속으로 외쳤다.

그러자 다른 조각상들처럼 천사 조각상이 살아 움직이기 시작했다.

흰 사슴이 고개를 돌려 세라피나를 똑바로 바라보았다.

모든 것이 계획대로 되었건만 막상 지금 이 순간이 눈앞에 닥치자 두려움으로 숨이 잘 쉬어지지 않았다.

하지만 천사는 곧바로 공격을 하지 않았다. 그보다 먼저 숲으로 꽉 막힌 공동묘지와 빈터를 포위한 폭력의 기운을 보았다. 이어서 흰 사슴과 소용돌이치며 날아드는 묘비와 기를 쓰고 달려드는 가고일을 보았다. 그리고 마침내 천사가 고개를 숙여 발밑에 웅크리고 앉아 있는 세라피나를 보았다.

그동안 수도 없이 천사 조각상을 올려다보며 말도 걸고 울음도 터뜨렸지만 단 한 번도 천사가 움직이거나 소리 내어 말을 한 적은 없었다. 그런데 지금 눈앞에서 천사가 살아나 세라피나를 내려다보고 있었다. 여느 인간의 눈과 다름없이 살아 있는 눈이었다. 한때 천사 조각상의 어깨를 뒤덮고 있던 이끼처럼 짙푸른 눈이었다. 이 지구상에 살았던 그 어떤 여인보다도 강인해 보이는 눈이었다.

그리고 그 눈에 담긴 이해의 빛을 세라피나는 보았다. 지금껏 어느 누구에게서도 느껴 보지 못한 눈빛이었다. 진정으로 이해받는 느낌이었다. 세라피나의 현재와 과거와 미래까지 그 모든 것을 이해받는 느낌이었다. 천사는 세라피나를 *이해했다.*

천사가 다시 눈을 들어 빈터 가장자리에 서 있는 흰 사슴을 보았다.

그저 꼭두각시에 불과한 빌트모어의 조각상들과는 달리 천사 조각상은 그만의 깊고 강한 영혼을 소유하고 있었다.

흰 사슴이 그 특유의 최면을 거는 듯한 새카만 눈동자로 천사를 빤히 쳐다보았다. 자기 뜻대로 천사를 조종해 세라피나를 공격하게 하려는 듯했다.

하지만 천사는 흰 사슴의 뜻대로 움직이지 않았다.

천사는 흰 사슴의 눈을 피하지 않았다.

천사가 커다란 잿빛 날개를 머리 위로 활짝 펼쳤다. 상상을 초월하는 존재로 변신이라도 하려는 듯 그 자세로 가만히 날개를 떨었다.

세라피나는 천사 조각상이 올라서 있는 단상 뒤에 몸을 숨긴 채 눈만 빼꼼 내밀었다.

이윽고 천사 조각상이 날개를 접었다.

두 날개가 허공을 가르며 접힐 때 하늘이 갈라지는 듯한 굉음이 울려 퍼졌다. 날갯짓 한 번에 바람이 휘몰아치기 시작했다. 흙과 돌이 날아올랐다. 가고일과 스핑크스가 나동그라졌다. 흰 사슴이 뒷걸음질했다.

천사가 공중으로 떠올랐다. 분노에 찬 포효와 함께 그녀가 가진 힘이 주변의 모든 것을 집어삼키기 시작했다.

세라피나는 단상을 꽉 붙잡았다. 숨을 쉬려 했지만 공기가 없었다. 주변은 온통 휘몰아치는 광풍과 요란한 소리로 가득 찼다.

천사가 일으킨 엄청난 소용돌이에 휘말리지 않으려고 흰 사슴이 네 다리로 버텼다. 그리고 자신이 가진 힘을 이용해 바위와 묘비를 공중으로 들어 올려 천사를 공격했다. 하지만 천사의 손짓 한 번에 날아들던 바위와 묘비는 다른 방향으로 튕겨 나갔다. 천사의 다른 한 손에는 곧게 뻗은 날카롭고 기다란 검이 들려 있었다.

여전히 허공을 맴돌던 천사가 천천히 풀밭으로 내려와 흰 사슴을 향해 뚜벅뚜벅 걸음을 옮겼다.

흰 사슴은 굴하지 않고 바윗덩이와 묘비를 쏘아 댔다. 그러나 천사에게는 아무런 위협이 되지 못했다.

천사가 다시 한번 머리 위로 날개를 펼치며 흰 사슴에게로 다가섰다.

기합 소리와 함께 천사가 땅에서 하늘까지 커다란 동작으로 검을 한번 휘둘렀다.

그 모습을 세라피나는 넋을 놓고 쳐다보았다. 검은 흰 사슴을 베지 않았다. 마치 우주라는 천에 이음매를 만들듯 날카로운 칼끝이 스치고 지나간 자리에서 땅과 하늘이 열렸다. 시공간의 경계가 열렸다. 그 사이로 보이는 건 캄캄한 어둠과 수많은 별뿐이었다.

모든 시공간이 하나로 합쳐지는 듯한 그 찰나의 순간에 세라피나는 힐끗 흰 사슴을 쳐다보았다. 마치 지금 이 순간이 흰 사슴을 처음 보았던, 숲속에서 뛰쳐나온 아름답고 신비한 생명체를 마주했던 바로 그 첫 순간처럼 느껴졌다.

다음 순간 흰 사슴과 다른 모든 괴수들이 한꺼번에 폭발했다. 눈앞이 번쩍하면서 세라피나의 살갗이 살짝 그을렸다.

하늘과 땅이 갈라지는 듯한 소리와 함께 폭발해 버린 흰 사슴과 괴수들의 조각난 몸이 유성우처럼 하늘로 날아올랐다. 셀 수 없이 많은 조각들이 소용돌이를 그리며 일곱 개의 별을 향해 날아올랐다.

흰 사슴이 사라졌다.

휘몰아치던 광풍도 그치고 세상은 다시 잠잠해졌다.

으르렁대던 스핑크스와 가고일도 다시 돌이 되었다.

새된 소리로 울어 대던 와이번도 그 자리에서 돌이 되어 땅으로 곤두박질을 쳤다.

천사 조각상이 있는 빈터에 남은 전투의 잔재라고는 공중에 희미하게 남아 있는 매캐한 냄새가 다였다. 타고 남은 별에서 나는 냄새가 틀림없다고 세라피나는 생각했다.

피부의 얼얼함과 몸의 떨림은 쉬이 가시질 않았다. 여전히 천사 조각상이 서 있던 단상 뒤에 몸을 웅크리고 숨어 있던 세라피나가 조심스레 고개를 내밀었다.

천사가 세라피나 쪽으로 걸어오고 있었다. 비로소 평안해진 표정이었다.

긴 다리로 시원하게 내딛는 걸음걸이가 자연스럽고 우아했다. 발을 옮길 때마다 은빛 머리카락이 빛을 머금은 듯 찰랑거렸다. 어깨 위로 펼친 잿빛 날개는 백조의 날개 같았다. 이보다 아름다운 존재를 세라피나는 일찍이 보지 못했다.

천사가 세라피나 앞에 멈추어 섰다. 그 아름다움에 압도당해 숨이 잘 쉬어지지 않았다.

천사가 미소를 지으며 양손으로 세라피나의 얼굴을 부드럽게 감싸 안고 이마에 지그시 입을 맞추었다. 따뜻한 봄바람 같은 입맞춤이었다. 비로소 존재를 인정받는 느낌이었다. 그동안 세라피나가 했던 모든 행동의 옳고 그름을 떠나 존재 자체로 인정받는 느낌이었다. 세라피나는 그 자체로 완벽했다. 지금 이 순간 세라피나는 스스로가 사랑받기 위해 태어난 존재임을 절절히 느꼈다.

잠시 세라피나는 아무 말도 할 수가 없었다. 이 모든 일이 꿈만 같았다. 천사 조각상이 실제로 자신과 눈을 맞추고 뺨을 어루만지다니 가슴이 벅차올라 움직일 수가 없었다.

마침내 세라피나는 용기를 그러모아 두 발로 일어섰다. 여전히 몸이 떨렸다. *'당신은 누구세요? 이름이 뭐예요? 왜 저를 도와주신 거예요?'* 머릿속에서 맴돌던 질문을 입 밖으로 꺼내려고 고개를 들었다.

그런데 단상이 텅 비어 있었다.

천사 조각상이 사라졌다.

'브레이든을 찾아야 해.'

세라피나는 몸을 돌려 와이번이 사라졌던 방향을 바라보았다.

'설마 브레이든이 잘못되진 않았겠지?'

세라피나는 브레이든을 찾아 숲속으로 발걸음을 옮겼다. 하지만 곧바로 장애물과 맞닥뜨렸다. 천사 조각상이 있는 빈터 가장자리를 오랜 세월 지키고 서 있던 버드나무가 쓰러져 있었다. 한때 세라피나의 엄마와 남동생과 여동생의 보금자리가 되어 주기도 했던 나무였다. 세라피나는 쓰러진 나무 사이로 비집고 들어가 나뭇가지를 붙잡고 그 틈으로 기어 올라갔다.

반대편 땅을 딛자마자 세라피나는 달리기 시작했다. 여기

저기 널브러진 묘비와 가고일 석상의 잔해를 피해 달렸지만 땅이 온통 질척거려 발이 자꾸만 폭폭 빠졌다. 묘비며 나무며 쓰러진 석상들이 전부 진흙 속으로 가라앉고 있었다. 늪이 모든 것을 집어삼키고 있었다. 마치 지금까지는 천사 조각상이 있는 빈터가 이를 막아 주고 있었던 것만 같았다.

세라피나는 쓰러져 있는 거대한 떡갈나무의 뿌리를 타고 올라갔다. 그 너머에는 종아리까지 오는 초록색 늪지대가 기다리고 있었다.

늪지대를 통과하면서 다시 돌이 된 스핑크스를 지나쳤다. 머리만 물 밖으로 나와 있었다.

진흙이 범람해 늪이 되어 버린 공동묘지를 바라보고 있노라니 심장이 죄어들었다.

"브레이든!" 답답한 마음에 세라피나가 소리를 질렀다. "브레이든, 내 목소리 들려?"

늪지대를 사방팔방 누볐다. 절망감이 머리끝까지 차올랐다. 어딜 가야 브레이든을 찾을 수 있을지 알 수 없었다. 하지만 찾아야만 했다!

답답한 마음을 가눌 길이 없었다. 허리까지 잠기는 늪지대 한가운데에 서서 세라피나는 주위를 두리번거렸다.

저 멀리 나무 위를 맴도는 검은 형체 하나가 보였다.

처음에는 와이번인 줄 알았다. 하지만 다시 생각해 보니 와이번은 돌이 되어 하늘에서 추락한 지 오래였다.

'새인가?'

일단 그쪽으로 걸음을 옮겼다. 수면 아래 바위와 나뭇가지에 발이 채여 속도를 내기가 어려웠다.

그때 첫 번째와 비슷하게 생긴 두 번째 검은 형체가 시야에 들어왔다. 서서히 검은 형체가 또렷이 보이기 시작했다. 날개를 펄럭이고 있었다.

새가 틀림없었다. 까만 새 두 마리가 하늘 위를 빙글빙글 맴돌고 있었다.

'까마귀다! 브레이든의 까마귀야!' 세라피나가 걸음을 빨리 했다.

가까이 다가갈수록 나뭇가지에서 점점 더 많은 까마귀가 하늘 위로 날아올라 세라피나의 주위를 맴돌았다. 두 마리가 열두 마리가 되고 열두 마리가 순식간에 수백 마리가 되었다. 하늘을 뒤덮은 까마귀 떼가 시끄럽게 울어 댔다.

처음에는 세라피나를 공격하려는 줄 알았다. 하지만 이내 까마귀 떼가 세라피나를 어디론가 데려가려 한다는 사실을 깨달았다.

까마귀 떼의 안내를 받아 도착한 곳에서 세라피나는 헉하고 숨을 삼켰다. 창백한 손 하나가 늪 위로 올라와 있었다.

세라피나가 끈적끈적한 늪 속으로 뛰어들었다. 탁한 늪 아래에 잠긴 브레이든의 새하얀 팔다리가 시야에 들어왔다. 브레이든의 몸이 부서진 와이번 조각상의 잔해에 깔려 있었다. 팔 하나만 수면 위로 올라와 있는 모습이 마치 브레이든이 세라피나에게 자신의 위치를 알려 주고 있는 듯했다. 세라피나가 자신을 찾으러 오리라는 사실을 이미 알고 있는 사람처럼. 브레이든의 다른 손은 수면 아래서 반쯤 잠긴 나무를 꼭 붙들고 있었다. 그리고 나무둥치에 뺨을 꼭 붙이고 있는 브레이든의 얼굴이 보였다. 입술이 물에 잠길락 말락 했다.

"브레이든!" 세라피나가 소리를 지르며 달려가 물 밖으로 삐져나온 손을 잡았다.

브레이든이 갑자기 눈을 번쩍 떴다. "날 찾아와 줬구나! 여기 갇혀서 꼼짝할 수가 없었어!” 브레이든이 안도의 한숨을 내쉬었다.

세라피나가 물 밑으로 들어가 브레이든을 강제로 안아 올리려 했지만 소용이 없었다. 와이번 조각상의 발톱이 여전히 브레이든의 다리를 꾹 붙잡고 놓아주질 않았다.

“수면이 점점 빠른 속도로 높아지고 있어.” 브레이든이 말했다.

“잠깐 기다려.” 세라피나가 주변을 휙휙 둘러보았다. 지렛대로 쓸 만한 게 필요했다.

그때 물 밖으로 삐죽이 튀어나온 무언가가 눈에 띄었다. 회색이라 처음에는 묘비인 줄 알았다. 하지만 가까이 가서 보니 와이번의 날개에서 떨어져 나온 돌이었다. 지렛대로 쓰기에는 적절하지 않았지만 세라피나에게 좋은 생각이 떠올랐다.

부서진 돌조각을 양손으로 들어 올리려 했지만 생각보다 무거웠다.

세라피나는 심기일전하고 다시 돌조각을 잡았다. 끙끙하는 소리와 함께 세라피나가 머리 위로 돌조각을 들어 올렸다. 그 무게에 몸을 기우뚱거리면서 세라피나는 허리까지 오는 물속을 헤치고 걸어갔다.

“조심해, 브레이든!” 외마디 경고와 함께 세라피나가 브레이든 쪽으로 돌진했다.

“나는 여기서 한 발짝도 못 움직인다니까!” 브레이든이 비명을 질렀다. 세라피나가 들고 있던 돌조각으로 와이번의 발톱을 내리쳤다. 와이번의 발톱이 산산조각 났다.

"됐다!" 브레이든의 다리가 자유로워졌다.

자신의 손으로 브레이든을 다치게 하지 않았다는 사실에 안도하며 세라피나가 브레이든을 잡아끌었다. "서둘러. 빨리 여길 벗어나야 해."

"지당하신 말씀이야." 세라피나와 브레이든은 앞서거니 뒤서거니 하면서 사이좋게 진흙탕을 헤치고 나아갔다. 브레이든이 앞장서며 세라피나가 쓰러진 나무를 넘을 수 있도록 손을 잡아 주기도 했고, 까다로운 검은딸기나무 덤불이 나올 때면 세라피나가 앞장서서 길을 안내하기도 했다.

마침내 늪지대를 빠져나왔다. 세라피나가 어깨 너머로 흘깃 뒤를 돌아보았다. 수많은 추억이 서린 천사 조각상이 있는 빈터와 오래된 공동묘지가 사라져 버렸다니 믿기지가 않았다.

"까마귀 떼를 이용해 나한테 신호를 보낸 건 아주 훌륭한 생각이었어. 안 그랬으면 나 혼자서는 제때 널 찾아내지 못했을 거야." 세라피나가 말했다.

"위급 상황에서 어떤 사람들은 구조 탄을 쏘아 올리지만 난 까마귀 떼를 날려 보내지." 브레이든이 싱긋 웃으며 말했다. "까마귀 떼는 보통 밤에는 날지 않는데 오늘은 특별히 우릴 도와준 거야."

늪지대를 빠져나온 두 사람은 숲길을 한참 걸어 빌트모어에 도착했다.

전투가 완전히 끝났음을 확인한 세라피나와 브레이든은 몇 년 전 벼락을 맞아 쓰러진 고목에 난 구멍 속으로 기어 올라가 잠시 휴식을 취했다.

나무 안은 비좁고 밤공기는 차가워서 둘은 별다른 말 없이 몸을 꼭 붙인 채 어깨동무를 했다.

잠깐 숨만 고르려 했을 뿐인데 맞닿은 피부로 전해지는 서로의 체온이 너무나 따뜻해서 두 사람은 한참을 그렇게 꼭 붙어 있었다.

요동치던 심장이 차츰 제자리로 돌아왔다. 추위가 가시면서 몸의 떨림도 잦아들었다.

거칠던 브레이든의 숨소리가 차츰 제자리로 돌아왔다. 브레이든의 머리가 옆으로 툭 떨어지면서 세라피나의 머리에 닿았다.

마침내 탈출했다.

어둠 속에서 둘은 한동안 꼼짝도 하지 않았다. 아무 말도 하지 않았다.

혈관을 타고 흐르는 핏줄기 사이로 맥박을 느끼면서 세라피나는 천천히 공기를 들이마셨다.

살아 있음에 감사하며 세라피나는 잠시나마 자신의 존재를 있는 그대로 만끽했다.

마침내 세라피나가 입을 열었다. “이제 집에 가는 게 좋겠어.”

“그러자.” 브레이든이 다정하게 말했다. 두 사람은 잠시 떨어지기 싫어서 머뭇거리다가 나무 밖으로 기어 나왔다.

집으로 돌아가면서 세라피나는 브레이든도 자신과 마찬가지로 앞으로 벌어질 일에 대해서 생각하고 있다는 사실을 알아차렸다.

“우리가 나온 뒤에 빌트모어에서는 무슨 일이 있었을까?” 브레이든이 물었다.

“모르겠어.” 아빠와 다른 모든 사람들을 떠올리며 세라피나가 대답했다.

숲길을 따라 걸어가면서 이번에는 세라피나가 물었다. “와이번한테 왜 그렇게 돌진했던 거야?"

"와이번 때문에 네가 천사 조각상이 있는 빈터로 가지 못하고 있었잖아."

"그래서 와이번의 발톱에 네 한 몸 던졌다고?"

"내 한 몸 던지진 않았거든!" 브레이든이 발끈하고 나서 웃음을 터뜨렸다. "달려들어서 싸우려고 했는데 와이번이 먼저 나를 붙잡았을 뿐이야! 의도한 건 아니었어."

"그다음엔 널 어떻게 했어?"

"와이번이 하늘을 나는 동안 나는 계속 발버둥을 치면서 주변에 있는 나뭇가지를 잡으려고 했어. 와이번이 하늘 높이 날 데리고 올라가 버리면 끝이라는 생각에 까마귀 떼를 불렀어. 와이번을 상대로 까마귀 떼가 할 수 있는 일은 그다지 많지 않았지만 어쨌든 영역을 침범한 매를 공격하듯이 까마귀 떼가 한꺼번에 달려들어 와이번을 괴롭혔어. 까마귀들은 매를 별로 좋아하지 않거든. 이기지 못할 싸움이라는 건 알지만 적어도 주의를 분산시켜서 하늘 높이 올라가지 못하도록 막을 수는 있었어."

"주의를 분산시키려고 했다고? 그러니까 네 한 몸 던져서 와이번의 주의를 분산시키는 게 네 계획이었다는 말이지?" 와이번의 발톱에 붙들려 15미터 상공으로 올라가던 브레이든의 모습을 보고 가슴 졸이던 기억을 떠올리며 세라피나가 어이가 없다는 듯 되물었다.

"누가 들으면 내가 무슨 대의를 위해 기꺼이 목숨을 내던진 대단한 영웅이라도 되는 줄 알겠네."

"너 정말 대의를 위해 기꺼이 목숨을 내던진 대단한 영웅처럼 보였어." 세라피나가 웃으며 말했다.

"그보다는 거꾸로 매달려서 발버둥을 치고 비명 지르는 울보에 가까웠지." 브레이든이 대꾸했다.

"대체 무슨 생각으로 그랬던 거야?"

"말했잖아, 네가 천사 조각상이 있는 빈터로 갈 수 있도록 시간을 벌어 주고 싶었어."

"하지만 넌 내가 거기로 왜 가려고 했는지 몰랐잖아."

마치 대답하기 어려운 질문이라도 받은 사람처럼 잠시 아무 말 없이 숲속을 걷던 브레이든이 다시 입을 열었다. "너한테 계획이 있는 것 같았어."

"넌 알고 있었구나." 세라피나는 브레이든과 나란히 걸으면서 '알다'라는 단어의 의미를 다시 생각했다.

"내 말이 맞지? 아니야?" 브레이든이 물었다. "맞아. 네 말이 맞아." 세라피나가 미소를 지으며 대답했다.

"그건 그렇고 너는 어떻게 천사 조각상이 그렇게 행동할 줄 알았던 거야?"

그 질문에 브레이든이 납득할 만한 대답을 해 줄 수 있을지 자신이 없었지만 어쨌든 세라피나는 최선을 다해서 설명했다.

"도서관에서 우리가 찾은 책에서 고대 사람들은 일곱 개의 별에 현실 세계와 마법 세계의 장막을 넘나들 수 있는 힘이 있다고 믿었다고 했잖아. 영혼이 없는 것에 영혼을 불어넣는 힘도 있고 말이야."

"빌트모어에 있는 조각상들처럼 말이지." 브레이든이 덧붙였다.

"그게 열쇠일지도 모른다고 생각했어. 빌트모어에 있는 조각상들과는 달리 빈터에 있는 천사 조각상은 이미 영혼이 있잖아."

브레이든이 몇 걸음 앞장서며 말했다. "그래서 일곱 개의 별에 깃든 힘이 천사를 깨웠을 때 흰 사슴이 마음대로 조종을 할 수 없었구나……."

"맞아. 천사가 훨씬 더 강력하니까."

"하지만 아직도 이해가 안 돼. 천사 조각상에게 영혼이 있다는 건 어떻게 알았어? 그게 그저 그런 오래된 조각상이 아니란 건 어떻게 안 거야? 책에 그런 내용은 없었잖아?"

세라피나는 아무 대답 없이 그저 걷기만 했다.

세라피나와 브레이든은 천천히 디아나 언덕 꼭대기로 걸어 나왔다. 사냥의 여신 조각상이 있던 자리와 가까운 곳이기도 했고 며칠 전 열세 대의 마차가 도착하던 모습을 세라피나가 지켜보던 곳이기도 했다. 새로 도착한 손님들 사이에서 필사적으로 사악한 침입자의 존재를 찾으려 했던 기억이 떠올랐다. 그때까지만 해도 마차에 탄 손님들이 희생자일 수도 있다는 생각은 전혀 하지 않았다.

세라피나는 디아나 여신 옆에 서 있던 사슴이 왜 가장 먼저 살아났는지 이유를 알 수 없었다. 이번 사건의 전말은 거의 다 파악했지만 일곱 개의 별이 가진 마법의 힘에 대해서는 아직도 모르는 것투성이였다. 어쩌면 영영 알 수 없을지도 몰랐다. 이번 사건을 통해서 세라피나는 미스터리는 언제나 존재한다는 사실을 깨달았다. 그래서 언제나 배움이 필요한 건지도 몰랐다.

"흰 사슴은……." 브레이든이 질문을 하려다 말고 원래 디아나 조각상과 사슴 조각상이 있던 자리를 바라보았다. 지금은 텅 비어 있었다. "그날 밤 사냥꾼들이 총을 쏘지 않았다면 어떻게 됐을까? 아니면 우리가 흰 사슴과 맞서 싸우려 하지 않았다면 어떻게 됐을까? 흰 사슴은 선일까, 악일까?"

세라피나는 잠시 생각에 잠겼다.

물론 흰 사슴은 악이었다. 사람들을 죽였으니까. 그래서 막아야만 했다.

세라피나와 빌트모어 사람들은 선이었다. 그러니 흰 사슴은 악이었다. 그렇지 않은가?

하지만 생각을 하면 할수록 그렇게 단순한 문제가 아니라는 사실을 세라피나는 깨달았다.

"모르겠어."

"어쩌면 책에 나온 대로 흰 사슴이 나타났을 때 현실 세계를 그대로 투영한 걸지도 몰라. 그러니까 어느 방향으로도 될 수 있는 셈이지. 보석에 반사된 빛처럼 말이야."

"아니면 수면에 반사된 빛처럼 말이지." 세라피나가 덧붙여 말했다.

"그래." 브레이든이 말했다.

"게다가 처음에 흰 사슴은 사냥꾼들만 주로 공격했잖아. 그건 이해가 돼. 그 뒤에 우리가 방어를 하면 할수록 더 폭력적으로 변해 간 것도. 그런데 나머지는 이해하는 데 시간이 조금 걸렸어."

"그게 무슨 말이야? 나머지라니?" 브레이든이 물었다.

"태피스트리 갤러리에서 우리랑 대치했을 때 흰 사슴이 콧김을 내뿜고 뿔을 흔드는 거 너도 봤지? 아주아주 화가 나서 우리 둘 다 죽이고 싶어 하는 것처럼 보였어."

"맞아, 바로 앞에서 봤지."

"그런데 도대체 왜 그랬을까? 우리가 호숫가에서 흰 사슴을 처음 만났던 날 밤 사냥꾼들은 화가 나서 흰 사슴을 쏘진 않았어. 그저 재미 삼아, 희귀한 동물을 잡아서 자랑하려고 쏘았지. 분노나 증오는 없었어. 흰 사슴이 특정 순간 나타난 현실 세계의 투영이라면 그 분노와 복수심은 다 어디서 온 걸까?"

"듣고 보니 그러네. 그렇게는 생각 안 해 봤어." 브레이든이 말했다.

세라피나는 호숫가에서 아름다운 흰 사슴을 보고 총성을 들었던 그날 밤을 떠올렸다. 송곳니를 드러낸 채 발톱을 휘두르며 사냥꾼들을 덮쳤던 세라피나 자신을 떠올렸다.

"내 생각엔 말이야…… 그 분노와 증오심은 나한테서 비롯된 것 같아." 세라피나는 방금 자신이 한 말의 의미를 찬찬히 곱씹었다. "그 순간의 우리 세계의 모습을 투영한다 그랬잖아."

브레이든이 무언가 말을 하려다 말고 시선을 돌렸다. 세라피나의 말이 맞을 수도 있다고 생각하는 듯했다.

“그게 사실인지는 나도 잘 모르겠네.” 마침내 브레이든이 말했다.

“사실 나도 잘 모르겠어.” 세라피나도 인정했다. 하지만 궁금증이 생겼다.

모든 것이 궁금증을 자아냈다.

세라피나와 브레이든은 디아나 조각상과 사슴 조각상이 있던 자리에 서서 빌트모어 대저택의 산책로를 굽어보았다. 드넓고 깨끗했던 잔디밭에 지금은 가고일과 오거를 비롯해 온갖 조각들이 널브러져 있었다.

조각들이 깨지고 사라진 저택의 외벽은 어딘지 모르게 낡고 초라해 보였다.

바깥이나 창문이나 테라스에 사람들이 모여 있길 기대했지만 아무도 없었다.

세라피나의 시선이 저택 구석구석을 바삐 훑었지만 개미 새끼 한 마리 보이지 않았다.

빌트모어를 너무 오래 비워 두었다. 돌아가야만 했다.

"내려가자." 브레이든의 목소리가 무거웠다. 세라피나와 브레이든을 기다리고 있는 미래가 마냥 즐겁지만은 않다는 사실을 둘 다 직감적으로 알고 있었다.

브레이든이 앞장섰다. 행여나 조각상 하나라도 다시 되살아날까 하는 생각으로 신경을 곤두세운 채 두 사람은 재빨리 걸음을 옮겼다.

현관에 이르자 문이란 문은 다 열려 있었다. 경첩이 부서져 달랑거렸다. 입구를 지키는 집사 한 명이라도 있었으면 하는 바람이었지만 아무도 없었다. 저택은 으스스할 정도로 고요하고 적막했다.

"안으로 들어가 보자." 브레이든도 세라피나만큼이나 불안하고 긴장한 듯했다.

스테인드글라스 유리가 깨져 있었다. 철제 램프가 넘어져 있고 유리로 된 전등갓은 박살 나 있었다. 거대한 괘종시계가 바닥에 쓰러져 있었다. 벌어진 옆구리 사이로 용수철이 튀어나오고 산산조각 난 기어가 흩어져 있었다. 한때 다채로운 꽃을 가득 품고 있던 꽃병은 바닥에 산산이 부서져 있었다. 날개 달린 사자의 사체가 이제는 돌이 된 채 쓰러져 있었다.

세라피나는 마른침을 삼키며 계속 걸었다. 브레이든도 조용히 세라피나를 따랐다.

태피스트리 갤러리로 들어서자 가고일의 발톱에 산산이 부서진 가구들이 눈에 들어왔다. 플랑드르 양탄자는 불에 타거나 찢어진 채 바닥에 구겨져 있었다. 하지만 그중에서도 가장 괴로운 것은 친구이자 집사 프랫 씨의 시신을 마주하는 것이었다.

세라피나는 숨을 쉬려고 노력했다. 똑바로 서 있으려고 노력했다. 하지만 차마 감당하기 힘든 광경이었다.

브레이든이 세라피나의 팔을 가만히 잡으며 말했다. "삼촌과 숙모를 찾아야 해."

"우리 아빠도……." 세라피나의 목소리가 떨렸다.

두 사람은 도서관으로 들어갔다. 도서관도 엉망진창이었다. 다른 곳과 마찬가지로 여기서도 살아 있는 영혼이라곤 코빼기도 찾을 수 없었다.

"다들 어디 있는 거지? 전부 떠나 버렸나?" 브레이든이 중얼거렸다.

"그래도 지금쯤은 돌아왔어야 하는데."

"저택 반대쪽으로 가 보자." 브레이든이 자신 없는 목소리로 말했다.

서로에게 바짝 붙은 채로 두 사람은 다시 로비로 걸어 나갔다. 겨울 정원, 당구장, 대연회장, 총기실, 응접실, 거실, 식기실 등 1층에 있는 방이란 방은 모조리 둘러보았다.

평소라면 종종거리는 하녀들, 분주한 집사들, 느긋하게 여유를 즐기는 손님들로 북적거릴 저택이 으스스할 정도로 조용했다.

"내 평생 빌트모어에 사람이 이렇게 없는 건 처음 봐." 브레이든이 얼빠진 표정으로 말했다.

“정신 차려. 위층으로 가 보자. 위층에는 분명히 누군가 있을 거야.” 세라피나가 말했다.

세라피나와 브레이든은 재빨리 2층을 수색했다. “저기요, 아무도 안 계시나요?”

“밴더빌트 씨, 여기 계시나요?” 세라피나가 고함을 질렀다. 하지만 세라피나의 말은 메아리가 되어 대리석 바닥과 석회암 벽을 울릴 뿐이었다.

“개들은 어디 있지? 기디언! 기디언!” 브레이든이 소리를 질렀다.

“세드릭!” 세라피나도 목청을 높였다.

하지만 아무도 달려 나오지 않았다.

“마구간에 있으려나?”

두 사람은 마차 출입구를 지나 마구간 안뜰을 지나 마구간으로 들어갔다. 평소라면 흠집 하나 없이 반들반들 윤이 날 벽돌 바닥에 여기저기 금이 가 있었다. 건초와 말똥과 급히 나가느라 버린 장비들도 어지러이 널브러져 있었다. 상아색 도기 타일을 붙인 벽에도 여기저기 긁힌 자국이 있었다.

“여기서 한바탕 전투가 있었나 봐.” 브레이든의 목소리가 가라앉았다.

텅 빈 마구간에서는 움직임 하나, 말 한마디가 메아리가 되어 되돌아왔다.

마차라곤 단 한 대도 보이지 않았다. 말 구유도 텅텅 비어 있었다. 마차용 말, 승마용 말, 야외 활동용 말, 짐수레 말,

조랑말 가릴 것 없이 말이라곤 단 한 마리도 보이지 않았다.

그때 희미한 발소리가 세라피나의 귀에 날아들었다.

"잠깐, 들어 봐……." 세라피나가 브레이든의 팔을 잡으며 가만히 말했다.

또다시 발소리가 들려왔다. 소리가 들려오는 쪽으로 세라피나가 걸음을 옮겼다.

"조심해." 브레이든이 속삭였다.

세라피나는 소리를 따라 어두운 마구간 안으로 들어갔다.

어둠 속으로 깊이 들어갈수록 절박하고 애처로운 고양이의 울음소리가 또렷하게 들려왔다.

세라피나는 마구간 구석에 쌓인 건초 더미 위에 몸을 말고 숨어 있는 스모크를 발견했다.

"스모크, 나야. 이제 다 괜찮아." 세라피나가 겁에 질린 잿빛 고양이를 조심스레 안아 올렸다.

"여기에는 누가 있긴 있었네." 브레이든이 갑자기 무언가 생각난 듯 말했다. "뒤쪽을 살펴보고 올게."

세라피나는 스모크를 내려놓고 브레이든을 좇아 마구간 뒤편에 있는 사육장으로 들어갔다.

그곳에는 혈통이 좋은 검정색 말 한 마리가 있었다.

말이 두 사람을 보고 히힝 울었다.

"다시 만나서 반가워, 친구야." 브레이든이 행복한 목소리로 인사하며 오랜 친구 곁으로 다가갔다.

누군가 두 사람을 위해 말 한 필을 남겨 두고 떠났다.

브레이든이 말의 곁으로 다가가더니 재빠르고 우아한 동작으로 말 등에 올라탔다.

"가자." 브레이든이 세라피나에게 손을 내밀었다.

세라피나의 눈이 휘둥그레졌다. 세라피나가 단 한 번도 말을 타 본 적이 없다는 사실은 브레이든도 잘 알고 있었다. 세라피나가 말들을 무서워한다는 사실도 브레이든은 잘 알고 있었다. 그런데도 브레이든이 손을 내밀었다.

잠시 망설이던 세라피나가 결심한 듯 브레이든의 손을 잡고 그 뒤에 올라탔다. 브레이든의 허리에 팔을 두르자 말이 놀라울 만큼 빠른 속도로 달리기 시작했다.

"삼촌이 우리만 두고 떠나셨을 리 없어. 너희 아버지도 그러실 리 없고 말이야. 이제 꽉 잡아!"

옆구리를 살짝 찼을 뿐인데 말은 브레이든이 무엇을 원하는지를 정확하게 알아듣고 전속력으로 질주했다. 세라피나는 매달리다시피 브레이든을 꽉 붙잡았다. 머리카락이 바람에 휘날렸다. 바람이 뺨을 스치고 지나갔다.

산 너머 남쪽 하늘이 푸르스름하게 빛났다. 지금 막 고개를 내민 태양의 불그스름한 얼굴이 시야에 들어오기 시작했다. 태양이 고개를 내밀면 내밀수록 양쪽 볼이 점점 더 따듯해졌다.

밴더빌트 가문 사람들과 아무런 친분이 없던 시절, 여기 들판에서 홀로 말을 달리던 밴더빌트가의 도련님을 구경하던 기억이 났다. 대화를 나누고 의지할 수 있는 친구를 가지고 싶어 했던 기억이 났다. 바로 그 들판을 지금 세라피나는 브레이든과 함께 말을 타고 달리고 있었다.

"저기다!" 브레이든이 소리치며 어딘가를 가리켰다.

탁 트인 들판 너머 언덕 꼭대기에 말을 탄 수색대가 있었다. 기디언과 세드릭도 그 옆에 있었다. 밴더빌트 씨도 보였다. 마구간지기 소년 놀란도 있었다. 그리고 밝게 빛나는 태양 아래 엽총을 들고 새로운 말에 탄 제스 브래딕이 있었다. 그 모습을 보는 순간 안도감이 물밀듯이 밀려왔다. 다들 무사해서 다행이었다.

그리고 한 사람 더, 빌트모어에서 가장 큰 말 중에 하나인 밤색 벨기에산 짐수레 말을 탄 남자가 시야에 들어왔다. 햇빛을 받으며 안장에 올라타 있는 모습보다 두꺼운 장화를 신고 지하실에서 기계와 기계 사이를 돌아다니는 모습이 훨씬 더 잘 어울리는 남자였다. 어쨌든 저기에 아빠가 있었다.

세라피나의 눈에 눈물이 차올랐다. 많은 일이 있었지만 세라피나는 여전히 아빠 딸이었다. 세라피나가 어떤 행동을 했든지 간에 아빠가 어떤 장면을 보았든지 간에 세라피나는 여전히 아빠 딸이었다. 아빠는 오늘도 세라피나를 찾으러 이렇게 나와 있었다.

며칠 동안 장례식이 이어졌다. 도플갱어의 손에 죽은 프랫 씨와 디아나의 화살에 맞아 죽은 도드먼 씨를 비롯해 세상을 떠난 모든 사람들을 위한 장례식이 엄숙한 분위기에서 치러졌다.

킨슬리 대위가 애쉬빌에 있는 병원에서 회복 중에 있다는 소식도 전해 들었다. 세라피나는 킨슬리 대위와 빌트모어에서 다시 만날 날을 기다렸다.

'세라피나 양도 몸조심하고 저녁 식사 때 봅시다!' 킨슬리 대위는 그렇게 말했었다. 그가 머지않아 그 약속을 지키러 나타날 것이라 세라피나는 믿어 의심치 않았다.

시간이 지나자 혼란을 피해 빌트모어를 떠났던 하인들이 대부분 돌아왔다. 대청소와 복구 작업이 시작됐다. 일상을 되찾고자 모두가 한마음 한뜻으로 힘을 모았다.

밴더빌트 부인도 아기 넬을 데리고 돌아왔다. 뉴욕에 사는 밴더빌트 가문의 친지들도 빌트모어에 조금 더 머물다가 돌아가기로 했다. 사냥철은 지나갔지만 새로운 손님들도 도착했다. 그중에는 남부의 아름다운 산지를 화폭에 담고 싶어서 온 유명한 화가도 있었다. 다양한 나무를 연구하는 박물학자도 있었다. 소설 집필에 전념할 수 있는 조용한 장소가 필요한 작가도 있었다.

제스는 이번 사건으로 아빠인 브래딕 대령과 남아 있던 혈육을 모두 잃었다. 그래서 밴더빌트 씨는 제스에게 공식적인 거처가 정해질 때까지 얼마든지 빌트모어에 머물러도 좋다는 허락을 내렸다. 제스를 애쉬빌에 있는 고아원이나 북부에 있는 기관으로 보내야 한다는 이야기도 있었고, 심지어 인생의 대부분을 보낸 아프리카로 돌려보내야 한다는 이야기도 있었다. 아무도 제스가 어디로 가야 하는지 알지 못했다. 세라피나는 그저 새 친구가 하루빨리 보금자리를 찾을 수 있기만을 바랄 뿐이었다.

저택의 일상이 거의 회복되어 갈 무렵 밴더빌트 씨는 빌트모어가 예술품의 보고라는 예전 명성을 회복할 수 있도록 조각가와 석공을 불러 모아 새로운 조각품을 제작하는 일에 착수했다. 밴더빌트 씨는 잔 다르크 조각상과 성 루이 조각상과 현관문 옆 사자상과 그 밖에 아끼던 여러 조각상을 똑같이 새로 만들어 달라고 주문했다. 하지만 와이번과 날개 달린 사자와 밴더빌트 씨 자신의 조각상과 몇몇 가장 흉측한 가고일 조각상은 거기서 제외됐다. '요즘 들어 좀 더 친근한 친구들에게 끌린다'는 게 그 이유였다.

그런데 새로운 디아나 조각상 옆에 흰 사슴 대신 충직한 개를 만들어 달라고 주문하면서 밴더빌트 씨는 그 이유를 밝히지 않았다. 게다가 새로운 디아나 조각상은 등에 화살통은 메고 있지만 더 이상 손에 활을 들고 있지 않았다.

세라피나는 빌트모어에서의 새로운 삶에 차츰 적응하기 시작했다. 낮과 밤을 모두 다 즐길 수 있게 되었다. 예전처럼 밤이면 동생들과 함께 산으로 들로 쏘다니긴 마찬가지였지만 이제는 저택에서 보내는 낮 시간도 즐길 수 있게 되었다.

예전이나 지금이나 세라피나는 아빠를 사랑했다. 예전이나 지금이나 아빠도 세라피나를 사랑했다. 하지만 아빠는 이제 예전에는 알지 못했던 세라피나의 모습을 알게 되었다. 어떤 모습일지라도 아빠가 자신을 사랑한다는 사실은 세라피나에게 가슴 벅찬 기쁨을 가져다주었다.

제스도 일곱 개의 별에 맞서 싸우는 동안 자신이 가진 새로운 능력을 발견했다. 하지만 에시와 밴더빌트 부부와 빌트모어에 있는 다른 모든 사람들은 제스를 그저 어린 소녀로만 알고 있었다. 그래도 제스는 괜찮았다.

늦은 밤이면 세라피나는 종종 흑표범의 모습으로 아기방 발코니에 누워 시간을 보내곤 했다. 새카만 흑표범의 몸은 어둠 속에서 거의 보이지 않았다. 그렇게 어둠 속에서 샛노란 눈만 내놓고 주변을 경계하곤 했다. 때때로 주위에 아무도 없을 때면 그 모습 그대로 아기 넬과 놀아 주기도 했다. 비록 아무에게도 말하지 않았지만 코넬리아가 세상에 태어나서 처음으로 말한 단어는 세라피나를 부르는 말 '*나비*'였다.

어느 날 오후 세라피나는 똥 마려운 강아지처럼 2층 침실을 서성거리고 있었다. 에시가 머리도 감겨 주고 밴더빌트 부인에게 선물받은 새 드레스 입는 것도 도와주었지만 여전히 불안했다.

“초조해하지 마세요. 곧 오실 테니까요.” 에시가 세라피나를 안심시키려 했지만 아무 소용이 없었다. 세라피나는 계속 방 안을 왔다 갔다 했다. 창틀에 앉아 있던 스모크조차 도대체 무엇 때문에 그러느냐고 참견할 정도였다.

마침내 똑똑 가벼운 노크 소리가 들려왔다.

“제 말이 맞죠?” 에시가 명랑하게 말했다. “이제 숙녀답게 거기 가만히 서 계세요. 문은 제가 열게요.”

에시가 문을 열고 재빨리 허리를 숙여 인사한 다음 브레이든을 방 안으로 들였다. 흰색 셔츠에 연갈색 재킷을 입고 흰색 손수건을 주머니에 꽂은 브레이든은 단정하고 깔끔해 보였다.

"내가 너무 일찍 온 건 아닌가 모르겠네." 브레이든이 밝은 목소리로 인사했다.

"제시간에 딱 맞춰서 오셨어요, 브레이든 도련님." 에시가 낮은 테이블과 폭신폭신한 의자가 놓인 방 한가운데로 브레이든을 안내했다. 하얀 식탁보가 깔린 식탁 위에는 전통 영국식 차를 즐길 수 있도록 고급 도자기로 만든 찻잔과 하얀 냅킨과 은으로 된 티스푼이 정갈하게 놓여 있었다. 그 옆에는 차와 함께 즐길 수 있는 스콘과 케이크가 피라미드처럼 쌓여 있었고 곁들여 먹을 단단한 우유 크림과 각종 잼도 나란히 줄지어 놓여 있었다.

"멋진걸." 브레이든이 장난기 가득한 눈으로 에시를 흘깃 바라보며 말했다. "그나저나 며칠 전 저택에서 있었던 전투는 제법 무섭지 않았니?"

또 무슨 장난을 치려고 이러는가 싶어서 에시가 두 눈을 가늘게 떴다.

"너도 그 커다란 흑표범 봤지? 진짜 멋있었지?"

"브레이든 밴더빌트! 당장 그만두세요!" 에시가 브레이든의 면전에서 성까지 붙여서 이름을 부르는 건 처음이었다. 에시가 엄한 목소리로 브레이든을 꾸짖었다. 하지만 그 목소리에서는 어딘지 모르게 즐거움이 묻어났다.

"왜 그래? 뭐가 잘못됐어?" 브레이든이 아무것도 모르겠다는 얼굴로 능청을 떨며 웃음을 터뜨렸다.

"제가 저 흑단 같은 머릿결을 몇 번이나 빗겼는데 그 정도 눈치도 없는 줄 아세요? 그러니 그런 시시껄렁한 장난으로 누굴 떠보려는 생각일랑 마세요! 전 절대 안 넘어가니까요!"

에시가 곁눈질로 세라피나에게 윙크를 날리며 미소 지었다. 세라피나도 덩달아 미소를 지었다. 친구가 짐작으로나마 진실을 알고 있다는 사실이 기뻤다.

"에시, 맹세컨데 난 누굴 떠보는 그런 사람 아니야."

마침내 브레이든이 세라피나 쪽으로 돌아섰다.

"안녕, 브레이든." 세라피나가 얌전히 다가서며 수줍게 인사했다. 브레이든을 보니까 이상하게 얼굴이 화끈거렸다. 브레이든이 검은 망토랑 싸우는 모습도 봤고 흰 사슴이랑 싸우는 모습도 봤다. 빌트모어에서 가장 높은 탑에 올라가는 모습도 봤고 가장 악명 높은 늪지대를 기어 다니는 모습도 봤다. 쏟아지는 폭우 속에서 무덤을 파는 모습도 봤다. 숲속에서 말을 타고 불길을 헤치고 달리는 모습도 봤다. 와이번의 발톱에 매달려 하늘로 끌려 올라가는 모습도 봤다. 별의별 모습을 다 봤는데도 어찌 된 일인지 지금 이 순간 브레이든의 얼굴을 마주하니까 심장이 콩닥콩닥거렸다.

두 사람은 어색하게 에시가 차린 다과상을 앞에 두고 앉았다. 한참 동안 서로 얼굴도 제대로 쳐다보지 못하고 앉아만 있었다. 보다 못한 에시가 빌트모어를 방문한 귀빈을 대접하듯 전통 영국식 다도에 따라 차를 따라 두 사람에게 건네주었다.

세라피나가 차를 한 모금 마셨다. 스모크가 다가와 세라피나의 발치에 배를 깔고 엎드렸다. 기디언도 브레이든 옆으로 다가왔다.

'소년과 개, 소녀와 고양이라.' 세라피나가 저도 모르게 쿡 웃었다.

"뭐가 그렇게 재미있어?" 브레이든이 케이크 몇 점을 기디언에게 주며 물었다. 케이크가 순식간에 기디언의 입속으로 사라졌다.

그걸 본 스모크가 단단한 우유 크림을 몇 숟가락 주면 사양하지 않겠다는 눈빛으로 세라피나를 올려다보며 가르릉 울었다.

어색한 분위기가 누그러지자 한가로이 차를 마시며 친구들과 오붓한 시간을 보내고 있다는 사실이 실감 나기 시작했다. 세라피나가 그렇게 대수롭지 않게 여기던 '평화와 고요'가 어느 때보다도 특별하게 느껴졌다.

오후의 티타임이 끝나 갈 때쯤 에시가 잠시 자리를 비우자마자 브레이든이 우울한 이야기를 꺼냈다.

"삼촌이 뉴욕으로 돌아가는 문제 때문에 좀 보자고 하셨어."

"널 다시 돌려보내려고 그러시는구나." 세라피나의 심장이 무겁게 가라앉았다.

"그런 것 같아."

세라피나가 눈을 들어 식탁 반대편에 앉아 있는 브레이든을 바라보았다. "가야 되면 가야지. 중요한 일이잖아. 나도 이제 알아." 애써 명랑한 목소리로 세라피나가 말했다.

"무슨 뜻이야?" 브레이든이 물었다.

"나는 전사이자 흑표범이지만, 이번에 싸우면서 내 이빨과 발톱만으로는 적을 물리칠 수 없다는 사실을 새삼 깨달았어. 검은 망토 때도 마찬가지였고."

"무슨 말인지 잘 모르겠어."

"작년에 도서관에서 러시아 단어 뜻을 찾지 못했다면 검은 망토의 정체를 끝까지 알아내지 못했을 거야. 기억나? 빌트모어의 역사를 알지 못했다면 흑마법사 유라이아를 물리치지도 못했을 거야. 책을 찾아보지 않았다면 일곱 개의 별에 깃든 마법을 물리칠 방법도 알지 못했을 거야. *지식이* 없었다면 수수께끼를 풀고 적들을 물리치지 못했을 거야. 용기와 의지만으로는, 날카로운 발톱과 강인한 팔다리만으로는 적을 물리칠 수 없어. *지식*을 겸비해야 해. 살아가면서 무슨 일을 하든지 성공하려면 *배움이* 필요해, 브레이든. 누구든지 하고자 하는 일을 해내려면 배움을 통해 지식을 쌓아야 해. 빌트모어의 수호자로서 내가 배워야 할 지식은 삶과 죽음의 차이점이야. 그러니 브레이든 너도 네 앞에 놓인 배움의 기회를 놓치지 말고 지식을 쌓았으면 좋겠어."

세라피나의 말에 동의하듯 브레이든이 진지하게 고개를 끄덕였다. 하지만 그 말이 두 사람에게 어떤 뜻인지 알기에 기분이 썩 좋지만은 않은 듯했다. 브레이든이 세라피나의 눈을 마주 보며 말했다. "내가 말했던 성경에 나오는 욥 이야기 기억나? 하나님이 욥에게 '네가 북두칠성을 묶을 수 있느냐? 네가 오리온자리를 묶은 띠를 풀 수 있느냐?'라고 물어보셨잖아."

"나는 그 말을 세상에는 때때로 우리 힘만으로는 어찌할 수 없는 일이 있다는 뜻으로 이해했어."

"맞아. 세상에는 우리 힘만으로는 어찌할 수 없는 일이 때때로 있지. 하지만 계속 생각해 봤는데 이번에는 어쩌면 우리가 북두칠성을 묶고 오리온자리를 묶은 띠를 풀 수 있을지도 모르겠어."

세라피나가 미소를 지었다. 무슨 소리인지 정확히는 몰랐지만 듣기에는 나쁘지 않았다.

"내게 좋은 생각이 있어." 브레이든이 말했다.

다음 날 아침 밴더빌트 씨가 세라피나와 브레이든을 빌트모어 정면에서 보이는 탑 꼭대기에 위치한 전망대로 불렀다. 가끔씩 밴더빌트 씨가 개인 집무실로 이용하는 공간이었다.

"앉거라." 책상 앞에 있는 가죽 의자를 가리키며 밴더빌트 씨가 근엄한 말투로 말했다. "학교 문제로 할 이야기가 있다."

세라피나가 브레이든에게 응원의 눈빛을 보냈다.

"무례하게 들리실지도 모르겠지만 드릴 말씀이 있어요, 삼촌." 브레이든이 어렵게 입을 열었다.

"무슨 얘긴데 그러느냐?" 밴더빌트 씨가 물었다. 그 목소리에서 학교 이야기 말고 다른 이야기는 지금 하고 싶지 않다는 의도가 분명하게 전해졌다.

“삼 년 전에 화재로 가족을 잃고 제가 저희 아버지의 유일한 상속자가 되었잖아요.”

“그래, 사실이다.” 밴더빌트 씨가 말했다.

“그러니까 그 말은 제가 상속받을 유산이 있다는 뜻이잖아요.”

“*상당한* 유산이 있지. 내가 네 아버지의 유언 집행자고 너는 살아 있는 유일한 상속자다. 네 아버지가 남긴 재산은 신탁으로 관리되다가 네가 성년이 되면 지급받을 수 있도록 되어 있다.”

“제가 열여덟 살이 되면 받을 수 있단 말씀이시죠.”

“그래. 그때까지 너를 안전하게 보호하고 돌보는 것이 유언 집행자로서 내 책임이다. 그 책임을 다하려고 나는 지금까지 최선을 다해 왔다. 하지만 가끔씩 보호받는 쪽은 네가 아니라 나라는 생각을 지울 수가 없구나.” 밴더빌트 씨가 브레이든과 세라피나를 번갈아 보며 말했다.

“기차를 타고 뉴욕으로 가던 중에 저한테 좋은 생각이 떠올랐어요.”

“들리는 소문으로는 네가 도중에 기차에서 뛰어내려 내가 학비 내라고 준 돈으로 말을 샀다던데.” 밴더빌트 씨가 사뭇 엄한 목소리로 물었다.

“네, 그랬어요.” 브레이든이 우물쭈물하며 인정했다. “하지만 그보다 넬 생각이 났어요.”

“갑자기 넬은 왜?” 밴더빌트 씨가 물었다.

“나중에 넬은 어느 학교로 가게 될까, 불현듯 그런 생각이 들더라고요.”

“넬은 태어난 지 이제 겨우 6개월이다.” 대화가 뜻하지 않은 방향으로 흘러가는 기운을 감지한 밴더빌트 씨가 퉁명스레 대꾸했다.

“제 말은 예닐곱 살이 되면 넬도 학교에 가야 하잖아요. 그때가 되면 넬도 뉴욕으로 보내실 생각이세요?” 브레이든이 물었다.

둘 사이에 오가는 대화를 듣고 있노라니 세라피나는 입이 바짝바짝 말랐다. 이런 식으로 삼촌에게 대거리를 하는 브레이든의 기분은 과연 어떨까 짐작만 할 뿐이었다.

“에디스 숙모께서 여기 애쉬빌에 사는 여자아이들이 나중에 직장을 얻어 자립할 수 있도록 길쌈 기술을 가르치는 학교를 세우셨잖아요. 그리고 삼촌도 빌트모어 마을에 손수 세우신 교회에다가 마을 아이들이면 누구나 다닐 수 있도록 학교를 만드셨고요.” 브레이든이 말했다.

밴더빌트 씨는 브레이든의 말을 가만히 듣고만 있을 뿐 한 마디도 하지 않았다.

“여기 빌트모어 도서관은 미국에서 가장 많은 장서를 보유하고 있는 도서관 중에 하나예요. 삼촌 역시 미국에서 가장 박학다식한 분 중에 한 분이시고요.” 브레이든이 말을 이었다.

“그래서 네 말의 요점이 뭐냐?” 참다못한 밴더빌트 씨가 끼어들었다.

"어쩌면 우리가 여기에 학교를 세울 수 있지 않을까 생각해 봤어요."

"널 위한 학교를 세워 달라 그 말이니? 그러면 계속 빌트모어에 머무를 수 있을 테니까?" 브레이든의 속내가 뻔하다는 듯 밴더빌트 씨가 심드렁하게 대꾸했다.

"네, 저를 위한 학교요. 하지만 장차 코넬리아를 위한 학교이자 세라피나를 위한 학교이기도 해요. 제스 브래딕을 위한 학교이기도 하고요. 그래서 말인데 제스가 원하면 계속 빌트모어에 머물 수 있도록 허락해 주셨으면 좋겠어요, 삼촌. 제스를 그냥 이렇게 보낼 순 없어요. 우리 목숨을 구해 준 아이라고요. 제스는 여기 있는 동안 최고의 교육을 받을 권리가 있어요. 하인들의 자녀들은 또 어떻고요? 우리가 앞으로 세울 학교 이름은 삼촌 마음대로 지으셔도 좋아요. 캐롤라이나 학교라고 해도 좋고 애쉬빌 학교라고 해도 좋고 빌트모어 학교라고 해도 좋아요. 학교를 짓는 데 필요한 돈은 제 신탁 계좌에서 미리 끌어다 써 주세요. 지금까지 삼촌이 저한테 도서관에서 어떤 책을 찾아서 읽으라고 하시면 제가 읽었잖아요. 전 그게 좋았어요. 그걸 그냥 좀 더 많은 아이들에게 시킨다고 생각하시면 어떨까요? 삼촌이 예술, 발레, 오페라에 대해 가르쳐 주시고 삼촌께서 세우신 빌트모어 산림 학교 선생님들이 산과 숲에 대해서 가르쳐 주시면 좋을 것 같아요. 전기와 기계는 세라피나 아버지께서 가르쳐 주시면 되고요.

다른 과목은 전국에서 선생님들을 모집하면 되지 않을까요? 우리가 마음만 먹으면 이곳에 훌륭한 학교를 세울 수 있을 것 같아요. 후대에 자랑스럽게 물려줄 수 있는 그런 학교를요."

브레이든이 마침내 말을 마쳤다. 밴더빌트 씨는 아무 말 없이 그저 물끄러미 조카를 쳐다보았다. 한참이 지나서야 밴더빌트 씨가 침묵을 깨고 입을 열었다. "정확히 언제부터 이런 생각을 한 거니?"

"기차가 테네시로 넘어가던 순간부터요."

"왜 하필 테네시였니?"

"왜냐하면 테네시에는 밴더빌트 대학교가 있으니까요." 브레이든이 대답했다.

비로소 브레이든이 얼마나 오랫동안 심사숙고한 끝에 털어놓는 계획인지를 깨달은 밴더빌트 씨가 미소를 지었다.

"밴더빌트 대학교는 미국에서 가장 유서 깊은 대학 중 하나다." 밴더빌트 씨가 말했다.

"삼촌의 할아버지께서 설립하신 학교잖아요." 브레이든이 말했다.

밴더빌트 씨가 고개를 끄덕이며 또다시 미소를 지었다. 마치 체스판에서 체크메이트를 당했는데 기분이 별로 나쁘지 않은 듯한 아리송한 미소였다.

"학교를 세우는 건 우리 가문의 좋은 전통이라고 생각해요, 삼촌. 우리 세대의 좋은 점을 다음 세대에게 물려줄 수 있는 방법이잖아요. 아빠가 다니셨던 뉴욕에 있는 학교를 저 또한 다녔으면 하는 아빠의 바람은 저도 존중해요. 하지만 묵은 전통은 하나둘 떠나보내고 새로운 전통을 받아들여야 하는 때가 있다고 생각해요." 브레이든이 말했다.

"듣자 하니 네가 말하는 묵은 전통이라는 게 하나가 아닌 모양이구나." 밴더빌트 씨가 말했다.

"네, 하나 더 있습니다." 브레이든이 순순히 대답했다. "해마다 사냥철이면 가족과 친구들을 한자리에 불러 모아 함께 사냥을 즐기는 것이 우리 가문의 오랜 전통이었잖아요. 게다가 여기 블루리지산맥에서도 이맘때면 퓨마를 비롯해 인근 숲속에 사는 포식자란 포식자는 모조리 잡아 죽이는 것이 전통이고요. 하지만 적어도 우리 가문만큼은 아무리 오랜 전통이었다고 해도 더는 사냥을 하지 않았으면 좋겠어요. 적어도 우리 땅에서만큼은 어떠한 사냥도 허락하지 않았으면 좋겠어요. 앞으로는 우리 힘이 닿는 데까지 숲을 지키고 야생 생태계를 지켜 나갔으면 좋겠어요."

밴더빌트 씨가 말없이 브레이든을 물끄러미 바라보았다. 처음에 세라피나는 밴더빌트 씨가 화가 난 줄 알았다. 하지만 이내 그렇지 않다는 사실을 깨달았다. 밴더빌트 씨의 눈빛에 담긴 감정은 분노가 아니라 조카에 대한 자랑스러움이었다.

"네 말이 백번 옳다. 나 또한 줄곧 같은 생각을 하고 있었다." 밴더빌트 씨가 말했다.

"대대손손 지켜 나가야 할 전통도 많지만 바꿔 나가야 할 인습도 많다고 생각해요. 과거의 방식을 그대로 답습하지 말고 더 나은 미래를 앞장서서 만들어 가야 하지 않을까요?"

"학교를 새로 짓는 건 보통 노력과 헌신이 필요한 일이 아니다." 밴더빌트 씨가 브레이든의 표정을 살피며 말을 이었다. "바닥에서부터 완전히 새로운 학교를 짓는 일은 이미 지어진 학교를 다니는 것과는 비교할 수 없이 힘든 일이다. 그래도 정말 이 일을 하고 싶은 거니?"

"네, 삼촌. 하고 싶어요. 정말정말 하고 싶어요." 브레이든이 세라피나 쪽을 힐끔 쳐다보며 대답했다.

"한번 시작하면 끝을 봐야 한다."

"네, 삼촌. 전 준비됐어요."

그러자 밴더빌트 씨가 고개를 돌려 세라피나를 바라보았다. "세라피나 네 생각은 어떠니?"

세라피나가 기다렸다는 듯이 대답했다. "언제쯤 시작할 수 있을까요?"

그날 밤 세라피나와 브레이든은 빌트모어 정원 위로 봉긋 솟은 동산 위에 나란히 자리를 잡고 앉았다.

"저기 저 행성 보여?" 브레이든이 별빛이 가득한 하늘을 가리키며 말했다.

'목성이네.' 세라피나가 아련한 눈길로 하늘을 바라보았다. 브레이든이 떠난 뒤로 거의 매일 밤 쳐다본 행성이었다. 다른 행성이나 별은 하나도 보이지 않는 흐린 날 밤에도 목성만큼은 희미하게라도 보이곤 했다.

"뉴욕에 있을 때는 도시의 불빛 때문에 별이 잘 보이지가 않았어. 하지만 목성만큼은 언제나 볼 수 있었어. 난 목성을 세라피나 너라고 상상하곤 했어."

그 말에 세라피나는 한참을 아무런 말도 없이 가만히 있었다. 그저 지금 이 순간이 가만히 흘러가도록 내버려 두었다. 브레이든의 입에서 흘러나온 말과 그 목소리와 그 존재를 가만히 음미했다. 그 무엇으로도 깨질 것 같지 않은 고요한 공기가 두 사람의 주위를 에워쌌다.

"우리 둘이 계속 붙어 있으려면 계속 전투가 일어나서 싸우는 수밖에 없는 것 같네." 마침내 침묵을 깨고 세라피나가 입을 열었다.

"까짓것 계속 싸우지, 뭐." 브레이든이 그게 뭐 대수냐는 듯한 말투로 대답했다. 그리고 물었다. "그날 밤 내가 왜 빌트모어로 돌아왔는지 너는 알고 있었지? 다음 날 아침에 내가 왜 아무 말도 못 하고 떠났는지도 너는 알고 있었지?"

세라피나의 심장이 두근거리기 시작했다.

"응, 아마도." 세라피나가 대답했다. 입술이 바짝바짝 타들어 가는 것 같았다.

"내가 기차에서 뛰어내렸던 이유는 너랑 함께 있고 싶어서야, 세라피나. 그때는 그 생각밖에 안 났어."

세라피나는 브레이든의 입에서 나온 단어 하나하나를 영혼 깊숙이 빨아들였다. 번지는 미소를 감추지 못하고 세라피나가 말했다. "다음번에는 기차가 역에 멈출 때까지 기다렸다가 내려."

"에, 재미없어. 네 모험심은 다 어디로 사라진 거야?" 브레이든이 장난스레 대꾸했다.

"몰랐어? 나 원래 모험심이라곤 없는 사람이야." 세라피나가 한 팔로 브레이든을 안으며 어깨에 가만히 머리를 기댔다.

그 별것 아닌 몸짓 하나로 두 사람 인생의 거대한 강줄기가 방향을 바꾸어 새로운 세계로, 한 번도 밟아 본 적 없는 미지의 땅으로 폭포수처럼 쏟아져 내리기 시작했다.

"사랑해, 브레이든."

"나도 사랑해, 세라피나."

혼돈과 질서의 순환 가운데
서로 배우고 서로 도우며 깨닫는 인생의 진리

출간과 동시에 뉴욕타임스 베스트셀러에 60주나 이름을 올린 '세라피나 시리즈'가 돌아왔다. 원래 3부작으로 기획된 시리즈라 솔직히 4권이 나온다는 소식을 들었을 때, 기대보다는 걱정이 앞섰다. 하지만 막상 4권 원고를 받고 책장을 열어 보니 그런 걱정이 무색하리만치 단숨에 읽혔다. 마지막 장을 덮는 순간 내 머릿속에 떠오른 생각은 '이보다 더 나은 속편이 있을 수 있을까'였다.

《세라피나와 일곱 개의 별》은 플레이아데스성단에 얽힌 설화와 빌트모어 대저택이라는 공간을 씨줄과 날줄 삼아 절묘하게 엮은 다음, 인생의 의미에 대한 작가 나름의 답을 염료로 정성스레 물들인 것 같은 작품이다.

전작에서 끈질기게 살아 돌아왔던 강력한 흑마법사를 물리치고 마침내 빌트모어 대저택에는 평화가 찾아온다. 하지만 세라피나는 이 평화를 즐기지 못한다. '빌트모어의 수호자'로서 할 일이 없어졌기 때문이다. 스스로가 쓸모없는 존재라는 무력감에 적이 언제 들이닥칠지 모른다는 불안감까지 더해져 세라피나는 살얼음판을 걷는 듯한 나날을 보낸다. 그 와중에 브레이든마저 뉴욕에 있는 기숙 학교로 떠나 버린다. 왜 굳이 학교를 다녀야 하는지 이해하지 못하는 세라피나는 이 모든 상황이 원망스럽기만 하다.

설상가상으로 빌트모어 대저택에서는 정체를 알 수 없는 괴물들이 나타나고 연일 사람들이 죽어 나간다. 사건의 실마리조차 잡지 못한 채 스스로를 의심하는 지경에 이른 세라피나의 눈앞에서 심지어 그토록 믿고 따랐던 밴더빌트 씨가 살인을 저지른다. 선과 악이 뒤집히고 세상이 무너지는 듯한 충격에 세라피나는 깊은 숲속, 오래된 공동묘지 너머에 있는 천사 조각상을 찾아가 이건 전투가 아니라 '혼돈'일 뿐이라고 울부짖는다.

이 혼돈 속에서 세라피나에게 길잡이가 되어 주는 건 이번에도 역시 가족과 친구들이다. 아빠는 세라피나에게 '정면 돌파만이 유일한 탈출구'라며, 삶이 감당하기 벅차다고 느껴질 때면 가만히 앉아서 마음을 가다듬고 '지금 이 순간 가장 중요한 것과 반드시 해야 하는 일'을 하나씩만 꼽아 보라고 가르친다.

그러나 인생에서 우선순위를 분별하고 실행하는 일은 세라피나에게도 우리에게도 결코 쉽지 않다. 작가는 '배움'과 '도움'이 필요하다는 인생의 진리를 세라피나와 주변 인물들을 통해 보여 준다. 어려서부터 삼촌에게 빌트모어 도서관에 있는 방대한 책 더미 속에서 필요한 지식을 찾는 법을 배우며 자란 브레이든 덕분에 세라피나는 플레이아데스성단에 얽힌 설화를 접하고 사건의 실마리를 찾는다. 어려서부터 원하진 않았지만 아빠를 따라 아프리카 대륙을 누비며 야생 동물 사냥하는 법을 배우며 자란 제스 덕분에 세라피나는 절체절명의 위기에서 목숨을 건진다. 왜 자신을 이렇게까지 믿고 도와주느냐는 세라피나의 물음에 제스와 브레이든은 같은 답을 한다. "네가 나라도 똑같이 했을 거잖아."

인생을 살면서 누구나 한 번쯤 지금껏 믿어 온 진리나 가치관이 송두리째 흔들리는 혼돈을 경험한다. 그때에 느끼는 무력감은 빌트모어에서 가장 밝고 높은 존재인 밴더빌트 씨에게나 가장 어둡고 낮은 존재인 세라피나에게나 예외 없이 찾아온다. 옳다고 믿고 행한 일이 예기치 못한 결과를 불러오며 오히려 혼돈을 가중시키기도 한다. 4권에 등장하는 '흰 사슴'은 개개인의 선택과 행동의 결과가 선과 악 어느 쪽으로 튈지 모르는 오묘한 세상의 이치를 나타내는 은유다. 하지만 그러한 혼돈 속에서도 눈앞에 주어진 역할을 꿋꿋이 감당해 나갈 때, 옛 질서가 무너지고 새 질서가 생겨난다. 인생은 어쩌면 이 혼돈과 질서의 끊임없는 순환 가운데 주변 사람들과 더불어 서로 배우고 서로 도우며 '나'라는 그릇을 더 크고 단단하게 빚어 나가는 과정이 아닐까? 세라피나가 보여 주듯이 말이다.

5권도 출간되느냐는 어느 독자의 질문에 작가는 새로운 책을 집필 중인데 그게 '세라피나 시리즈'의 연작이 될지 아니면 아예 새로운 작품이 될지 모르겠다는 모호한 답변을 남겼다. 역자로서나 독자로서나 나는 이제 아무래도 좋다. 《세라피나와 일곱 개의 별》은 전체 시리즈를 완결 짓는 종막으로 보아도 아니면 새로운 2부의 시작을 알리는 서막으로 보아도, 어느 모로 보아도 전혀 손색없는 작품이기 때문이다. 이것이 내가 이보다 더 나은 속편은 없다고 자신 있게 말하는 이유다.

2020년 2월 김지연

아르볼 N 클래식
세라피나와 일곱 개의 별

1판 1쇄 인쇄 2020년 2월 28일 | **1판 1쇄 발행** 2020년 3월 15일

글 로버트 비티 | **옮김** 김지연
펴낸이 권준구 | **펴낸곳** (주)지학사
본부장 황홍규 | **편집장** 박미영 | **팀장** 김은영 | **편집** 문지연 김솔지 | **디자인** 이혜리
제작 김현정 이진형 강석준 방연주 | **마케팅** 송성만 손정빈 윤술옥 이예현
등록 2010년 1월 29일(제313-2010-24호) | **주소** 서울시 마포구 신촌로6길 5
전화 02.330.5297 | **팩스** 02.3141.4488 | **이메일** arbolbooks@naver.com
ISBN 979-11-6204-081-2 04840
979-11-6204-034-8 04840(세트)
잘못된 책은 구입하신 곳에서 바꿔 드립니다.

이 도서의 국립중앙도서관 출판예정도서목록(CIP)은 서지정보유통지원시스템 홈페이지(http://seoji.nl.go.kr)와 국가자료종합목록 구축시스템(http://kolis-net.nl.go.kr)에서 이용하실 수 있습니다.(CIP제어번호: CIP2020006999)

제조국 대한민국 **사용연령** 10세 이상
KC마크는 이 제품이 공통안전기준에 적합하였음을 의미합니다.

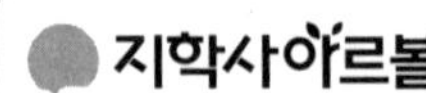

아르볼은 '나무'를 뜻하는 스페인어. 어린이들의 마음에 담긴 씨앗을 알찬 열매로 맺게 하는 나무가 되겠습니다.

홈페이지 www.jihak.co.kr/arb/book | **포스트** post.naver.com/arbolbooks